うつくしが丘の不幸の家

町田そのこ

JN090222

海を見下ろす住宅地『うつくしが丘』に建つ、築25年の三階建て一軒家を購入した美保理と譲。一階を念願の美容室に改装したその家で、夫婦の新しい日々が始まるはずだった。だが開店二日前、偶然通りがかった住民から「ここが『不幸の家』って呼ばれているのを知っていて買われたの？」と言われてしまい……。わたしが不幸かどうかを決めるのは、家でも他人でもない。わたしたち、この家で暮らして本当によかった──。「不幸の家」で自らのしあわせについて考えることになった五つの家族の物語。本屋大賞受賞作家による、心温まる傑作小説。

うつくしが丘の不幸の家

町田そのこ

創元文芸文庫

ON THE DAY OF A NEW JOURNEY

by

Sonoko Machida

2019

目次

うつくしが丘の不幸の家

第一章　おわりの家

わたしのしあわせは、いつだって誰かにミソをつけられる。

真新しいスタイリングチェアに深く体を預けた美保理《みほり》は、泣き出しそうになるのをじっと堪《こら》えていた。

二日後にオープンを控えた『髪工房つむぐ』の店内は、今すぐにでもお客を迎えられるくらい、準備が調っていた。ワゴンのケースの中にはシザーがぴっちりと整列しているし、ヘアセットミラーには指紋ひとつついていない。気の早い友人たちが贈ってくれた五本立ての胡蝶蘭《こちょうらん》は、レジカウンターの上でうつくしく咲《さ》き誇《ほこ》っていた。メッセージカードには、『譲《ゆずる》と美保理へ。夢を叶えたふたりに祝福を！』と書かれている。それをくすぐったいような思いで眺めたのは一昨日《おととい》のはずなのに、もう遠い昔のことのようだ。

義弟《ぎてい》の嫁が、夫婦喧嘩《げんか》の末に家を出て行ったという連絡が隣町の夫の実家からもたらされたのは、今朝早くのことだった。どれだけ激しく争ったのか、義弟は右手の甲を骨折したという。

『あんな手じゃ仕事にならん。今日は予約が多くて店を閉めるわけにはいかないんだ』

すぐに譲を手伝いに寄こせ、と義父の勇一《ゆういち》が言う。相変わらずの横柄《おうへい》な物言いに、電話を受けた美保理はかっとなった。

『あの、こちらはオープン前で、その準備でものすごく忙しいんですけど？』

『準備？　客以上に優先するものがあるか』

ふん、と勇一が鼻を鳴らし、美保理は腹の中でわたしたちの客じゃないし！　と叫ぶ。だいたい、半ば追い出すようにして別れた息子を呼びつけるなんてどうかしてる。困っているというのなら、少しくらい申し訳なさそうにしなさいよ。

電話を夫の譲に押し付けて『のこのこ行かなくっていいわよ。断りなさいよ』と凄んだものの、譲は『すぐ行く』と父に返事をし、そして『今回だけにするから』と言ってそそくさと出かけていった。馬鹿じゃないの、と美保理は思う。

理容学校を卒業してから十年。一人前になったら店を譲る、という父の言葉を信じて、譲はずっと実家の理容店で働き続けてきた。安い給料だったけれど、いずれ自分の店になるのだからと文句ひとつ口にしなかったという。なのに勇一は突然、譲の弟の衛《まもる》に店を継がせると言いだした。理容学校を卒業してかろうじて免許をとったものの、アーティストになると宣言して出て行った衛は何年も行方知れずだった。その衛が、女を孕《はら》ませて帰ってきたのだ。店でも継げば、まあ何とか生活していけるよな。悪びれず言う衛を、勇一は昔からことのほか可愛がっていたらしい。お前は本当に、親がいないと何にもできないな。そう言って迎え入れ、そしてあっさりと譲を追い出した。お前もそろそろあの美容師の女と一緒になればいい。二馬力ならどこかに店のひとつくらい構えられるだろう、と言って。頑固な夫に従順な義母の皐月《さつき》は、少しだけ申し訳なさそうにしていた。お父さんはあんな人だから、勘弁してあげて。それに譲だって、衛のことを考えたらこうするしかないって分かってくれるでしょう？　十年も父親の右腕となって働いてきた長男に、彼らは退職金はおろか、労《ねぎら》いの言葉ひとつくれなかった。

　同い年である美保理と譲の付き合いは、八年に及ぶ。共通の友人を介しての出会いがそもそものきっかけで、美保理はそのころ小さな螺子《ねじ》工場で事務の仕事をしていた。何千何万という螺子の在庫を把握し、パートのおばさんたちのタイムカードを管理する仕事で、生真面目《きまじめ》で几帳面な美保理の性分に合っていた。しかし譲との付き合いが長くなり、家に遊びに行くようになったころ、義理の親となる人たちが、嫁は理美容師がいいと考えていることを知った。特に勇一は酒が入るたびに、美容師がいいなあ、そしたら女性客も見込めるようになるもんなと何度となく言った。だから美保理は、二十四歳で美容学校に入学した。夜間はバイトをし、高校を卒業したての子たちに『おばさん』と陰で呼ばれながら、二年間休みなく通って免許を取った。卒業して勤めたヘアサロンでは、自分より年下の先輩に『こういう仕事なんだからさ、もっときちんとメイクしてきてくれないかな？』と指導された。フランス人形のようなつけ睫毛《まつげ》に縁取られた、ブラウンのカラコンの瞳《ひとみ》が呆れたように美保理を映していた。すみません、と言う口がわなわなと震えた。そんな思いをしたのも全て譲のため、いずれ自分たちのものになるお店のためだった。譲のため、ひいてはふたりのしあわせのため。どんな思いも全て呑み込んできた。なのに、こんなことってない。

　しかし、己に非はないのに、君に迷惑をかけてすまないと項垂《うなだ》れる譲を見れば、責めることなどできようはずもなかった。丸まった背を叩き、問題ないわよと笑い飛ばしてやった。わたしたちふたりの好きなようにお店を作れる、それだけのことじゃない。これもいいチャンスだと思って、一から頑張ってみましょうよ。譲はそんな美保理に弱々しく笑いかけ、君はいつだって強いなと言った。君のそのパワーが、俺を引き寄せてるんだろうな。

美保理は、譲に一目惚れだった。昭和の正統派アイドルのような端整な顔だちはどんぴしゃの好みとしか言いようがなくて、しかも美保理の理想通りの、穏やかで優しく控えめな性格。好きな映画ランキングが全く一緒なことも含めて、どこにも文句のつけようがなかった。この人と一緒に生きていきたい、一生傍《そば》にいたい。初めて、心からそう思った。だからひたすら押した。積極的に攻めていった。譲も満更《まんざら》でもなかったのか距離は急接近し、譲から交際を申し込まれるまでに大した時間はかからなかった。

『俺とずっと一緒にいて欲しい』

告白するのはきっと自分からだろうと思っていた美保理は、譲の口が想像もしなかった台詞《せりふ》を紡《つむ》いだとき、こんな幸福があっていいものかと全てのものに感謝した。しかし少しして、単純な己と世界を呪った。譲が美保理に交際を申し込んだ理由が、自分を振った女へのあてつけだったと知ったのだ。あのひと、あたしにフラれたからあたしの友達みんなに声かけたみたいなの、酷《ひど》い話よね。美保理もあのひとに騙《だま》されないでね、と心配そうに言った元友人の口角《こうかく》は、ずっと上げられたままだった。

譲は、それを否定しなかった。きっかけはそうだけれど、俺は今君のことがとても好きだよ。

結婚だって、視野に入れてる。彼から愛を囁《ささや》かれるたび高みまで舞い上がった心はしかしもう、同じ高さまでは浮かび上がらなかった。どうやってわたしはあんなところまでいけたのだろう。自分の体が軽くないことを知った鳥は、きっと飛べなくなる。そんなことを考えて、ただ、寂しかった。

美保理はのそりと体を起こし、頭を振った。今朝までは、ここは自分にとって夢としあわせの象徴だった。キラキラ輝いて、発光しているようにも見えた。けれど今はひどく色あせている。こんなもの、結局は薄っぺらい張りぼてじゃないかとさえ思う。ここにいたら一層虚《むな》しくなるだけだ、とドアを開けて階段を上る。一歩踏むとともに、小さく軋《きし》む音がした。何気なく足元を見ると、壁紙の端が僅《わず》かに浮いていた。しゃがみ込み、指先でぐいぐい押してみる。すっかり糊がきかなくなっているのか、指先を離すと黄ばんだ壁紙はぺろんと捲《めく》れた。ここから歩いて五分ほどの距離にあるバス停留所の近くには、確かホームセンターがあったはずだ。小さい店だけれど、壁紙用の糊も売っているだろうか。一度、見に行ってみよう。

築二十五年の三階建て一軒家を買って、リフォームした。いずれは譲の実家の店を改装するつもりで貯めていたお金と、銀行からの最大限の借り入れ分を以《もっ》てしても、全体に手を入れることはできなかった。屋根を張り替え壁を塗り直し、一階部分を店舗用に作り替え、開店のための設備を調えたところでお金が尽きた。お客の目に触れない部分は、以前の住人が使っていたまま何も手を加えていない。加える余裕など、なかった。

「結婚式の費用も、全部使ったのになあ」

口にすると、虚しくなる。八回目に指を離したときに『ぺろん』が『ぺろ』くらいに収まったので立ち上がった。階段を再び上り始める。

結婚式を、挙げたかった。芸能人も挙式したという有名神社での神前式にして、白無垢《しろむく》に純白の綿帽子。マリッジリングはブシュロン。披露宴は絶対にガーデンパーティ。それも、薔薇《ばら》の季節に。参列者に、真っ赤な薔薇の花弁でフラワーシャワーをしてもらうのだ。

結婚願望は昔から強く、夢は年を重ねるにつれ具体的になっていた。しかし全部、諦《あきら》めた。三姉妹の真ん中で最後の結婚だったから、両親は『お金がないんなら式はしなくてもいいんじゃない？』とあっさり言った。ひとりくらい、そういう子がいてもいいわよ。子どもの結婚式はもう充分経験したし。式を挙げろと言われても到底難しかったから有難いことだけれど、美保理は埋めようのない寂寥感を覚えた。わたしには一生に一度しかないことなのに、誰も悔やんでくれないんだ……。呑み込んだ言葉は喉《のど》のどこかで引っかかったみたいに、長く不快感を残した。

二階はキッチンとリビングダイニング、トイレとバスルームに小さなユーティリティールームがある。三階には主寝室が一部屋と六畳の洋室がふたつ、二畳ほどのウォークインクローゼット。そこそこ広いけれど、どうしてもデザインの古さや劣化は否めない。一階をうつくしく調えた分、上にあがると細かなところが目についた。

美保理は二階に上がるとすぐにヒーターのスイッチを入れ、それからキッチンへと向かう。アイランド型にして、三口のＩＨクッキングヒーターにして、収納スペースはたっぷりとって生活感を出さないようにして、などと事細かく夢見ていたけれど、それもまた夢のままで消え失せることだろう。色あせたクリームイエローのキッチンは二口のガスコンロで、錆《さび》がひどく浮いていた五徳だけ買い替えた。三つある引き出しは浅くて物が入れづらく、そして古い油の臭いが染《し》みついている。それらを見ないふりをして、薬缶《やかん》を火にかける。この薬缶も、独身時代に美保理が使っていたものだ。笛吹き部分が取れてしまっていて、沸騰《ふっとう》しても湯気をひたすら吐き出すだけだ。

冷蔵庫を開けると、コーヒー豆の入った瓶がいくつか並んでいる。コーヒーは、美保理と譲の共通の趣味のひとつだ。普段用のグアテマラを取り出そうとして、ふと手を止める。少し考えて一番端にある瓶を手にした。中身は、百グラム二千二百円のゲイシャ。この豆は特別な時に――例えば今回は二日後のオープン初日に、飲もうと買っておいたものだ。

豆を挽《ひ》き、フレンチプレスで淹《い》れる。お湯を注いだだけで華やかな香りが室内を満たした。時計を見て抽出《ちゅうしゅつ》時間を確認しながら、ゆっくりと深呼吸をする。四分近くなったところでプレスし、お湯で温めていた美濃焼のコーヒーカップに注ぐ。立ったまま一口飲むと、ジャスミンのような芳醇《ほうじゅん》な香りが鼻から抜けていった。目を閉じて、ほう、と息を吐《つ》く。しかし少しして、顔を歪《ゆが》めた。普段ならこの一口だけで満ち足りて、大抵のことなら乗り越えられる気がしてくる。なのに心は一ミリも持ち上がらず、薄暗い地の底を這いつくばったままだった。それは何度飲んでも、カップの中の半分が消えても変わらなかった。いつもなら最後の一滴まで味わい尽くすのに、口にするたび悲しくなる。大切なものを自ら汚しているような気さえしてきて、残りはシンクに流してカップも雑に置いた。

キッチン横のリビングに行き、ソファに横たわる。目を閉じて、寝てしまおうかと思う。本当は、しなくてはいけないことはたくさんあった。三階の六畳間にはまだ開封していない段ボールがいくつもあるし、持っている服の半分もウォークインクローゼットに仕舞っていない。リビングの隅に存在感たっぷりに置かれている段ボールふたつは、明後日《あさって》から来店者に配る予定の、開店記念品のヘアワックスセットで、手作りした熨斗紙《のしがみ》を掛けなくてはいけない。時間が余ればバス停留所の向こう側の住宅に、割引券付きのチラシをポスティングに行く予定だった。だけど、どうしても体が動かない。

ぽちょん、ぽちょん、と水音がし、のろりと目だけキッチンに向ける。蛇口から水が一滴ずつ落ちているようだ。蛇口のパッキンを交換しないといけないと譲が言っていたけれど、手つかずのままだった。ぽちょん、ぽちょん。音にどこか柔らかな響きがあるから、カップの中に落ちているのだろうと思う。目を閉じて、美保理はカップの中に雫《しずく》が落ちて溜まってゆくのを想像した。一滴じゃ何も変化がないようでいて、確実にゆっくりと溜まってゆく水。カップは次第に満たされ、水面は上昇し、そして何千回目かのひと雫によって、溢《あふ》れる。たらたらと溢れ出した水は、もはや止められない。

さっきのが、わたしの最後のひと雫だったんだろうな。目を閉じたまま、美保理は考える。ずっと溜めてきた小さな雫が、あのひとことで飽和したのだ。溢れ出す水を止める方法も、捨て去る方法も、知らないのに。

水音が、頭から離れない。本当に鳴っているのか、幻聴かも分からなくなって美保理は体を起こした。ベッドに潜り込もう。ふかふかのベッドで深く眠れば、少しは気分もよくなるかもしれない。ふらりと立ち上がり、三階の寝室にあるダブルベッドに滑り込んだ。しかしどうにも眠れなくて、ぼんやりと天井を眺める。

いくつもの不動産屋を巡り、自分たちの足で探し回り、ふたりの店を構えるのはここしかないと決めたのは、海を見下ろす小高い丘に広がる『うつくしが丘』と呼ばれる住宅地だった。うつくしが丘が新興住宅地として開発されたのは二十五年ほど前のことで、今では九百を超える世帯が住んでいる。電車や地下鉄は通っておらず、都市部へのアクセスはバスのみ。大きな病院やショッピングモール、商店街に行くには遠くて、交通の便ははっきりと悪い。車のない家庭は苦労する場所だ。口の悪い人間は「陸の孤島」と揶揄《やゆ》することもある。しかし保育園に幼稚園、小中学校もあるし学習塾や公園も充実しているので子育ての面では恵まれていた。山や海にすぐに触れられるのも、人気の理由になっているという。丘の上には高齢者支援施設が多くあり、中には高級老人ホームもある。大きな店こそないものの小売店がまだまだ頑張っている、そんなうつくしが丘にはどういうわけか理美容室がとても少なかった。理容——床屋に至ってはなんと一つも存在していなかったのだ。

理美容、特に美容室は現在とても店舗数が多い。日本中至るところに点在しているコンビニの、数倍もの店舗が存在している。都市部や繁華街では競争が激化しているし、開店一年未満で店を畳んだ、なんて話はざらにある。競合店が少ないこと、これがまず場所選びの第一条件だった。

子どもがたくさんいる。遠方まで髪を切りに行っているであろう床屋利用者もいる。子どもの髪を切るついでに自分も、と考える母親だっているかもしれない。うつくしが丘はどの土地よりもすばらしい場所に思えた。それに、譲にとっても思い出の土地であるというのが大きかった。

『小学校三年生の夏休み、うつくしが丘にいたんだ。あの時はまだ全然拓《ひら》けていなかったけど、今より自然に溢れていて楽しかったなあ』

勇一と夫婦喧嘩をした皐月が、譲と衛を連れて友人宅に転がり込んだのだという。三人は勇一が折れて謝りに来るまで、ほぼ一ヶ月間うつくしが丘で生活していた。友人もでき、毎日がとても楽しかったと譲は懐かしそうに語った。あの子はまだこの中のどこかに住んでいるのかな、会いたいなあ。

そんなに素敵な思い出があるのなら、ここが運命の土地かもしれないね。そう話して、自分たちの条件に合う売り家を探して回った。人の集まるバス停留所に近くて、人通りの多い道に面していて、店舗と住居を一緒にできる建物。少しの庭があって、駐車場のスペースがあればなおいい。そんな条件に合致したのは、三階建てのこの家しかなかった。

新しく生まれ変わっていく家、大変だけれどやりがいのある毎日。上手《うま》くいくだろうか、という不安は常について回ったけれど、それでもふたりで頑張ればどうにでもなると自分に言い聞かせた。リフォームが終わって新築同様の店舗を見たとき、順風満帆、そんな言葉が思い浮かんだ。これまでのことは全部、ここに辿り着くまでの小さな試練に過ぎなかったに違いない。わたしたちはこのうつくしが丘できっと、しあわせになるのだ。そう信じていたのに、なのに。

強い風が吹いて、窓ガラスを激しく揺らした。窓へ視線を向ければ、厚い雲で覆われた灰色の空が広がっている。その端の方で、大きな影がもさもさと揺れていた。一瞬びくりとして、しかしすぐにそれが木の葉であることを思いだす。この家の裏庭には、三階の窓にゆうに届くほど背の高い枇杷《びわ》の木があるのだ。

美保理はあまり植物に明るくない。店内に置こうと観葉植物をいくつか買ってみたけれど、その手入れ方法が分からずネットで調べたくらいだ。枯らすのではないかと今から心配している。だから、リフォーム業者が『枇杷の木があるなんて珍しいですね』と声をかけてこなければ今もまだ、それと知らなかったかもしれない。

枇杷の木は縁起が悪いと言いますから、何なら切りましょうか。業者は、四十そこそこの男性だった。ひとの良さそうな丸い顔をしていて、元々の下がり眉をもっと下げて言う。昔っから言うじゃないですか、病人が増えるとか、死人が出るとか。

いえいえ、お気遣いなく。そう答えたのは譲だった。譲にとって、枇杷は一、二を争うくらいの好物だった。初夏の枇杷が出回る時期になると、いつも嬉しそうにしているほどだ。自宅に好物が生《な》るなんて最高ですよ。それに俺はそういう迷信の類《たぐい》は気にしないんで。美保理も、根拠のないものは頭から信じない性質《たち》だったので異論はなかった。たかだか木いっぽんが、人になんの影響を与えるというのだろう。あまりに茂った葉を見上げて、秋は掃除が大変だなと思った程度だった。

　葉が、窓を叩いている。ざわわ、ざわわと音がする。葉の影が、誰かが家の中に入ろうとして様子を窺《うかが》っているようにも見えた。それを見ていると、あの木を切らなければいけないという思いがふつふつと湧いてきた。こうなった原因も、全てあの縁起でもない木のせいではないか。きっとそうだ。死人や病人を増やすなどという碌《ろく》でもない謂《いわ》れがあるなんて、何かしらの理由があるはずだ。

　ベッドから起き上がり、そのまま南側の洋室に行った。たくさんの段ボールのどれかに、譲の工具類か何かが入っているはずだ。その中に、ノコギリもあるかもしれない。片端から開けて回る。小さな工具箱が出てきたけれど、それにはドライバーやペンチ、スパナくらいしか入っていなかった。どうやら、ノコギリはなさそうだ。買いに行くしかないか、とため息を吐いて美保理は掻《か》き回した荷物を適当に詰め直す。段ボールを壁際に置こうとして、ふと、壁の奇《か》妙《が》な位置に釘《くぎ》が一センチほどの高さを残して刺さっているのに気が付いた。箱を床に置き、屈み込む。

　百六十センチの美保理が膝《ひざ》をついた辺りの目線に釘はあり、それは下に向かってゆるく曲がっていた。よく見れば縦に細長く穴が伸びている。何か重たい物を引っ掛けたのだろうか。

「何かしら、これ」

　カレンダー、時計、そんなものを連想するけれど、こんな低いところに掛けるわけがないとすぐに打ち消す。周囲を見まわしても、同じ位置に釘は無く、ここだけのようだった。

引っかかると、危ない。さっき見つけた工具箱の中には釘抜きもあったことを思いだして、抜いておこうと思う。仕舞った箱を再び取り出そうとしていると、はっと頭に舞い降りたのは『自殺』という単語だった。

あの釘は、自殺に使われたものじゃないのか。昔、何かのテレビ番組で見たけれどドアノブでも首吊りができるという。釘の高さは、ドアノブよりもう少し高い位置にある——自殺にちょうどよい高さに、美保理には思えた。紐を掛けて結んで、首を引っかければ……。

「やだ」

自分の想像にぞっとして、すぐに「そんなわけがない」と打ち消そうとする。自殺者が出たような事故物件ならば、購入前に不動産屋から申告されるはずだ。そういう義務があると聞いたことがある。でも、自殺未遂だったら？　生き残った場合は、言わなくてもいいのではないだろうか。ここで首を吊り、今もまだ意識不明だとか後遺症を抱えた人間がどこかにいるとしたら、それはそれでぞっとしてしまう。どこにもいけない思いがここにまだ浮遊している、そんな気さえする。

「やだ、やだ」

一気に肌が粟立《あわだ》ち、両手で撫《な》で擦《さす》る。どうかしている、と思う。普段だったらこんなくだらないことは考えないのに、悪い想像ばかりが頭を巡って離れない。

「早く切らなきゃ」

これも全て、あの枇杷の木のせいだ。きっとそうだ、と自分に言い聞かせて美保理は部屋を出る。適当なコートを引っ掛けて財布を摑み、ホームセンターまで駆けていった。最早《もはや》、一刻も早く木を切り倒すことしか、考えられなくなっていた。

枇杷の木は改めて目の前にすると、思いの外《ほか》大きかった。三階の窓を叩くくらいだから背は高いし、幹など譲の腰回りよりも太いのではないだろうか。自分でどうにか使いこなせそうなサイズのノコギリを買ってきた美保理だったが、枇杷の木の迫力を前にしり込みをしてしまった。しあわせのための障害とは、こんなにも大きなものだったのか。しかし、こんなことで怖《お》じ気《け》づいていては、しあわせになんてなれない。美保理はぶるりと頭を振って、家の裏にある小さな物置きに入れておいた脚立《きゃたつ》を運び出してきた。枝から順に切り落としていけば一息には難しくてもいずれ切り倒すことができるだろう。脚立を設置し、登る。

あまり手入れのされていなかったらしい木は、好き放題に枝葉を伸ばしていた。伸びた枝先のいくつかが隣家の敷地まで侵入している。隣家は、落ち着いた日本家屋だ。庭は広く、手入れの行き届いた松と大小の庭石、石造りの灯籠《とうろう》が裕福な家庭であることを想像させる。こんなに整えられた庭に無遠慮に木の葉を散らしていたらご近所トラブルになりかねない。もしかしたら顧客になってくれるかもしれないのに悪いイメージをもたれたら堪《たま》らないと、美保理は真っ先にそれらの枝を切り落とすことにした。バランスのとりにくい脚立のてっぺんに腰かけ、枝を摑む。これまで一度も使ったことのないノコギリの刃をあてて動かすと、想像以上の力が必要だった。それでいて、切り落とすどころか木の皮を僅かに削ることしかできない。

「ああもう、なんなのよこれ」

美保理は思わず悪態をつく。ノコギリは重たいし、枝はなかなか切れない。力を込めると、その度に脚立が微《かす》かに軋んでひやりとした。いっそ専門業者に連絡をして切ってもらおうか。でも費用はどれくらいかかるのだろう。貯金も尽き、店の運営もこれからという時期に大金を使うのは避けたい。ひとの手を借りて障害を排除することがずるいような気もする。

何度もノコギリを往復させていると、次第にコツのようなものが掴めてきた。太い枝に、ゆっくりとだけれど歯が沈んでいく。やった、と美保理は小さく声に出した。

しかし、枝の中ほどまで歯が食い込んだとき、急にノコギリが動かなくなった。どういうわけだか、押しても引いても動かない。ぴたりと同化してしまったかのようだ。力を込めてもどうにもならない。体重をかけてみると脚立が大きく揺れてどきりとした。

「どうしたらいいの、もう」

枝からぴょこんと生えたようなノコギリを見て、泣き出しそうになる。せめて譲がいれば、どうにかしてくれたかもしれない。でも彼は今、実家の店でせっせと客の頭を刈っている。

手を離しても、ノコギリは微塵《みじん》も動かなかった。がっちり食い込んだノコギリを眺めていると、おかしくもないのに笑えてきて、美保理は声を上げて笑った。必死にもがいても、結局は上手くいかないんだ。笑いすぎて、涙が少し出た。

「あらあら、枝を切ってらっしゃるの?」

ふいに、やわらかな声がした。驚いて周囲を見回すと、隣家の庭先で小さな老女が美保理を見上げていた。真っ白な髪にしわくちゃの顔。頬には大小のシミがある。大判のベージュのストールを巻きつけた老女は、人の良さそうな笑みを浮かべたまま、「精が出ますねえ」と言った。

　美保理たち夫婦はまだ、近隣に挨拶回りをしていなかった。開店前の明日に、伺って回る予定にしていたのだ。そんな理由《わけ》で、この老女の苗字《みょうじ》もまだ把握していなかった。

「あ、す、すみません。枝がお宅に入ってしまってて」

　慌てて脚立の上から頭を下げる。葉っぱがお庭に入って、さぞご迷惑だったでしょう。

「いいえ、全然。むしろわたしの方がお詫《わ》びを言わないといけないわ。今までずいぶん、恩恵を受けてたの」

　老女は穏やかに笑う。やはり富裕層の御婦人なのだろう、とても上品そうな印象を受ける。恩恵とは何でしょうかと美保理が訊こうとすると、強い風が一陣吹いた。木の上部が大きく揺れ、脚立が傾《かし》ぐ。美保理は幹を摑んでどうにか堪えた。胸元でストールを掻き寄せた老女はふと気付いたように「あら、もしかしてそれ、外れないのかしら?」と訊いてきた。視線は、先程の風にも屈せずに枝の根元に生えたノコギリに向けられていて、美保理は悪戯《いたずら》がみつかった子どものように顔を赤らめて頷いた。とても硬くてと言うと、老女ははあと深く頷く。

「枇杷の木ってとても硬いそうよ。昔は木刀にも使われたほどなんですって」

「へえ、そうなんですか」

「剪定《せんてい》は、女性の力では難しいんじゃないかしら。怪我《けが》をなさったら大変だわ。ああ、そうだ」

知り合いの植木屋さんを呼んであげましょう、と老女はぱっと顔を明るくした。

「わたしの家のお庭もお願いしている、昔からの馴染《なじ》みなの。枇杷の木だって言ったらきっと来てくれるわ」

「どうしてですか？　こんな木に何か価値が？」

木材として使えるのだろうか、それならばいくらでも切ってもらって構わない。美保理がそんな風に思っていると、老女は「降りていらっしゃいな」と言う。

「ここはとっても寒いわ。うちにいらっしゃい、美味《おい》しいお茶を淹れましょう」

美保理は老女の後ろの屋敷に目を向けた。老女が出てきたと思われる縁側の向こうには他の人の気配がない。もしかしたら、ひとり暮らしだろうか。新しい住人を見かけて、親しくなろうと声をかけてくれたのか。

「お言葉に、甘えてもいいですか？」

少し考えて美保理が言うと、彼女は嬉しそうに頷いた。

美保理が通された畳敷きの部屋は、余計なものが何もなく、すっきりとしていた。大きな一枚板を使った座卓と、座椅子がふたつ。薬缶の載った古いストーブがちろちろとやわらかな炎を揺らしている。

そんな中、端にどんと置かれたガラス張りの水槽が異質感を放っていた。魚を飼っているのかと思えば水は入っておらず、三分の一ほどの高さまで木くずが詰められている。ライトのようなものがふたつ取り付けられて、中を照らしていた。近づいてよく見ようとしたら、するりと襖《ふすま》が開いて老女が入ってきた。

「若い女性のお客様なんてめったに来ないから、嬉しいわ。さあさ、座って頂戴」

老女は荒木《あらき》信子《のぶこ》と名乗った。やはりひとり暮らしであるらしい。夫とは二十一年も前に死別したという。

「それからずっとお一人ですか。それはお寂しいでしょう」

「そうでもないわよ。うつくしが丘にはたくさんの人が住んでいるから飽きないし、あの子もいるし」

節くれだった指が水槽を指差す。

「陸亀を飼っているの。名前はガンちゃん。とってもいい子なのよ」

ガーンちゃん、と信子が歌うように声をかけると、木くずの山がもそりと動いた。ややあって、ひょっこりと小さな頭のようなものが飛び出す。ぱかぱかと口を開けるのを見て、美保理は思わず声を上げた。

「え、え、呼んだら反応するんですか。亀が!」

「そりゃあするわよ。お散歩だってするの。わたしのあとを付いて回って、かわいいったらないのよ」

ガンちゃんは黒い艶《つや》のある目でじっと信子を見つめていたけれど、何も用がないと分かるや目を閉じて頭を引っ込めた。

「あの子はわたしたちがこの家に来るときに買ったから、もう二十六年の付き合いなのよ」

「そんなに長く」

亀の寿命のことだけでなく、信子の住んでいる長さにも驚いた。ここが開発されてすぐに引っ越してきたことになるのだ。

「夫が還暦を迎えたときに、ここに隠居したのよ。夫婦ふたりだからちっちゃな家でいい、穏やかな生き物が傍にいてくれたらいい、って話しあってね」

薬缶から急須にお湯を注ぎながら信子が言う。それはいいですね、と美保理は相槌《あいづち》を打つ。穏やかな老後などまだ想像もできないけれど、いつか譲とそんな風に残りの生活について話しあえる日を迎えられたらいい。

でも、と胸の奥に陰《かげ》りが差す。そんな日が、果たして来てくれるだろうか。あの家で、あの店で、ずっと譲とやっていけるのだろうか。

「はい、どうぞ」

たっぷりとした大きな湯呑と木皿が目の前に置かれる。湯呑からは香ばしい湯気が立ち、木皿には大振りな栗の渋皮煮がふたつ載っていた。

「わあ、美味しそう。これは信子さんの手作りですか?」

ふっくらとした丸い栗は深い茶色をしていて、艶々《つやつや》と光っている。お腹が小さく鳴って、美保理は朝からまともな食事を取っていなかったことに気付いた。

「頂きます」

漆塗《うるしぬ》りの菓子楊枝《ようじ》で栗を等分し、半分を口にすると栗の風味と滋養のある甘さが口の中に広がった。空腹を差し引いても余りある美味しさに、思わず顔が綻《ほころ》んだ。

「美味しい」

「嬉しいわ。たーくさん作ってあるのよ。よかったらどんどん召し上がって」

まろやかな舌触りの栗を嚥下《えんか》して、それから湯呑を手に取る。そっと啜《すす》るとほんのりと甘みのあるほうじ茶のような味がした。

「あ、このお茶も美味しい」

「ふふ、よかった。これはね、実はさっきの枇杷の木から頂いたものなの」

え、と湯呑から信子に顔を向けると、にこにこ笑いながら「枇杷の葉茶なのよ」と言う。

「枇杷の木って、すごく素敵でしょう？　だから何度も植えたんだけど、どうしても我が家には根付かなかったのよ。目の前のお宅では年々大きく育っていって、実まで結ぶのに！　って悔しがったものよ。仕方ないから、その時々の住人の方たちにお願いして葉っぱを頂いていたの。実が生るようになってからは、実もね」

「はあ」

どうやらこの人は縁起でもないと言われたあの枇杷を、とてもいいものだと思っているらしい。ついさっきまでばっさり切り落とすつもりだったとは到底言えず、美保理は黙ってお茶を啜った。甘さの中に少しだけほろ苦さがあって美味しい。脚立の上で冷えた体に、温もりがゆっくりと染みわたっていくようだった。

「枇杷って、素敵なんですか？」

訊くと、信子は笑った。

「若い人にはまだまだ分からないわよね。でも、年を取ると良さがよく分かるようになるの。あの木いっぽんが、どれだけ薬になるか」

「薬？」

「このお茶も胃腸を整えてくれるし、煮詰めたら塗り薬として日焼け薬やかゆみ止めになるのよ。実はもちろん美味しくいただけるし、種だって、焼酎漬けにして飲めば、内臓にとてもいいの。ほんのちょっと飲むだけで軽い風邪ならすぐに治っちゃうんだから」

他にも、葉っぱを炙《あぶ》れば湿布薬の代わりになるとか、お風呂にいれると体の芯から温まるとか、たくさんの効能がある、と信子は熱心に語った。

「この後来る植木屋さんなんて、わたしの作る枇杷焼酎がないと生きていけない、なんて言うのよ。肝臓の数値がとってもよくなったんですって」

「へえ」

そんなに優秀な木だなんて知らなかった。感心していた美保理だったが、ふと思いだす。

「じゃあどうして、縁起でもない木だなんて言われているんです？　病人が増えるとか」

信子は皺《しわ》の中に半分埋もれた目を少しだけ見開いて、それから「いつだって、そういう強い言葉だけが独《ひと》り歩きするのよねえ」と呆れたように言った。

「もしかしてと想像を巡らすのはとても楽しい遊びだけれど、わたしは面白い空想で楽しみたいものだわ。種を明かせば、とても他愛ないことなのよ。枇杷の薬効を求めて、病人が訪ねてくる。薬を自宅の庭にも欲しいと思って種を植えても、枇杷の成長は早くて十三年。その間に死ぬ人も出てくるでしょう？　そういうことよ」

「たった、それだけですか」

美保理は思わず、呆れた、と声に出した。言い方ひとつの問題ではないか。

「たったそれだけ。そういうことって意外と多いのよねぇ。一生乗り越えられないだろうと思ってた問題だって、あるとき急にぱっと拓けたように解決することだってある。それって見る角度とか自分の心持ちとか、こんなことで？　って笑えちゃうような些細《ささい》な理由だったりするの。この年になっても、いちいち驚いちゃうのよねぇ」

おかわり淹れましょうね、と信子が言う。茶筒から急須に流れ落ちる葉は刻まれて干されてあるのか、小さく丸まっていた。さっきまで見ていた、大きくて厚い葉の面影《おもかげ》はない。

ストーブの上の薬缶から、しゅんしゅんと湯気が吹いている。炎はちりちりと小さな音を洩《も》らす。温かな熱が肌に柔らかく吸いつくような心地よさを、美保理は感じていた。遠い昔、亡き祖母と一緒に生活をしていた時のことを思いだす。この部屋の空気は、祖母の部屋のそれと、よく似ている。

リウマチに苦しんでいた祖母の手指は、美保理が物心ついたときには既に、痛々しく引《ひ》き攣《つ》れていた。祖母について真っ先に思いだすのは、あらぬ方角を向いて固まった指を撫で擦る姿だ。しかし祖母は、部屋に美保理がやって来れば厭《いと》うことなく温かいお茶を淹れてくれた。茶《ちゃ》簞笥《だんす》の中から黒糖まんじゅうや抹茶最中《もなか》なんかを出してくれて、冬はストーブの前に席を作ってくれた。お茶を啜りながら食べる和菓子はいつだって甘くて美味しくて、子どものころの美保理を饒舌《じょうぜつ》にした。共働きで忙しくしていた両親とあまり話せない分、美保理は祖母に何もかも話すことで降り積もる様々な感情を処理していた。祖母もそれを承知していたのか、静かに耳を傾けてくれた。

そんなことを、思いだしたからだろうか。新しく差し出された木皿に皮の艶々した黒糖まんじゅうが載っているのを見て、美保理はぽろりと吐き出した。

「たったそれだけ、って永遠に思えないことだってあります。わたしはいつも、完璧なしあわせを手に入れられないんです」

口にすれば、情けなくて泣き出しそうになった。喉元にこみ上げてくるものを、枇杷の葉茶で飲み下す。温かな吐息を短くついて、ゆっくりと続けた。いつだって、しあわせのために頑張っていても何かしらに阻《はば》まれる。

「今回だって、そう。自分なりにできることを全部して、そうやって作り上げたあの場所が……」

ぐっと喉が詰まる。思いだすだけで、初めての時と同じショックが襲ってくる。

『ここが「不幸の家」って呼ばれているのを知っていて買われたの?』

店先の清掃をしている最中、通りがかった女性に言われた。四十をいくつか過ぎたころの体格の良い人で、片手にパンパンに膨《ふく》れたコンビニの袋を提《さ》げていた。中に、今日発売の女性週刊誌とコーヒー牛乳の紙パック、ビッグサイズのポテトチップスが入っているのが見えた。やけに馴れ馴れしい笑みを浮かべる彼女は、美保理たちの素性《すじよう》を探る問いをいくつかし、そのあと、ひときわ嬉しそうに口角を上げて、そう言ったのだ。

『有名なのよ。いち、にい、さん……ああ、何家族だったかしら。とにかく、目まぐるしく住人が替わったのよ、ここ。みーんな、逃げ出すように出て行ったの。あたしが知ってるのは末次《すえつぐ》さんって家族だけど、なんと一家離散よ、一家離散。この家に住むと必ず不幸になって出て行くのよ』

終わりのほうは声のトーンをわざと落としていたけれど、それでも乱暴なまでに大きく聞こえた。美保理を驚かせよう、傷つきでもしたら面白いという無邪気な悪意が、目に見えるようだった。初対面の人に、どうしてそんなものをなすりつけられないといけないのか。手にしていたホウキを投げつけなかっただけ、自分を偉いと思った。美保理が強張《こわば》った笑みを必死に張り付けていることを分かっていて、女はそれを嬉しそうに眺めまわした。

『でも、あなたたちは随分お金をかけてリフォームしてるみたいだし、お店もなさるみたいだし、条件が違うわよねえ。ねえねえ、いくらくらいで買われたの？　いわくつきの家って、少しくらいお勉強してもらえるんでしょう？　もしかして、全く？　やだあ、かわいそう』

そこからは、よく覚えていない。気付けばスタイリングチェアに座り込んで呆然としていた。あとで確認したらホウキは出入り口の扉の前に置かれていたから、きっと最後まで投げつけずにいたのだろう。

「『不幸の家』って、何ですか。しあわせになるために買ったのに、そんなのってないじゃないですか。わたしは必死で……必死でここまで来たのに！」

頬から顎《あご》先に伝った涙が一滴、テーブルに落ちた。ず、と鼻を啜り、目元を乱暴に拭《ぬぐ》う。

「そんないわくつきの家だったら選ばなかった。知っていて買うわけ、ないのに。何であんなこと言われなくちゃいけないの」

小学校六年のとき、お小遣いを貯めて祖母に敬老の日のプレゼントを贈った。薄紫の藤の花が散った模様の、綺麗な杖。散歩に出るのも辛《つら》いという祖母の言葉を覚えていて、奮発して買ったのだ。祖母はそれをとても喜んで使ってくれたけれど、持ち手の形状が、歪《いびつ》な祖母の手には合わなかったらしい。贈って二週間後に祖母は激しく転倒し、両膝を骨折した。数ヶ月に及ぶ入院生活は祖母の筋力を奪い、そのまま寝たきり生活を余儀なくさせた。

『美保理が杖なんか贈るからよ』

姉妹に叱責《しっせき》されて、美保理はただただ泣いた。そんなつもりじゃなかった。喜んで欲しかっただけなの。しかし、祖母は結局ベッドから起き上がることもできないほど弱った末に死んだ。

「わたしが悪いんでしょうか。わたしが……」

涙が止まらない。ほろほろと涙を流していると、信子は自分の分の黒糖まんじゅうをむしゃりと食べて「酷いわ」と語気を強めた。

「わたし、ずうっとお隣に住んでいるけれど、『不幸の家』なんて呼ばれているのを初めて聞いたわ。どうして誰も教えてくれなかったのかしら。一体、あの方たちの誰が不幸になって出て行ったのかしら。ああ、教えてくれないなんて酷い」

美保理の口でも四口はかかりそうな大きなまんじゅうを二口で胃の中に収め、信子は「酷いわ」と繰り返す。

「わたしね、ぼんやりして見えるかもしれないけれど、ご近所さんのことはちゃーんと見てるの。ガンちゃんのお散歩はとても時間がかかるから、自然と周りの景色をじいっと――よそのお宅のお庭の方なんかをまじまじと眺めてしまうのよ。お隣のお家《うち》はみなさん、どなたも泣いたり怒ったりと忙しそうだったけど、不幸そうなお顔はしていなかったのよ」

わたしが見落としたっていうのかしら、と信子は不機嫌そうにお茶を啜る。眉間《みけん》に深い皺が刻まれた。しかも、二本も。

「だいたい、あの方たちがみんな『ここは不幸の家ですよー』なんて言って出て行かれたのかしら。そんなことないわよね。やだわ、一体誰がそんな無責任な噂を流すのかしら」

話していて、感情が高ぶってきたらしい。信子は音を立てて湯呑を置き、肩で大きく息を吐いた。

「ああでも、誰が言ったのか何となくわかったわ。小太りの、焼きそばみたいな頭をした女性じゃない？　ね、そうでしょう。それは椋本《むくもと》さんといって、あなたのお家から六軒先にあるレモンイエローの壁の家の奥さんよ。今日は木曜日だから、コンビニに週刊誌を買いに行った帰りだわ、きっと」

特徴を言い当てられたことに驚いて、美保理はこくこくと頷く。信子は満足そうに頷いた。

「やっぱり。椋本さんって、舌の教育を受けていない方なのよね。分かりやすくて濃い味を大量に食べることが何より素晴らしいと思ってる。たくさんの手間と食材を使った料理を味わって、その料理にどんなドラマがあったのか、どんな技巧が凝《こ》らされたのか、そんな風に料理を楽しむことを、可哀相なことに教わってないのよ」

本当に、残念な方なの、と信子は心底憐《あわ》れむように言った。舌に載せるものを吟味《ぎんみ》する、ってことができないのよねえ。

穏やかな老女だと思っていた信子の様子が急に変わって辛辣《しんらつ》なことを言いだしたのに、美保理は若干ついていけていなかった。「はあ」と相槌を打ち、さっきまで全く存在していなかった、くっきりと刻まれている眉間の皺二本を驚きとともに眺める。

「誰にどんな事情があるのか、どんな理由でそうしたのか、そんなことは簡単に分かるものじゃないのよ。自分がまずたくさん経験すること、そして何度となく想像を巡らすことでようやく、真実の近くまで辿り着くことができるの。それを怠《おこた》ってる人に、そういう適当なことを吹《ふい》聴《ちょう》されたくないわ！」

だからあの人って嫌い！　子どものように言い放って、信子は唇《くちびる》を尖《とが》らせた。

「じゃあ、『不幸の家』って、嘘ですか？」

信子のあまりの変わりように失念しかけていたけれど、大事なことだ。美保理がおずおずと訊くと、信子は少し考えた後に「少なくとも、わたしはそんな不愉快な呼び名は知らないわ」と苦々しげに言った。

「枇杷と一緒よ。強い言葉ばかり独り歩きしたのね」

「枇杷と、一緒」

ぽつりと呟《つぶや》く。頭の中で溢れかえり流れ落ち続けていたコーヒーカップの水が、止まった気がした。見方を変えれば、大事なところが見えてくる……。

「それにねえ、あなたはしあわせがどうこう言うけれど、しあわせなんて人から貰《もら》ったり人から汚されたりするものじゃないわよ。自分で作りあげたものを壊すのも汚すのも、いつだって自分にしかできないの。他人に左右されて駄目にしちゃうなんて、もったいないわよ」

「いつだって自分……」

玄関の方で、大きな声がした。奥さーん、ノコギリを食った枝だけとりあえず切ったけど、それだけでいいのかい？

「あらやだ、もう来てくれたのね。ありがとう、ついでに少し整えて差し上げてー」

任せっぱなしもよくないし、わたしたちも外に出ましょうか。信子に促されて、庭先に出る。びゅう、と強い風が吹いて、枇杷の葉が舞う。さっきまでノコギリの生えていた枝は綺麗に切り落とされていた。美保理が使っていた脚立に腰かけた小さな老人が、手慣れた手つきで枝葉を切っている。

「あ、あの、急にすみません。お代、お支払いしますので！」

慌てて美保理が言うと、老人は「これくらいのことで貰えねえよ」と片手を振る。

「そこの奥さんから枇杷の種焼酎を貰う約束してるしな。でも、葉っぱも少し貰って帰っていいかい？　寒くなるとどうも腰の調子が悪くなるんだけどよ、これを湿布にして当てるとてきめんに効くんだ」

それくらい、いつでもいくらでも、と美保理が言うと、「ありがてえ」と一本欠けた前歯を見せてあっけらかんと笑う。

「ねえちゃん、ここで床屋やるんだって？　おれ、いっつも駅の方まで行ってたんだけどさ、今度から来るよ。しかしあれだなあ、床屋の庭に枇杷って、縁起が良さそうだな」

「縁起がいい、ですか？」

逆じゃないのか。意味が分からず、美保理が首を傾げる。信子は彼の言わんとすることが分かったのか、「あらそうね」と楽しそうに笑った。栄三《えいぞう》さんったら粋なこと言うじゃないの。

「どういうことですか？」

「床屋の店先によくあるアレよ。ほら赤、青に白の三色の」

「ええと、サインポールですか？」

店先にも設置している、床屋のトレードマークでもある三色の回転灯。あれと枇杷に何か繋《つな》がりでもあるというのか。まだ意図が分からずに美保理は考える。そしてはたと、眠たくて仕方なかった授業を思いだした。

「わかりました。病人を、救うところ！」

「そういうことねえ」

正解を導き出して破顔する美保理に、信子と老人は微笑《ほほえ》んで頷いた。

『昔、理容師は外科医を兼ねていました。一説によると、サインポールの三色は、赤は動脈、青は静脈、そして白は包帯と言われています。昔は、理容師は人の命も救っていたということだね』

あれは理美容史の授業だった。テストにでるよと言われて必死にノートを取っていたときには、なんてことない話だった。でもあの話が今、美保理の心を優しく包んでくれる。

「お客がたくさん来そうでいいな」

老人が枇杷の木を見上げ、信子が頷く。美保理も、ゆっくりと頷いた。きっと、そうであるといい。

夜遅くになって、譲は帰ってきた。食事は実家で済ませてきたと言う。お客が多いからと呼び出されていったわりに、顔には疲れも見られず、すっきりとしていた。

「ごめんね、開店前の大事なときだっていうのに放っていってしまって」

申し訳なさそうに、茶色のペーパーボックスをそっと差し出してくる。それは美保理の大好きなパティスリーのものだった。中を開けてみると、ふたりでは食べきれないほどのケーキが詰まっている。

「今日のお詫び、っていうわけでもないけど。最近ずっと忙しかっただろう。少し痩《や》せたみたいだし、今日くらいは好きなだけ食べてよ」

有名パティシエの店だからか強気の価格設定であるこの店のケーキは、いつもふたつまでと決めていた。こんなに買ったとなるとずいぶん高くついたに違いない。美保理は、お小遣いは大事に使ってよ、と言いかけてしかし口を噤《つぐ》んだ。譲の気遣いにケチなどつけたくない。

「この店のケーキには、モカマタリが合うのよね。まだ豆が残ってたはずだから、それを淹れようか」

「美保理の淹れたコーヒーは別格だから、お願いするよ」

少しすると、室内に香りが満ちた。ダイニングテーブルに向かい合って座り、色とりどりのケーキを前にコーヒーを一口飲む。ほう、と吐いた息はとても温かかった。

「どれから食べよう、迷うなあ」

イチジクのタルトと焦がしバターアップルパイで少し悩み、タルトを取る。鮮やかな赤い果実をぱくりと口にいれたところで、譲が鞄から大きな封筒を取り出した。

「なあに、それ」

手渡された薄いブルーの封筒には『憩《いこ》いの苑《その》　小鳥』とゴシック体で書かれていて、葉っぱを咥《くわ》えた小鳥が舞っている。小さく、『介護付有料老人ホーム』とも記されている。譲が何も言わないので中から書類を引き出してみると、パンフレットであるらしく、施設について様々なことが写真入りで丁寧《ていねい》に説明されていた。

「どうしたの、これ。介護施設が必要な人、お互い身内にはいないじゃないの」

住所を何気なく見ると、ここからとても近い。うつくしが丘にいくつかある老人介護施設のどれかからしい。

「ここ見て」

譲が、付箋《ふせん》が貼られてあるページを指し示す。そこには、『専門の理美容師によって定期的にヘアカットサービスも行っています』とあった。どうやら施設内にサロンルームがあるらしい。写真からは洗髪台まで設けてあるのが見て取れた。

「へえ、すごい。そういえば訪問型理美容サービスもあるっていうものね」

それでこれが？　パンフレットを脇に置き、タルトを口に運ぶ。なめらかなアーモンドクリームとイチジクのぷちぷちした食感が合わさってうっとりするくらい美味しい。今日はとても美味しいものと巡り合えるなと美保理は思う。そうだ、譲にも今日わたしが知ったたくさんのことを聞いてもらいたい。そんなことを考えていると、譲が口を開く。

「隔週の木曜日、ここのサロンを任せてもらえそうなんだ」

「え？」

「これまで通っていた人が体調を崩して辞めてしまったんだって。それで新しい人を探していて、俺たち夫婦でやらないか、と。店をたちあげたばかりで収入も不安だし、いい話だと思ってるんだ」

パンフレットの一番後ろに紙が一枚挟んであって、それには仕事内容や金額が事細かに書かれていた。ざっと目を通しただけでも、条件は悪くないと判断できた。

「う……ん、そうね。悪くない。確かに、これからどうなるかまだ不安だもん。少しでも決まった額が入れば精神的にも落ち着くし、顧客を増やすチャンスにもなるかもしれない」

元は、ひとりの理容師が対応していたらしい。隔週の木曜日は、譲は介護施設、美保理はお店で働けばいい。問題は何もなさそうだった。

「でも、どこからこんな話を？　もしかして、わたしに黙って営業活動でもしていたの？」

頼もしいけど水臭いなあ、と美保理が笑うと、譲は少しだけ言い辛そうに、「オヤジ」と言った。

「今日、仕事が終わった後にこれを渡されたんだ。オヤジの昔馴染《なじ》みの客が、この施設のオーナーなんだって。息子が近くに店を構えたのでぜひ、って宣伝をしたら、この話を持ち掛けられたって」

「お義父《とう》さんが？　お客さんにわざわざそんなことを？」

ありえない、と美保理は愕然《がくぜん》とする。勇一は職人気質《かたぎ》の理容師で、どれだけ馴染みのお客であっても定規で線を引いたようにきっぱりと距離を取る人だ。腕を情で買ってもらうようになっちゃお終《しま》いだという台詞を、何度聞いたか知れない。その勇一が、客に頭を下げるようなことをするはずがない。譲も同じ思いだったのだろう、眉尻を下げてへらりと笑った。

「俺も、驚いた。俺の顔を潰《つぶ》すんじゃねえぞ、って封筒渡してきたときには、余命宣告でも受けたのかなって思ったくらいだよ。でも、本当なんだ」

目の前の書類の文字と譲の顔を見比べる。どうしても、信じられない。

「オヤジなりの詫びなのかもな、って思うんだ。今日さ、バイト代までくれたんだよ。学生のころから、家業を手伝って何が金だ！　って怒鳴り散らしてたような人がだよ、はは」

譲の目尻がほんのりと赤い。そうして封を切った茶封筒を美保理に渡した。

「ごめん、すごく嬉しくて美保理と何か喜びあいたいなと思ってケーキを買ったんだ。まだ半分以上残ってるから、許して」

「そう……そうなの」

許さないといけないことなど、何もない。フォークでそっとタルトを切り分け、口に運ぶ。さっきよりも香りが強くなり、甘さが深まった気がする。ゆっくりと味わう。

「美味しい」

「うん、旨い」

それから少しだけ、沈黙が訪れた。食器が触れあう音だけが響く。しかしふたりの間には温かな何かがしっかりと横たわっていた。

互いにふたつのケーキを胃に収め、コーヒーを飲む。

「明日、ここに行って返事をしてこようと思うんだ。いいかな」

「もちろん。わたしはその間、やることがたくさんあるの。今日はちょっとさぼっちゃって、ほとんど何もできなかったんだ」

「疲れてるんだろう、それもいいさ。明日はおふくろが手伝いに来てくれるって。日課のウォーキングがてら、ポスティングしたいだなんて言うんだよ」

「ええ、本当に？　でも、有難いね」

嘘みたいだ、と美保理は思う。今朝はあんなにも苦しくて吐きそうで、世界の全てを呪いたいくらいだったのに、こんなにも穏やかな晩が訪れるなんて。

譲に、わたしの話も聞いてもらわなきゃ。そう思ったけれど、朝早くから働きづめの譲は帰ってきてどっと疲れが出てしまったらしい。大きな欠伸《あくび》をして目を擦りだしたので、お風呂に入りなさいよ、と言った。

明日にでも、また話せばいい。だって枇杷の木はずっと、この家にあるんだから。


翌日はとにかく忙しかった。前日に何もできなかったぶんやることは山積みで、しかし美保理はひとつひとつを丁寧にこなしていった。朝早くからウォーキングシューズ持参でやって来た皐月も、大量のチラシをあっと言う間に捌《さば》いてくれた。

「すごく助かりました、ありがとうございます。しかも、こんなお弁当まで」

昼食には少し遅い時間になって、三人で食事をとった。皐月は正月用の重箱にたくさんの料理を詰めて持ってきてくれていた。食べきれないほどのいなりずしやおにぎり、唐揚げにお煮しめがところせましと詰め込まれている。

「衛が暇そうにしてたから、家事はぜーんぶ押し付けてきたの。若い嫁だからってちやほやしすぎて逃げられるなんて、情けないったらないわ。喧嘩の理由、聞いた？　ハリー何とかってところの結婚指輪が欲しいのに買ってくれない、ですって。それならきちんとお金を貯めて買いなさいって話よ。子どものための準備金だってまだ足りてないっていうのに、たわけたことを言ってるでしょう。それを諌《いさ》められない衛に、もう腹が立って腹が立って！」

勇一が人の愚痴《ぐち》など聞かない人だからだろうか、皐月は溜まっていた鬱憤《うっぷん》を吐き出し続ける。

そして空いた隙間を埋めるように、どんどんと料理を詰め込んでいく。その健啖ぶりに、美保理はついつい笑ってしまう。

「でもお蔭で手伝いに来られてよかったわ。美保理さん、あなたにはたくさん迷惑をかけてしまって、ごめんなさいね」

申し訳なさそうに頭を下げられて、美保理はどうしていいのか分からない。こんな風に言われたのは、初めてのことだった。

「いえいえ、そんな。そんなことなさらないでください」

「あなたも知っての通り、私たち夫婦はお金もないし何もしてあげられない。嫌な思いをさせたこともあるでしょうけど、これでも応援してるのよ。ほんとうに」

「……それで、充分です」

本当に、充分だ。美保理は思う。これ以上、何を望むことがあるだろう。昨日、信子が言った通りだ。ちょっとのことで、大きな問題もたったそれだけのことに変わる。

「あれ、母さんそれどうしたの」

昨晩の余りのケーキを出してきた譲が、母親の手を見て言う。美保理も視線を向けると、手首に大きな絆創膏《ばんそうこう》が貼られていた。

「ああこれ？　お弁当作るの張り切りすぎてね、火傷《やけど》。唐揚げの油が跳ねちゃって」

鈍《どん》くさいでしょう、と皐月が恥ずかしそうに手元を隠す。

「ええ、それで絆創膏貼って終わりかよ？　ちょっと待ってなよ、俺、ドラッグストアまで行って塗り薬買ってくる」

「いい、いい。大したことないんだから」

親子の会話を聞いていて、美保理ははっと思いだす。

「ああ、そうだ。ちょっと待っててください」

救急箱の中に、ガーゼと包帯くらいはある。美保理はそれらと、キッチンに置いていたガラス瓶を持って、ふたりのところへ戻った。

「美保理、何それ」

「これね、昨日いただいたの」

ガラス瓶の中身を少量皿に入れ、ガーゼを浸す。それから、皐月に「手を出してください」と言った。

「火傷にも効くらしいんです。枇杷の種焼酎」

「まあ」

皐月の目が丸くなる。美保理さん、ずいぶん古風なものを持ってるのね。

「ビワってあの枇杷？　何それ、何なの」

興味深そうに譲が瓶の中の匂いを嗅《か》ぎ、アルコールに噎《む》せた。

絆創膏を剝《は》がして、水膨《みずぶく》れのできた箇所にガーゼを載せる。ひんやりしたガーゼが触れた瞬間、皐月は眉根をきゅっと寄せたけれど痛みはしなかったらしい。少しして、ああ気持ちいいわね、と洩らした。

「昨日ね、お隣の荒木さんに頂いたの。庭に枇杷の木があるでしょう？　その枇杷の実からとった種を、焼酎に漬けるんだって」

あれから、信子は植木屋の老人だけでなく美保理にも焼酎を分けてくれた。薄めてうがいをすれば口内炎や歯周病に効くし、喉の炎症にもいいのよ。切り傷や火傷にもいいから、お薬として置いておきなさいな。有難くそれを頂いたけれど、早速役に立つとは。

「へえ、お隣は感じの良さそうな人なんだね。ご近所トラブルは避けたいもんな。良い人なら、安心だ」

譲が笑う。そうでしょう、と相槌を打ちながら、それだけじゃないのよと美保理は思う。昨日、大袈裟《おおげさ》ではなくわたしを助けてくれた人なの。これからもっと、仲良くなりたい人なの。でもそれは、ふたりのときにゆっくりと話をしよう。こんな何でもないときにさらりと話をしてしまうのは、もったいない。

今度は、譲と一緒にあの家にお邪魔させてもらおう。動物の好きな譲に、名前を呼べば顔を出す亀を見せたい。後をついてまわるだなんて聞いたら、俺も飼いたいと言うかもしれない。ああそうだ、信子さんに栗の渋皮煮の作り方を教えてもらおう。それと、この枇杷の種焼酎も。調べたら、リウマチにも効果があるってネットに書いてあった。祖母が生きていたら、どれだけでも作ってプレゼントするのに。

「ありがとう、美保理さん。実はさっきまで少し疼《うず》いていたんだけど、引いてきたみたい」

包帯を巻き終わると満足そうに皐月がため息を吐き、できたら少し分けてくれる？　と言う。

もちろん、と美保理は頷いた。

「さあさあ、ケーキを食べたらもうひと頑張りしようか。母さんには悪いけど、来てくれたからにはばりばり働いてもらうよ」

譲が言い、あらやだこき使う気？　と皐月が冗談めかして笑う。これまでに見たことのなかった母子《おやこ》のやり取りに美保理も笑う。それから空が赤紫に染まり始める夕方まで、三人で忙しく動いて回った。

ひととおり片付けを済ませ、皐月が帰ったところでふたりで挨拶回りに向かうことにした。まずはお隣へ、と足を向けた美保理は、門扉《もんぴ》の前で立ち尽くした。

昨日は誰でも出迎えるように開かれていた門扉が固く閉ざされ、錠が掛けられていた。奥へ目を向けても、人の気配がない。どうしたのかと何度もチャイムを鳴らしていると、はす向かいの家から老女がのそりと姿を現した。

「荒木さんなら、今日の昼過ぎに越していきましたよ。何でも、息子さん家族と同居が決まったって」

「うそ」

「そこの奥さんはひとり暮らしが長かったからか、最近ちょっとボケてきていたんですよ。何か起きたあとじゃ危ないっていうんで、息子さんがね。いい息子さんですよ、やさしくてねえ」

信子より幾分若いだろうか。こめかみの部分に明るい茶色のメッシュをいれた老女は興味深そうに美保理たちを眺めまわした。無遠慮な眼差《まなざ》しを受けながら、美保理は昨日の信子を思いだす。ボケているなんて、思いもしなかった。だってとてもはきはきしていたし、出されたものはどれも美味しかった。

老女ははっと気付いたように「そこの床屋の方たち？」と声を明るくした。

「美容室も兼ねてるんですってね。オープンしたら行かせてもらいますねえ。あらやだ、ご挨拶に回ってるの？　やだわあ、お気遣いありがとうございますねぇ」

譲が紙袋を渡し、老女と挨拶を交わす。その隣で美保理は、昨日のことが嘘のように気配をなくした一軒家を振り返っていた。

まだ、話したいことがたくさんあったのに。

不幸の家だなんて呼ばれるような家の横で、何十年も過ごしてきた人。あの短い時間でたくさんのことを教えてくれた人。これからもっと親しくなって、いろんなことを話したかった。どんな人たちがあの家に住み、暮らしてきたのか。どういう思いで住み、そして離れていったのか。語って欲しかった。

「何だか不思議な日だわねえ。ずっとここにいた人を見送ったかと思えば、入れ替わるように新しい人を出迎えるなんて。でも、そういうものなのねえ、きっと」

老女がしみじみと言い、それから「縁起がいいわね、あなたたち」と続ける。

「川の流れと一緒。古いものが去るときは、流れが変わって溜まっていた悪いものまで全部浚《さら》っていってくれるのよ。あの家はよくない噂があったけど、でもきっとあの人が去ったことで流れが変わるでしょうよ。

意味が摑めずに、譲が小首を傾げて曖昧《あいまい》に笑う。美保理は、なるほどと呟いて、夕暮れの空を仰いだ。薄墨が広がり始めた空では、雲がゆるゆると流れて去っていく。

きっと、そういう意味であって欲しい。このもの哀しい別れが、しあわせの欠片《かけら》として残るように、そういう意味を持って欲しい。

「明日から、頑張ってね」

老女の言葉に、譲が頭を下げる。美保理も頭を下げた。

「きっと大丈夫です。しあわせの場所にしていきます」

美保理の胸の内に、信子の言葉が蘇《よみがえ》る。

しあわせは人から貰ったり人から汚されたりするものじゃないわよ。自分で作りあげたものを壊すのも汚すのも、いつだって自分にしかできないの。

多分、これからも何度となく自分に言い聞かせるのだろう、と美保理は思う。しあわせを見失いかけたときに、きっと、何度も。

ただ信子さん、思うんです。しあわせはやっぱり、人から貰うこともありますよ。それをいつか、機会があったら伝えたいです。

明日、ふたりの店はうつくしが丘にオープンする。

第二章　ままごとの家

すべての物事には前兆というものがある。多賀子《たかこ》にそれを教えたのは義母の良枝《よしえ》だった。夫と子どもの様子をよく観察し、気を配るのよ。そうすればおのずと見えてくるものがあるの。体調不良の兆候、家庭外でのトラブル。特に後者の方は芽が小さなうちに摘《つ》んでおかないといけないわ。大きくなると、取り返しのつかないことにもなりかねないの。

嫁いでからずっと専業主婦だという良枝は、よく気の付くまめな女性だ。家族のためには労力を惜しまず、家の中はいつだってきれいに整えられていたし、料理も手抜きを見たことがない。夫の義明《よしあき》が子どもの時分には毎日手作りのお菓子を食べさせて、市販のものを与えたことはなかったという。毎年家族のためにセーターを編み、それを着て家族写真を撮るのが恒例。夫の実家の客間には、その写真だけを収めた革張りのアルバムが今でも宝物のように飾られている。

自分の母親に対して言うのも何だけど、主婦の鑑《かがみ》だと思うね。義明は結婚前から実母を手放しで褒め、多賀子にはそれが少し重荷だった。多賀子は細かいことを気にしない性質《たち》で、便利なものは何でも利用すればいいという考えだったので、手作り至上主義の良枝のような真似は到底難しかった。幸い、義明は母と多賀子は別個の人間だと理解していたし、個性は尊重しなければならないということも知っていたので、多賀子のやりようを面と向かって否定することはなかったが、それでも母のような女を理想としていることは覆《くつがえ》しようのない事実だった。子どもたちがファストフードのフライドポテトを食べているのを見て、ゴミ箱の中のクイック調味料の空き箱を見て、いつも残念そうに眉尻を下げた。「母さんは」そう言いたげに唇《くちびる》が蠢《うごめ》くのを多賀子は見逃さなかったし、その度に腹の底に小石ほどの硬い感情が溜まっていった。

多賀子は良枝よりはずぼらであったけれど、自分なりにできることをきちんとこなしてきたつもりだ。親は子に充分な教育を与える義務があるという考えの義明は、子どもたちが幼いころから様々な習い事をさせてきた。学習塾はもちろんのこと、ピアノに水泳、英会話にサッカーと数えきれない。教育費で家計は逼迫《ひっぱく》し、多賀子はそれを補うために働いた。パートの合間に習い事の送迎をし、休日には試合だ発表会だと駆けまわった。毎日くたくたになるまで動き続けているのに、一汁三菜用意できないことの何がいけないんだろう。良枝のすることはもちろん正しいだろう。けれどそれは、生活に余裕のある豊かな人たちだけに通用する正しさなのだ。

だけど、良枝の言う『観察』だけはもう少し行っておけばよかったと、今痛烈に思う。私はきっと『観察』が足りなかったが故に、こんな目に遭っているのだ。多賀子は夫と息子を前にして、疎《うと》ましいと思っていた義母に心で詫《わ》びた。ああ、お義母《かあ》さん。あなたの言うことに耳を傾けていれば、こんな恐ろしいことにはならなかったのかもしれません。

梅雨《つゆ》明けを期待させる快晴の今日は、三者面談の日だった。

受験生を抱える親にとって、高校三年生の夏は特別なものだ。半年後に迎える難局を無事に乗り越えてもらうために、最大限の手助けをしなくてはいけない。多賀子の子、雄飛《ゆうひ》もまた、受験生の夏を迎えようとしていた。それなりの進学校に入り、上位の成績を維持している雄飛は、教師陣から志望校には必ず受かると太鼓判を押されている。しかし雄飛は遅れてやって来た反抗期の真っ只中にあり、両親どころか教師たちにも歯向かうようになっていて、そのことが不安視されてもいた。

「こちらの言葉に耳を貸そうとしません。もちろん自分なりに受験対策をとって勉強を続けてくれれば何の問題もありませんが、学生にとって夏休みというのは何かと誘惑の多いものです。今このときでなくてもいいものに、熱中してしまう」

空いた椅子を見つめながら担任が気がかりそうに言う。三者面談だというのに、雄飛の姿はなかった。今朝、学校で待ち合わせましょうと声をかけたけれど、『うるせえ』と吐き捨てられた。自身の進路の重大さくらい承知していると思っていたのに、と多賀子は内心ため息を吐《つ》く。それでも、担任には笑顔を向け、「元は真面目《まじめ》な子なので、大丈夫だと思います」と返した。反抗期に入ってから家庭内での会話は無いに等しく、口を開いたかと思えばどこで覚えてきたのか汚い言葉で多賀子を罵《ののし》る。それでも雄飛は学校も塾も欠かさず通っている。今の状況は一過性のもので、大した問題ではないだろう。

ただ、気になることがないわけではなかった。通知簿を見れば、何度か早退している形跡がある。サボり癖がついているのではないだろうか。

いや、気にしすぎだろうとすぐに思い直す。雄飛だって、非日常を求めたくなることもあるだろう。多賀子も、学生時代は仮病を使ったことが何度かあった。同じように学校をサボった友人たちとカラオケやカフェに行き、共に過ごした時間は今では大切な思い出だ。雄飛が大人になったとき、学生生活を振り返ってみれば勉強一色だったなんて、それでは余りに哀しすぎる。今はいい経験を積んでいると思ってあげるべきだろう。「家庭でも気をつけます」と言って、話を切り上げた。

その帰り道でのこと。夕飯の買い物を済ませてバスに乗り込もうとしている多賀子を呼び止めたのは、以前住んでいた社宅で隣の部屋に住んでいた紀子《のりこ》だった。

「多賀子さん！　久しぶり」

多賀子より八つ年上の紀子はとても面倒見がよく、何かと世話になった。男の子四人を育て上げており、遠方に住む実母以上に多賀子の子育てを手伝ってくれた。

「ちょうど、連絡しようと思ってたのよ。ここで会えてよかったわ。ねえ、時間少し貰《もら》っていいかしら」

有無《うむ》を言わさぬ勢いで多賀子を手近な喫茶店に連れ込んだ紀子は、急に深刻そうな顔をしてスマートフォンをふたりの間に置いた。これがどうしたの？　と目で問うと、写真を表示させる。覗き込んだ多賀子は息を呑んだ。少し年の離れた男女が手を繋《つな》いで歩いている。男は仕事帰りだろうか、スーツ姿で片手にスーパーのレジ袋を提《さ》げており、寄り添う女は穏やかに微笑《ほほえ》んでいる。何の変哲もない写真だった。その男が、義明であるということ以外は。画面を凝視《ぎょうし》している多賀子の様子を見て、「やっぱり、知らなかったのね」と紀子が哀しそうにため息を吐く。多賀子は頷くことすらできなかった。

「社宅の向こうに、市営住宅があるでしょう。築四十年のオンボロ長屋。どうもそこに住んでる女と付き合っているみたい。平然とした顔で、しょっちゅうふたりで歩いているもんだから、末次《すえつぐ》さんのところってていつ離婚したのかしら、なんて噂になってるの」

震える手で、画面に触れる。指先で拡大すると、笑っている義明の顔がアップになった。

「いつ、から……？」

「三ヶ月、ううん、半年になるかもしれない。わたしが見かけてこれを撮影したのはここ最近なんだけど、遠藤《えんどう》さんや三浦《みうら》さんたちは結構前からだって」

多賀子とあまり仲のよくなかったふたりだ。あの人たちなら面白おかしく噂することはあっても、多賀子に教えてくれることはまずない。

「いくら引っ越したとはいえ、余りにも迂闊《うかつ》な行動でしょ。ねえ、この女に心当たりある？遠藤さんの話だと、駅ビルに入ってる子どもバレエ教室の講師じゃないかって」

「バレエ教室……。子どもを通わせたことはないし、知らないわ」

夫から女の方へ画面を動かす。薄化粧を施した女は、まだ三十代前半だろうか。四十三歳になる多賀子よりも確実に若い。そして、とてもうつくしい体つきをしていた。肌にぴたりと添うTシャツに細身のデニムパンツという飾らない服を着ているにもかかわらず、どこか整って見えるのはスタイルの良さのせいだろう。四十を過ぎてからダイエットが上手《うま》くいかず、若いころより十三キロも太った多賀子が同じ服装をしたら、さぞかしみっともないことになる。それに、ウエストにゴムの入っていないパンツなんて、穿《は》くことすらできなそうだ。

「雄飛くん、今年受験でしょ？　父親がこんなことしてるって知ったらどんな影響を受けるか分かんないわ。きちんと義明さんと話をして、すっぱり別れてもらわないと」

頭が上手く機能していない。紀子の言葉をおうむ返しに呟《つぶや》きながら、多賀子は何度も頷いた。きちんと話をして、別れてもらわないと。きちんと話をして、別れてもらわないと。

気付けば結構な時間になっていて、遠方にいる息子が帰省してくる予定だったと紀子は慌ただしく帰っていった。いつでも連絡して、わたしにできることなら何でもするから。そう言って紀子は強く多賀子の手を握ったけれど、返す余裕はなかった。私も帰らなくては、と多賀子もバスに乗る。乗客が多く、サウナのように蒸し暑いバスに揺られながら、スマートフォンを触る。紀子から転送してもらった写真をぼんやりと眺めた。

義明と結婚して、もう二十二年になる。喧嘩《けんか》をしたこともあったけれど、それなりに平和な家庭を築いてきたはずだ。ふたりの子に恵まれ、五年前には中古物件ではあったけれど閑静な住宅地に一軒家を持つこともできた。雄飛が大学に入り、卒業するまで四年。母親人生の『あがり』までもうすぐ。その先は、夫婦ふたりの人生が始まるのだ。そんなことを考えて生きてきた。まさか、今になってこんな問題が降りかかってくるなんて。

ぼうっとしている間に、バスは終点である停留所に着いた。うつくしが丘。それは、多賀子たちが暮らす住宅地の名前だ。二十五年前に開発された新興住宅地で、それなりの戸数がある。山と海が近くて環境に恵まれているけれど、いかんせん交通の便が悪い。駅のある大きな街まで、路線バスが一本通っているだけだ。自家用車で通勤している義明はさほど気にしていないが、それでも社宅に住んでいたときより通勤時間が大幅に増えた。そして免許を持っていない多賀子には不便で仕方ない。パート先のビル清掃会社に出勤するのも、買い出しに行くのもバスが必須。子どもたちも、通学時間が増えたことやバスと電車を乗り継がなくてはいけないことに不満たらたらだった。

しかし、『子育てには自然が近い環境が理想的だ』という主張を義明が曲げなかったのと、口コミで高評価だった学習塾が近かったのとで、ここに移り住むと決めた。そのときすでに築十九年が経過していた家は多少古さが目立つけれど、部屋数が多く収納スペースが広くとられているところなど、利点の方が多い。そのせいか中古物件とはいえ値段が高く、月々のローンは社宅の家賃の何倍にもなっているのが悩みの種でもあった。雄飛が国公立大学に進学してくれなければ、多賀子はパートをひとつ増やさないといけなくなるかもしれない。

やけに重たく感じられるレジ袋を提げて家まで歩く。義明はもう帰ってきているらしく、カーポートに車が停まっていた。

三階建ての家は、二階にリビングがある。靴を脱いで階段を上ると、テレビの前のソファに雄飛が寝ころんでいた。ここ半年ほどは食事のとき以外は自室にこもっていた子が、珍しい。

しかも、多賀子の顔を見て「おかえり、遅かったね」と声をかけてきた。

「あ、ああ、ただいま。ごめんなさい、帰りがけに紀子さんとばったり会っちゃったもんだから。ほら、社宅の」

三者面談に来なかったことを叱るつもりだったけれど、驚いてつい言い訳がましいことを口にしてしまう。雄飛は「ああ、お隣のおばちゃんね。元気だった？」と柔らかな口調で言った。

テレビでは、ジャージを着た芸人たちが泥まみれになって走っていた。いちいち大きなナレーションと笑い声が流れる。雄飛はそれを、小さな笑い声を洩《も》らしながら観ている。「うん、相変わらずだった」と返事をしながら、多賀子は息子の横顔を見つめた。反抗期が急に影を潜めたのか、それともただの気紛れか。何にせよ、ここで「どうしたの」と言おうものなら、きっといつものように不機嫌な顔を作って自室に消えてしまうに違いない。何も言うまいと、キッチンに向かった。袋から食材を取りだしながら「お父さんは？」と訊くと、「風呂」と短く返ってきた。

「あらそう。雄飛、お腹空《す》いたでしょ。すぐに夕飯作るから」

「別に、いいよ」

「何言ってるの。ちょっと待っててね」

この時間にふたりが家にいるのは珍しい。雄飛は塾でいつも帰りが遅いし、義明も最近は残業だ接待だと言って夕飯を食べて帰ってくることが多い。今夜は久しぶりに三人の食卓だなと考えて、多賀子は手を止めた。

もしかして、これまで義明の言っていたことは全部嘘で、本当はあの写真の女と一緒に食事をしてから帰ってきていたのではないか。あの写真の義明はレジ袋を提げていた。買い物まで共にしていたのだ。私がたったひとりで夕食を済ませているころ、きっとあの人は疑似夫婦の団欒《だんらん》を楽しんでいた。ああ、なんてこと。

半分上の空で麻婆豆腐《マーボーどうふ》とたまごスープを作ったところで、義明が風呂から上がってきた。多賀子はその姿に視線を走らせる。こめかみに白いものが交じった髪。腹は出ていないけれど、全体的に皮膚が弛《たる》んでいて、腕にはいくつかシミが浮いている。首にタオルを掛け、白の肌着と作務衣《さむえ》のズボンだけを身に着けた恰好は、どこにでもいる中年のおじさんそのものだ。こんなひとが本当に、浮気を？

「何だ、多賀子。帰ってたんだな」

キッチンに入ってきた義明は冷蔵庫を開け、発泡酒を手に取る。じっと自分を見つめる多賀子には気付かず、多賀子の手元にある麻婆豆腐の素《もと》の空き箱をちらりと見た。

「また、それか」

「今日は、忙しくて」

「また、って言っただろ。最近、多いよ」

どうでもいいことのように言い捨て、義明はリビングへ去った。多賀子はいつの間にか箱を握り潰《つぶ》していた。今日は朝早くからパートに行き、早退してから学校へ行った。帰宅して食事を作ろうと思ったら、こういうものに頼りたくもなる。他の日だって、細々《こまごま》した用事に追われて、似たようなものなのだ。

だいたい、「また」なんて言うけれどあなたは一緒に食事を取ることがほとんどなくなったじゃないか。叫び出しそうになって、耐える。あの女《ひと》は、麻婆豆腐をいちから作るのだろうか。いやきっとそうで、手作り主義の義明は、そういうところも好ましく思っているのだろう。私だって余裕さえあれば、レトルトに頼りきりにならずに済むのに……。潰した箱を、ダストボックスに捨てた。昨日使った炊き込みご飯の素の箱が目に入って、無性《むしょう》に悲しくなった。

それから三人で、食事を取った。久しぶりに家族が顔を合わせているのに、会話はない。雄飛がつけっぱなしにしているバラエティ番組の音だけがリビングに空々しく響く。雄飛はあまり食欲がないのか、スープに少し口を付けたところで箸を置いた。義明も、申し訳程度に豆腐を食べた後は昨晩の残りのイカ大根をアテにして発泡酒を飲んでいる。多賀子の前の皿だけが空《から》になりだしたころ、義明が「テレビを消してくれ」と雄飛に言った。雄飛は黙ってリモコンを操作した。

「多賀子に、話がある」

義明が改まった様子で言い、多賀子の心臓が大きく跳ねる。手にしていた湯呑をぎゅっと握り、「なぁに?」と何でもない風を装って訊いた。このタイミングで、浮気の告白でもするつもりだろうか。精神的に不安定な雄飛のいる前で?

しかし、違った。義明は真面目な顔をして、「雄飛が女の子を妊娠させた」と多賀子に告げた。

「堕胎《だたい》期間を過ぎていて、十月には産まれる。雄飛は彼女と結婚するために高校を中退して働くと言っている」

多賀子はゆっくりと瞬《まばた》きを繰り返した。言われていることが、現実のものだと思えない。まだ高校生で、これから受験戦争に立ち向かっていく雄飛が誰を妊娠させたと？　誰が中退をして、結婚すると？　私は、雄飛に彼女がいたことすら知らない。

「彼女は十九歳で、今は駅前商店街のスーパーで働いている。悪阻《つわり》が重くて今もまだ治まらないっていうのに、出産費用を稼ぐためにぎりぎりまで働くと言っている。なかなか良い子だよ」

「……会ったの？」

「昨日のことだけどな。雄飛が碌《ろく》でもない女に騙《だま》されていたら大変だから、もちろん会うさ。心配しなくていい、きちんと礼儀をわきまえた子だったよ。近々、向こうの親に――お母さんだけらしいんだが、挨拶に行かないといけないな」

義明は、満足に言葉も発せないでいる多賀子にどんどん言葉を重ねていく。そこでここからが大事な話なんだが、雄飛は中退だ就職だと言っているけど、大学まで出たほうが生まれてくる子どものためにもいいんじゃないかと俺は思う。これまでの予定通り、大学に行かせることにした。そして雄飛が独り立ちできるまで、この家で雄飛と新しい家族の面倒を見ようじゃないか。学生結婚は上手くいかない、なんてよく言われるが、俺たち親がきちんとフォローすればどうにでもなる。多賀子も子ども好きだし、少し早いけど孫を抱っこできるなんて幸せだろう。彼女と仲良くして、子育てをフォローしてやってくれ。

絶え間なく口を動かす夫から雄飛へと視線を移す。笑顔を忘れたんじゃないかとさえ思っていた息子は無邪気に頬を緩《ゆる》め、「父さんがこんなに理解の深い人だなんて思わなかったよ」と声を弾《はず》ませた。

「反対されてもいい、学校を辞めて働けば何とでもなるって思ってた。樹利亜《じゅりあ》も、精一杯頑張るって言ってくれたし。でも、父さんがここまで言ってくれて、感動した。本当のこと言うと、やっぱり大学行きたかったんだよね」

父さん、ありがとうね。雄飛が深々と頭を下げ、義明は発泡酒で少し赤らんだ顔で鷹揚《おうよう》に頷く。子どもをきちんと社会に送り出すのは親の義務だ。お前も、生まれてくる子どもに同じようにしてやればいいさ。

笑い合う夫と息子を、多賀子はテレビの向こうの作りものを見ているような気持ちで眺めていた。この茶番は、何だ。どうしてこのふたりは、こんな大きな問題を簡単に処理しているのだ。息子の人生設計が大きく変わること、私の人生すら変わること、それが事後承諾でいいわけがない。無言で固まっている多賀子を見て、雄飛が義明に「ねえ」と声を掛ける。義明はちらりと多賀子に視線を向けて、「驚いてるのさ。まあ、無理はない。多賀子にも少し、受け入れる時間が必要だ」と分かったようなことを言う。

「何、言ってるの。そんな言い方、おかしいんじゃないの」

麻痺していた喉《のど》から多賀子がどうにか絞り出した声は、悲鳴に近かった。

「今後どうするか、一緒に話しあってこそ家族でしょう。こんな……、こんな進め方はおかしい。必要なのは一方的な報告じゃなくて、一緒に考えることだったはず。あなたたちがしないといけなかったことは、相談でしょう？」

喉がひどく渇く。震える手で湯呑を取ろうとしたものの、上手く掴めずに倒した。慌てて布《ふ》巾《きん》でテーブルを拭いていると義明のため息が聞こえてきて、顔を上げる。夫の冷ややかな視線が多賀子を捉えていた。

「相談して、何の意味があるっていうんだ？　お前に任せた小春《こはる》は行方不明だ。お前に話したって、どうしようもない」

多賀子は手を止めた。信じられない、という思いで義明を見返す。

「ちょっと待ってちょうだい。任せた？　小春がいなくなったのは私ひとりのせいだって言うの？　あれはあなたがあの子の言うことに、全く耳を貸さなかったからじゃない」

「当たり前だろ。叶いもしない夢を見させておく方が、残酷だ。諦《あきら》めさせろと言ったのに、できなかったのはお前だろう。小春の人生を、お前が潰したんだ」

「私は潰してなんかない。潰そうとしたのはあなたでしょう」

「俺は小春にまっとうな道を示してやっただけだ」

二年前と全く同じやり取りだ。夢を捨てたくないと泣いて訴える娘を、夫は頭ごなしに否定した。夫は多賀子に『どうやってでも、諦めさせろ。いい大学に行ってきちんとした会社に就職する、その方がいいに決まってる』と言った。その大学は良枝の母校で、良枝がことあるごとに素晴らしい学校だと褒めていた女子大だった。志望していたのは良枝と義明で、小春ではない。

『どうせ大学に受かる自信がないから、そんなこと言うんだろう？　そうじゃないのなら、受かってみせてからにしてくれ。そうしたら、お前の話に耳を貸そう』

義明の言ったことを信じて、小春は受験に挑んだ。そして小春はきちんと結果を出したのに、義明はやはり進学以外の道を認めなかった。『奨学金も貰わずに大学に行かせてやろうって言ってるんだ。叶いもしない夢を語るより、感謝の言葉を口にしなさい』あのとき、小春の目から零《こぼ》れ落ちたのは涙ではなく希望だった。

大学の入学式当日の夜明け、祖父母や親戚から貰った祝い金や貯金を全部持って、小春はひっそり家を出た。『わたしはわたしの夢を捨てたくありません』リビングにそっと置かれた手紙には何度も、ごめんなさいと書かれていた。期待を裏切ってごめんなさい、こんなことしてごめんなさい、言うことを聞かなくてごめんなさい。たくさんの謝罪を残して、小春は家を出て行った。

「ねえあなた、いつまで同じことを言ってるの？　あの子が家を出て行って、もう二年。たった一度も、連絡がない。きっと今も必死に頑張ってるのよ。親を頼らずに二年もひとりで頑張っていること、そろそろ認めて応援してやろうと思わないの？　どうして駄目になったって決めつけるの」

義明が、発泡酒の缶をぐしゃりと潰して鼻で笑う。

「頑張ってるって、どうしてわかるんだ？　夢なんてとっくに捨てて、どこの馬の骨とも知れない男と暮らしている可能性だってある。それこそ、子どもだってできているかもしれないじゃないか。俺の言うことをきいておけば、今頃楽しいキャンパスライフを過ごせていただろうに、人生丸つぶれだ」

小春は生半可な覚悟で出て行ったんじゃない。それさえも認めないと言うのか。腹の底で黒い炎のような怒りがぐねりと渦巻くのが分かる。それでも平静を保とうと呼吸を整えながら、多賀子はゆっくりと義明に話しかける。

「私はそうは思わない。でも仮に……仮に子どもができているとしましょう。そう仮定しても、私は小春を褒めたいと思う。私たちに何の迷惑もかけずに頑張っていることに、変わりはない。すばらしいじゃないの。碌でもなくなんかない。それに、小春の問題と、今の雄飛の問題は違う。雄飛はまだ高校生よ？　何の責任もひとりでとれないっていうのに、よそ様のお嬢さんを妊娠させてるのよ。保護者の庇護下にいる子どもが起こしていい問題じゃ――」

ダイニングテーブルが大きな音を立てて揺れ、麻婆豆腐の皿がひっくり返った。さっきまで大人しかった雄飛が、力任せにテーブルを蹴《け》ったのだ。立ち上がり、多賀子を怒りに満ちた目で睨みつける。

「また俺の否定かよ。ふざけんなよ。あんたがそんな風だから、俺は父さんにだけ話をしたんだ。あんたはいつもそうだ、小さいころから姉ちゃんばっかりかわいがる。今だって、俺の方が碌でもないって言おうとしてたんだ」

「雄飛、落ち着いて。私はそんなこと――」

「いっつもいっつも、あんたは俺の願いごとなんかきいてくれやしねえんだ」

ムカつくんだよ、と雄飛は地団太を踏んで叫んだ。幼いころからの雄飛の癖だ。思い通りにいかないことがあると、癇癪《かんしやく》を起こして大声を出す。長男だからと祖父母や父親からことあるごとに優遇されてきたせいだ。義明の実家は長男崇拝に近い考えを持っていて、長男と次男で扱いが違う。長男である義明から聞いたところによると、おやつの量や、ときにはおかずの品数さえ違ったこともあったという。多賀子は、子どもは平等にという考えの家で育っていたし、自身もそれが当たり前だと思っていた。だから常に、子どもたちには姉弟の差はないと教えてきたつもりだった。けれど雄飛は『母だけが自分を特別扱いしてくれない』と腹を立てた。この年になっても、まだ理解できていない。

義明を見ると、呆れたような顔をして多賀子を見ている。その冷たい眼差《まなざ》しを受け、雄飛の怒声を聞きながら、多賀子はただ悔やむしかなかった。

どこから気を付けていれば、観察していれば、こんなことにならなかったのだろう。義母の言う『小さな芽』がどこにあったのか、こんなに育ちすぎていては、もう分からない……。

夕食の後片づけをして多賀子が寝室に入ると、義明は既に自分のベッドに潜り込んでいた。まだ起きているのだろう、身じろぎしないしイビキもない。しかし多賀子に話しかける気もないようだった。多賀子もまた黙って隣のベッドに入り、一応「電気消すから」と声をかけて室内を暗くした。やはり返事はない。

雄飛のことが、頭から離れない。受け入れろと言われても、簡単にできるはずがない。このままでいいんだろうか……と考えていると、義明が寝返りを打ちつつ声をかけてきた。

「多賀子、さっきの話だけれど」

思わず身を硬くする。「はい」と返事をすると、義明は「雄飛の件は、これでいいんだからな」と多賀子の心を見透かすようなことを言った。

「これでいいって言われても……」

「お前は、黙って見ていろ。いずれ、俺が間違っていなかったことがわかる。俺の方が、子どものことがわかってるんだからな」

反論を許さない強い口調の義明は、「お前にとってもいいことじゃないか」とついでのように言った。

「多賀子の人生にも、夢や楽しみが必要だろう。子育てに参加できる、それってとてもいい楽しみじゃないか。人生が、また充実するよ」

「充実って」

馬鹿にしてるの、そう言いそうになったのを多賀子はすんでのところで堪《こら》えた。夢や楽しみがない、私がそんな人生を送っているとあなたは思っているのか。

私にだって夢がある。楽しみがある。小春が夢に向かって生きて、できれば成功すること。雄飛が大人になり、社会人として歩み出すこと。そして、子どもたちが巣立った後にはたくさんのやりたいことがあった。その中には、義明と共に、と思うこともあったのに。

あなたは私のこと、何にも分かってないのね。哀しくなると同時に、自分もまた義明のことを理解しているだろうかと、はっとする。三ヶ月、いや、もしかするとそれ以上ものあいだ、外に女がいたことに気付かなかった。義明が何を考えて自分に接していたのか、想像もつかない。生活に追われ、一日のチェックリストを埋めるのに必死で、義明について思いを巡らしたことなんて記憶にない。前はもっと、身近だった気がするのに。

義明は話したいだけ話すと満足したようで、すぐに寝息を立て始めた。もう二十年以上も聞き続けた穏やかな呼吸が、やけに遠い。焦りとも、後悔とも知れない感情を抱えながら、多賀子は虚空を睨みつけるようにして、夜を明かした。

＊

翌日、義明も雄飛も無言で家を出て行った。ほとんど手の付けられていない朝食を片づけていると、急に多賀子の体から力が抜けた。その場にへなへなと座り込み、そのまま崩れるようにして寝そべる。昨晩ほとんど眠れなかったせいなのか、こめかみのあたりに繰り返し殴られているような痛みが襲ってくる。頭痛薬を、と思うも体は動かなくて、冷たいフローリングに頬を押し付けて頭痛をやり過ごそうとした。

視界の端にある壁掛け時計が、出勤時刻が迫っていることを知らせている。しかし、指先ひとつ動かせない。欠勤するしかないと思うと同時に、皆勤賞の三万円のためにどんなに辛《つら》い日も頑張ったのにと情けなくなった。

「どうしたら、いいんだろう……」

誰かに、相談したい。しかし、誰にこんな話ができるだろう。遠方に住む心配性の老母に気を揉ませたくないし、それぞれの生活に手いっぱいな兄や妹にも言えない。紀子の顔がちらりと浮かんだけれど、雄飛のことは言いにくかった。

私に襲いかかっているこの痛みは誰にも言えないんだ。そう思ったとたん、泣き出しそうになった。暗闇に放り出されたような、地面が急に消えたような恐怖に似た感情が爆発し、その激しさに嗚咽《おえつ》が洩れる。ひとは恐怖で死ぬことがあるという。私はこのまま、孤独の恐怖で死んでしまうのかもしれない。

そんな馬鹿げた焦燥に襲われて、多賀子はむくりと体を起こした。あそこなら、きっと何も考えずに眠れる。ふらりと立ち上がり、三階へと向かった。三階には洋室が三部屋あり、夫婦と子どもそれぞれに割り振られている。多賀子は小春の部屋に入っていった。

部屋は、小春が出て行ったときと何も変えていない。多賀子が毎日窓を開けて換気をし、週末には掃除をしているので綺麗に整えられている。少しだけ空気がよどんでいるような気がしたので、窓を開け放つ。朝の涼しい風が一陣舞い込んできて、クリームイエローのカーテンを揺らした。

カーテンの横にあるハンガーシェルフに目をやる。高校の制服と、大学の入学式用のスーツが並んで掛かっている。スーツは、購入時に一回袖を通しただけだ。もう二度と着られることはないだろう。ああそういえば、昨晩義明はあんなことを言っていたけれど、小春は今どうしているだろうか。元気でやっていると、信じてはいるけれど……。気落ちしそうなことを考えてしまって、慌てて打ち消す。

押入れを開けると、二段になった収納スペースの下段が、すっぽりと空いている。多賀子はその一畳ほどのスペースにのそのそと入り込み、ごろりと横になった。光が半分しか差さないそこは、ほんのりと薄暗い。横を向けばすぐに壁があって、その下の方には黒のマジックペンで四角い箱のようなものが描かれている。四角の周りには、花を手にした人らしきものが数体いて、そして四角の中にはたどたどしい字で『おんなのおはか』と書かれている。正確には、『おんなのおはか→じごくいき』。

見落としがちなところに落書きがあることに気が付いたのは、この家に移住して半年ほど経ってからだ。多賀子たちの寝室のクローゼットには車輪のような絵と共に『ゆうえんち』、二階のリビングの出窓の下には『おしろのバルコニー』、三階に向かう階段の隅っこにはかぼちゃの絵と『シンデレラのかいだん』。子どもの拙《つたな》い字ばかりだけれど、母親と思《おぼ》しき大人の女文字で書かれたものもある。前の住人に幼い子どもがいたのだろうと微笑ましく思っていたのだが、この『おんなのおはか』を見つけたときにはぞっとした。

あどけない字から察するに、低学年か就学前の子どもだろう。そんな子がどうして、こんな薄気味悪いものを書いたのだ。他の他愛ない落書きを目にするたびに、『おんなのおはか』の異質さが気になった。消してしまえばいいのに残している理由は、自分でもよく分からない。

しかし小春が出て行ったときから、何か躓《つまず》くたびに、心が乱れるたびに、多賀子はこの狭い『おんなのおはか』に入り込むようになった。狭くて暗い場所で横になり、「私は今お墓で眠っているんだ」と思うと、不思議と荒れる感情が凪いだ。死者はしがらみに縛られない。今の私は、何にも支配されない……。

今日も、ブロックのような形をした墓石を見つめていると、ゆっくりと気持ちが穏やかになっていくのが分かった。何ひとつ状況は変わっていないけれど、それでも冷静になることは大切だ。安堵《あんど》すると、急に睡魔が襲ってきた。睡眠不足が今になって効いてきたらしい。このまま寝てしまおう、と多賀子は重くなった瞼《まぶた》を下ろし、深く息を吐く。沼に沈み込むように、何の抵抗もなく眠りに落ちた。

しかし、睡眠はいくらも経たないうちに妨害された。急に、乱暴に体を揺すぶられたのだ。

「お母さん！　お母さん、どうしたの？」

泣きだしそうな声に驚いて飛び起きた多賀子は、棚板で頭をしたたかに打った。「痛い！」と声を上げながら周囲を見回すと、目の前に顔をくしゃくしゃに歪《ゆが》めた小春がいた。記憶よりもずっと長く髪を伸ばし、きちんとメイクをした小春は、「どうしてこんなところで寝てるのよ、人騒がせな！」と大きな声で怒鳴った。

「家中探してもいないし、まさかねと思いながらわたしの部屋に入ってみたら、お母さんが押入れの中で倒れてるんだもん。一瞬、本当に心臓止まったからね」

「え、あ、小春？　どうしてここにいるの」

「どうして、はこっちの台詞《せりふ》！　何してんのよ」

「ええと、ここは『おんなのおはか』で……ねえ、私、夢でも見てるの？」

ずきずきと疼《うず》く頭は夢ではないことを多賀子に知らせているけれど、それでも信じられない。ずっと音信不通だった小春が何故《なぜ》、ここにいる。

「夢じゃないよ。わたし、お母さんに会いに来たんだよ」

小春は自分の存在を確かめさせるように多賀子の手を取り、笑った。


二階のリビングに戻り、欠勤連絡を職場にしてから改めてふたりで向き合った。朝イチで家を出て来たと言う小春は父と弟が手を付けていないおかずを見て、「ごはんちょうだい」と言う。そうして、まだ状況が摑めていない多賀子の前で茶碗一杯を平らげ、おかわりを要求した。はいはい、と言われるままによそっていると「さっき言ってた『おんなのおはか』って何？」と訊いてきた。

「ああ、やっぱり小春も気付いていなかったのね。この家っていろんなところに子どもの落書きがあるでしょう？　あそこの壁にもね、あるのよ。それが、『おんなのおはか』なの」

子どものままごとの名残《なごり》に助けられているなんて、恥ずかしい。馬鹿じゃないの、と小春に笑われるのを覚悟で、多賀子は説明をした。あそこで死人の気分になってじっとしていると、不思議と落ち着くのよねえ。照れたように言う多賀子を、小春は笑ったりしなかった。ふうん、と小さく呟いただけで、二杯目のごはんをかき込んだ。

「あー、久しぶりにお母さんの料理食べた。満足」

「それはよかった。それなら、小春。いい加減きちんと説明なさい。急に帰ってきたのは、どういうこと」

お茶を淹《い》れながら言うと、「それよそれ」と小春が顔を顰《しか》める。

「雄飛が、女の子を妊娠させたんだって？」

「どうして知ってるの！」

急須を取り落としそうになる。自分でさえ昨晩知った話を、どうして小春が。もしかして子どもたちはひっそり交流を持っていたのだろうか。しかし小春はあっさりと、「友達から教えてもらった」と言った。

「中学の同級生でさ、美和《みわ》ちんっていたでしょ。去年結婚して、今妊娠中なんだ。で、美和ちんから連絡がきたんだよ。小春の弟が妊婦と一緒に産婦人科に来てるんだけど、って」

「なんてこと……」

義明の浮気がすっかり噂になっているように、もしかしたら雄飛のことだって知れ渡っているのかもしれない。知らなかったのは、私だけなのかもしれない。焦りと情けなさをどうにか押し止めて、ふと気になったことを訊く。

「ねえ、小春は今どこに住んでるの。お母さん、てっきり東京に行っているものとばかり思ってたんだけど」

「え？　そんなとこ行かないって」

小春が口にした場所は、バスと電車で一時間足らずで行けるところだ。まさかそんな近くにいたなんて、とぽかんとする。母親の気の抜けた顔を見て、小春は少しだけ愉快そうに笑った。

「元々、東京に行くつもりなんてなかったよ。師事したいひとはこっちにいたし。でもさ、家から通える範囲のところだから許して、なんて言ったってきっと、お父さんは聞いてくれなかったでしょ」

確かに、と多賀子は頷く。小春は大学に行くのだと夫は決めてかかっていた。他にどんな道を提示しようが、説明しようが、納得しなかっただろう。

「それは置いといて、よ。雄飛の話、本当なんでしょう。どうすんの。美和ちんの話だとけっこうお腹大きかったから、中絶も無理だろうって」

「雄飛は大学まで行かせて、卒業するまでの間は彼女と生まれてくる子どもの面倒をこの家で私たちが見る。そういう計画を昨日の夜初めて聞かされた」

「何、それ」

「雄飛は、一度は高校を中退して働くって言ったらしいんだけど、お父さんがそう決めたみたい」

小春に、昨晩の話をする。感情的にならないよう事実だけを語って、それから「どう思う？」と訊いた。「信じられない」と小春は頭を振る。

「お父さんは雄飛に甘いから、そういう風に言うのは理解できる。ただ、相談なしっていうのが、おかしい。前は、何でもお母さんに話してたじゃん。けっこう身勝手なひとだからいつも一方的に話をしてるだけだったけど、それでもお母さんと情報の共有はしてた。なのに、どうしたの」

憤る娘に、ちゃんと見ていたんだなと多賀子は感心する。義明は、会社での出来事や世間の話題など、そのときに自分が感じていることを話すのが好きな人だった。でもそれはいつの間にか減り、今ではすっかりなくなっていた。忙しいのだろうと、勝手に判断していたけれど。

「お父さんね、浮気、してるみたいなの」

おずおずと、多賀子は言った。何故だかとても申し訳ない気持ちになって、「ごめんね」と頭を下げる。

「私、全然気付かなかったのよ。でも、社宅の紀子さんから教えてもらったの。もう半年くらい付き合ってるみたい。社宅の奥さん方の中では、ちょっとした噂になってるって」

口にしてしまえばやはり自分の責任だと思えてならない。先人の忠告には耳を傾けるべきだったのだ。心の中で義母に再び詫びて、多賀子はため息を吐く。小春に目をやると、大きな目を見開いて多賀子を凝視していた。

「何それ。うちの家族、ばらばらじゃん……」

小春の震える声に、心臓が鷲摑《わしづか》みにされたように痛む。ばらばら、その通りだ。大声で責め立てられるよりも辛くて、多賀子は俯《うつむ》いた。小春もそれ以上言葉にならないのか、口を噤《つぐ》む。

「……わたしね、この家を買ったのがいけないんだと思う」

どれくらい経ったころか、考え込んでいた小春がぽつんと呟いた。意味が分からなかった多賀子がそっと顔を上げると、小春はもう一度はっきりとした声で言う。

「この家が、いけないんだよ。わたしたち家族は、社宅を出るべきじゃなかった」

ここでどうして、家が原因になるのだ。驚いて目を見開く多賀子に、小春は重ねて言う。

あそこにいるときは、家族みんなが近かった。狭かったけど誰が何をしてるのかすぐに伝わってきたし、話もできた。でも、この家に来てからは遠くなった。家にいる時間が減って、家族みんなで食卓を囲むこともぐんと減った。それぞれの部屋ができたのは嬉しかったけど、ひとりの時間ばかりになった。話すことも少なくなって、わたしはそれがとても寂しかった。

ひとことひとこと、ゆっくりと吐き出すようにしていた小春は、湯呑のお茶を一息に飲んで、肩で大きく息を吐く。考えもしなかったことを言われて呆然としている多賀子を見て、顔を歪める。

「わたしたちに合わない家なんだよ、ここは。不釣り合いなんだ。社宅なら、わたしはお父さんともっと話ができた気がする。あのとき逃げ込める部屋がなかったら、わたしはもっと向き合えた気がする。逃げ出すような真似、しなくてよかった気がする。もちろん、たらればだよ。出て行った後だから、好き勝手言えてるのかもしれない。でも、お母さんが『おんなのおはか』なんてものに逃げ込むことだけは、なかったって断言できる」

家が、合わない。すとんと腑に落ちる言葉だった。やっとの思いで手にしたものが不釣り合いだなんて、信じたくない。けれど、今の状態を考えれば小春の言う通りかもしれないと思えた。

「ごめんね。わたしが出て行ったあと、お母さんはあそこで丸まって眠るようになったんでしょう？　わたしがここに留まっていたら、そんなことせずに済んだはずだよね」

気付けば、小春は目を真っ赤にしていた。歪めた唇を痙攣《けいれん》しているように動かすのは、泣きだすのを堪えているときの小春の癖だ。多賀子はどうにか笑みを浮かべてみせて、「何言ってんの」と明るい声を出した。

「年甲斐《としがい》もなく、おままごとごっこをしていただけだってば。そこの窓際に、『おしろのバルコニー』って書いてあるのは知ってるでしょう？　気分のいいときはそこでコーヒーを飲みながらお菓子を摘《つま》んだりするの。景色はまあ、城下町が広がってるわけじゃないけど」

「え、そんなのあった？　わたし、客間と脱衣所のしか知らない」

「そうなの？　見てみなさいよ」

小春は立ち上がって、窓際へ行く。出窓の周囲を眺めて回って、屈《かが》んだ瞬間に「あった！」と叫んだ。

「ほんとだ。こんな死角にあったなんて」

「前の入居者に小さな子がいたんだろうねって、以前話してたでしょう？　近所付き合いは今でもお隣の荒木《あらき》さんぐらいとしかしてないんだけど、前はどういう家族が住んでたのかなんて、なかなか訊く機会がなくて――」

楽しそうに字を指で辿っていた小春はふっと振り返ると、「ねえ、会いに行こうよ」と言った。

「会いに？　誰によ」

「雄飛の彼女と、お父さんの浮気相手。ふたりがお母さんにちゃんと話してくれないのなら、相手に確認するしかないじゃない。わたしたちはふたりの家族なんだし、会いに行く権利があると思う。ううん、会いに行くべきなんだよ」

よし、と小春は声を出して立ち上がった。

「お母さん、すぐに支度して。雄飛の彼女は駅前商店街のスーパーにいるんだっけ？　若くてお腹の大きな女の子なら、すぐに分かるでしょ。お父さんの浮気相手が住んでる場所は、紀子おばさんに訊けばどうにかならない？　あのひと、情報通だしさ」

「大丈夫だと思う、けど……本当に行くの？」

「当たり前でしょ。それともお母さんは、お父さんたちの勝手な言い分だけを聞いて諦めるつもりなの？　わたしは、ひとりでも行くよ」

小春が多賀子の腕を取る。お母さんも行かなくちゃ駄目だよ。家族の問題から逃げて、どうするのさ。

少し躊躇《ためら》ったのち、多賀子は立ち上がった。「テーブルの上、片づけておいて」と言って洗面所に向かう。乱暴に顔を洗い、鏡の中の自分を見た。法令線が深くなり、髪はコシがなくなった。寝不足のせいだろう、目の下には隈《くま》がくっきりできて、弛《たる》んで見える。改めて観察すれば、哀しくなるくらい老け込んでいた。叱られた犬のような情けない顔から、慌てて目を逸《そ》らす。けれど、自分に何度も言い聞かせた。家族だからこそ、行くべき。知るべきなのだ。

「……よし」

小さく声に出して、鏡の中の自分を見つめる。今度は、目を逸らさなかった。

うつくしが丘からバスで三十分ほど行ったところに、都市部へ向かう駅がある。利用客が多く、駅前は大きなビルがいくつも立ち並んでいる。その先には商店街と飲み屋街が並行していて、どちらも発展している。注目の街などと呼ばれて久しく、テレビで紹介された店も数多い。交通の便が悪く、陸の孤島と揶揄《やゆ》されるうつくしが丘にとって、この街の存在は大きい。住人たちは日常の買い物をほぼ、ここに依存していた。免許のない多賀子ももっぱら、この駅前商店街を利用している。

駅前商店街にはふたつ、スーパーがある。輸入ワインやチーズ、オーガニック食材などを取り扱っている高級志向店と、手書きのポップがうるさいくらい目に飛び込んでくる安売りが自慢の店。多賀子の行きつけは後者だが、雄飛の彼女は前者の店に勤めていた。

入ってすぐに、多賀子は糖質カット食品の棚で品出しをしている女の子の、ふっくらしているお腹に気が付いた。長い茶髪を後ろで一纏《ひとまと》めにして、少し派手目の化粧をしている。大人びて見えるものの、表情や仕草にあどけなさが残っていた。

「あの子かしら。確か名前は樹利亜、だったかな……」

「それっぽい人は他にいないし、きっとそうだと思う。けっこう、感じよさそうな子じゃん」

大きめの服を着てエプロンをつけているけれど、お腹がふくらんでいるのは隠せない。それでも彼女はてきぱきと商品を並べ、段ボールを片づけていく。笑顔を絶やさず、客に話しかけられればすぐさま体ごと向き直って応対していた。笑うたびに、八重歯がちらりと零れている。

多賀子は、彼女の周りにひとがいなくなったタイミングを見計らって、そっと近寄った。

「あのう」

声を掛けると、樹利亜はぱっと笑顔になって「いらっしゃいませ」と微笑んだ。小春の言う通り、感じは悪くない。その笑顔に向かって「末次雄飛の母ですけど」と自己紹介をすると、途端に顔つきが変わった。アイラインを太く引いた大きな目が、多賀子を睨みつけてくる。

「は？」

「信じらんない。ここで親が登場するなんて、どんだけ甘やかされてんの」

「来るなら本人に来させてください。ちゃんとした父親になるって言ってたのに、こんなに頼りないひとだなんて思わなかった」

そう言う間に、涙が溢《あふ》れて頬を伝う。慌てたのは多賀子と、少し離れたところに立っていた小春だった。小春がすぐさま駆け寄ってくる。

「ちょっとお母さん、いきなり喧嘩でも売ったの？」

「そんなわけないでしょう。あ、あのね、あなた何か勘違いしているかもしれない。私は今日、雄飛には内緒であなたに会いに来たの。雄飛抜きで、お話ししてみたくて」

雄飛はこのことを知らない。そう言うと樹利亜は疑わしそうな目で多賀子たちを見る。しかし嘘ではないらしいと感じたのか、「外出許可、貰ってきます。向かいのファミレスで待っててもらっていいですか？」と涙を拭いた。

　昨日の夜、別れようって言いました。ファミレスにやって来た樹利亜は、多賀子と小春を前にしてはっきりと言った。

「電話がかかってきて、話をしたんです。それで、お腹の子はあたしがひとりでちゃんと育てるから、もうあんたは……雄飛くんはいらないって言って、電話を切りました」

「ひとりで育てるって、どうして？　あいつ、あなたに何か失礼なことでも言ったの？　喧嘩したとしても、別れるなんてそんなこと」

　まさかの展開に、小春が上ずった声で訊く。お腹に手をあてていた樹利亜は少し言い淀んだのち、「覚悟」と呟いた。その言葉を多賀子が拾う。

「覚悟って、どういう意味？」

　樹利亜はオレンジジュースを少しだけ口にすると、まだ落ち着かないと言う悪阻のせいだろうか、顔を顰める。よく見れば頬はこけ、顔色も悪い。濃く入れたチークやリップでどうにか見た目を整えているようだ。グラスをテーブルに置き、樹利亜は唇をほとんど動かさずに喋る。

「親の金で大学通えることになった。その間はお前も子どもも、親に面倒をみてもらうことにしたから。そんなことを嬉しそうに話す人に、父親になる覚悟があるとは到底思えません」

『大学に行きたかったんだ』と笑った顔を、多賀子は思いだす。あの調子で、樹利亜にも報告したのだろう。父さんが面倒みてくれることになったんだ、よかったよね。そんな風に気楽に口にしたことは想像に難くなかった。

「まだ高校生だけど、どんなことをしてでも樹利亜と一緒に子どもを育てていく。そう言ってくれたから、あたしは信じて産む決意をしたのに……」

樹利亜の瞳《ひとみ》に涙が盛り上がる。多賀子が慌ててハンカチを取り出して渡そうとすると、樹利亜はそれを、首を横に振って断った。テーブルセットの紙ナプキンで、乱暴に目元を拭《ぬぐ》う。

「でも、期待するほうがおかしいんですよね。妊娠が分かったとき、雄飛くんの人生を大きく変えてしまうことになるって、怖かった。年上として、しちゃいけないことだったって反省もしました。最初は、ちゃんと分かってたんです。なのに、それをすっかり忘れちゃってた。大学、そんなに行きたいなら勝手にすれば？　って怒鳴っちゃって」

そうなっちゃうよね、と小春が前のめりになって相槌《あいづち》を打つ。多賀子も、樹利亜が言っていることは痛いほど理解できた。悪阻に、どんどん変化していく体。女の子育てはもう始まっているのに、子どもが実際に生まれるまで、いや、生まれた後も父親の自覚を持てない男はいる。雄飛はそんな男であって欲しくないと思うけれど、残念ながら現時点ではそうでないようだ。父となる覚悟がない、と樹利亜に責められるのも当然だ。

「こんなお腹になるまで親に相談しなかったっていうのも、酷《ひど》い話だよ。不安だったでしょ。やっと言ったかと思えば子どもと三人で親のスネ齧《かじ》って生きることにした、なんて最低じゃんね。呆れる気持ち、すっごく分かる」

小春が憤慨《ふんがい》したようにテーブルを叩き、樹利亜は目を伏せて洟《はな》を啜《すす》った。

「自分の弟ながら、情けない。しかもあなたから別れ話をされたっていうのに、会いにも来てないんでしょ？」

雄飛はどこ行ったの、と小春に訊かれて、多賀子は「多分、学校」と答える。

「制服着て出て行ったし。授業が終わったら会いに来るつもりなのかもしれないけど……でもそうよね。樹利亜さんの気持ちを考えたら、そんなの放って会いに来るべきよ」

「結局、学校を辞めるなんてことできないんですよ。でも、それは仕方ないです、まだ、高校生だもん。だからあたし、ひとりで産みます。あたしの母もシングルマザーなんですけど、ひとりであたしを育ててくれましたから、大丈夫です」

樹利亜が顔を上げ、多賀子はどきりとする。涙で赤くした目の奥に、しっかりとした意思が光ったように見えた。

「誰にも頼らない。あたしは母親として、この子をひとりで育てていきます」

樹利亜は小春より年下のはずだ。そんな若い子がすでに母として生きていく決意を固めているというのに、息子は一体何をしているのだと多賀子は歯がゆく思う。その一方で、自分を恥じた。義明の雄飛への対応を心の中で非難していたくせに、結局は自分も甘やかしていたのだ。高卒よりも大卒の方が、妻子のためになるだろう。親がサポートすれば、若くて未熟な夫婦でも上手くやっていけるだろう。結局は、夫の言う通りそうしてやるべきなのだろう、と心の奥底では考えていた。

「樹利亜さんは、親の援助なしでお腹の子を産み育てたいって思ってるんだね」

小春が訊き、樹利亜はこっくりと頷く。

「面倒をみてもらえるということは、本音を言うと嬉しいです。不安がぐんと減ります。でも親になるってそういうことじゃないってあたしは思うんです。自分の勝手で背負ったものは自分が責任もって背負って歩くべきです。そりゃあ、どうしても親に一緒に背負ってもらわなきゃいけないときもあるかもしれない。でも、最初からそれをあてにしちゃだめだと思う」

ゆっくりと言葉を探しながらの樹利亜の話を、多賀子は黙って聞く。

「でも、雄飛はあてにしてたんだよね。あの子、そういう子だから」

小春がぴしりと言い、その言葉が多賀子の胸に刺さる。重たいだろう持てないだろう、と親が先回りをしてきた子育てだったように思う。今回もきっとそうなのだ。

「雄飛くんの言ってることも分かるんです。あたしを少しでも安心させようとしてくれてるんだとも思います。だからって、やったー、って簡単に甘えたくはない」

意見を伺うように小春が多賀子を見るが、多賀子は黙って首を横に振った。当事者同士の話がまとまっていない以上、口を出してはいけない。しかし、樹利亜に会いに来てよかったと思う。とてもしっかりした子だ。

樹利亜が、ふっと息を吐く。

「そういう意見の擦れ違いなんかも乗り越えるのが夫婦だと思ってて、ずっと憧れてたんです。そういう夫婦に、なりたかったなあ」

樹利亜が呟く。その小さな呟きは、がつんと殴りつけられたような衝撃を多賀子に与えた。

ぼうっとしていると、樹利亜が腕時計を見て「大変」と声を上げる。

「もう戻らなきゃ。休憩、三十分しか貰えてないんです。あの、いろいろ失礼なことを言ってすみませんでした。もうあたしのことは放っておいてください。雄飛くんとは、別れましたから」

「そんなことできるわけないじゃん。これはうちの馬鹿弟の問題でもあるんだから、はいそうですかって終わらせられないよ」

立ち上がりかけた樹利亜を、小春が慌てて止める。お母さんも！　と促されてはっとした多賀子は「もう少しだけ、時間をちょうだい」と頭を下げた。

「頼りなくて、情けない子だと私も思う。呆れて見限る気持ちも充分理解できる。それは、甘やかして育てた私たち親のせいでもあるわ。だから、責任をもって雄飛ともう一度話をする。過保護だと言われるかもしれないけど、雄飛を未熟な男のままにしておけないの。雄飛に、自分を省みる時間を少しだけくれないかしら」

樹利亜はぐっと唇を噛んだ。

「彼がひとりで会いに来たら、話くらいは、聞きます」

ポケットから折りたたんだ千円札を取り出しテーブルに置くと、樹利亜は急いで店を出て行った。お札を返す暇もなかった。「あ、走らないで。無理しないで！」慌てた多賀子が声をかけたけれど、振り返りもしなかった。

「あの子、大人だね」

樹利亜がいなくなったあと、多賀子と向かい合うように座り直した小春がしみじみと言う。

「正論だなって思った。雄飛のやつ、人を見る目だけはいいのかも」

「彼女の言ってることは正しい。でも、子どもを育てるって想像以上に大変だし、お金もかかるのよ。理想だけじゃどうにもならないこともたくさんある。だからといって私たちが手取り足取り面到みるのは、違うのよね……」

ふたり揃って、重いため息を吐いた。とりあえず昼食でも取ろうとメニューを開いたとき、小春が「あ!」と叫んだ。

「雄飛!」

指差された窓の先を見ると、樹利亜が戻っていったスーパーの出入り口前でうろうろしている背中があった。入る勇気がないのか、中を覗くそぶりばかりを見せている。

「情けなさすぎる。ちょっと捕まえてくる」

そう言うなり、小春は店の外に駆け出していった。制服姿の雄飛を背後からいきなり蹴り上げ、雄飛が振り返ったと同時に手首を摑む。いきなりの攻撃に雄飛は気色《けしき》ばんだようだったが、姉だと認めた途端、間抜けな表情に変わった。雄飛は何してんだよ、などと怒鳴ったようだが、脛《すね》を蹴られて蹲《うずくま》った。あっと言う間の出来事に、そういえば姉弟喧嘩はいつでも小春の圧勝だったなと、多賀子は少し懐かしいような思いで眺めていた。

「……何で、ここに母さんまでいるんだよ」

捕獲された雄飛は、窓際のテーブルに座る多賀子を見て、苦々しく呟いた。

「もちろん、樹利亜さんに会うためよ」

「は？　勝手なことしてんじゃねえよババ……いてぇ！」

叫びかけた雄飛の頭を小春が殴りつける。「うるさい、騒ぐな」と短く叱責《しっせき》されて、雄飛はしぶしぶ多賀子の向かい側に座った。その隣に小春が座る。

「何だよ、何で姉ちゃんがここにいるんだよ。出て行ったくせに」

「あんたが女の子を妊娠させたなんて噂を聞かなきゃ帰ってこなかったよ。まだ高校生の分際で女の子妊娠させといて、偉そうな口きくな」

「高校生だけど、責任は取る。どうやってでも、育ててくつもりだよ。それでいいだろ！」

ぶすっとしながら雄飛は窓の向こうに視線をやる。客の出入りする自動ドアを恨めしそうに見る目は、昔と同じ甘えん坊の末っ子のそれだ。

「フラれてるじゃん、あんた。しかも、会いに来たわりに店の中にも入れないヘタレのくせに、どうやって責任取るっていうの」

小春が鼻で笑うと、雄飛が「何で知ってんだよ」と顔を真っ赤にして小春に向き直る。つん、と顔を背けた小春の代わりに、多賀子は答えた。

「もう、樹利亜さんと会ってお話しした後なのよ。もう雄飛とは別れたから放っておいてくださいって言われた。子どもはひとりで育てます、って」

「まじかよ……」

雄飛が顔を覆う。意味分かんねえよ、という小さな呟きに、まだ理解していないのかと母娘《おやこ》で顔を見合わせる。

「樹利亜さんは、雄飛と夫婦になりたかったたって言ってたわよ」

「俺だってそうだよ。樹利亜と結婚して、生まれてくる子どもの父親になりたいよ。そのために大学に行って、就職を少しでも有利にしようって考えてたんだ。その間は父さんが面倒みてくれるって約束してくれた」

「ねえ、あんたそれ本気で言ってんの？　それって、大学を卒業するまでは父親業始めません、って言ってるのと同じなんだよ」

呆れた、と小春が言うと雄飛が顔を上げる。

「そんなこと言ってねえし！　俺は父親として最善の選択をしようとしてんだよ」

「樹利亜さんは、自分の勝手で背負ったものは自分が責任もって背負うべきだって言ってたよ。わたしも、そう思う」

小春が真っ直ぐに雄飛を見据えた。

「親のお金で学校に通って、親のお金で生活しているあんたは立派な『子ども』だよ。なのに自分の勝手で子どもをつくった。その子を、産み育てるって決めたのなら『子ども』であろうとしちゃいけないんだよ」

「何で姉ちゃんが偉そうに言うんだよ」

「わたしはあんたの姉ちゃんで、今は自分で稼いだお金で生きてる大人だからだよ」

きっぱりと胸を張って言う小春に、雄飛が顔を顰める。

「樹利亜さんもそう。自分で稼いだお金で子どもを育ててくって決めた大人だった。あのね、大学に行くこと自体が悪いと言ってるわけじゃないんだよ。でも、あんたは大人になるふりをして、親のお金で子ども期間を延長しようとしてるだけ。そんなことないって言いきれる？できないよね。父さんが今回も甘やかしてくれてよかった、ってどこかで思ってるよね？」

強く言い重ねる小春に、雄飛は何も言えないのか顔を逸らした。しかし、耳を傾けている。それが分かっているのか、小春はなおも続けた。

「あんたたちふたりが進もうとしている道は、イージーで楽しいものじゃないよ。これからたくさん苦労するだろうし、躓くことだってあると思う。でもそれは自分の責任なんだから、受け入れて乗り越えていかなきゃいけないんだよ。自力でどうにかしなきゃいけないって気持ちを持たないとダメなんだ。子どもを思う親の手を振り切って違う道に行くって、そういう覚悟を持たないといけないことなんだよ」

ふたりのやり取りを黙って見ていた多賀子は、はっとして小春を見た。小春の目には、さっきの樹利亜にも劣らない強い意思があった。

それからふと、雄飛の視線が何かを見つめていることにも気が付く。視線の先には、楽しそうに食事をしている集団がいた。高校生だろう、雄飛とさほど変わらない年齢の子たちだ。無邪気に笑い合う彼らは、この後の予定を立てているらしい。カラオケに映画、プールにゲームセンターと候補は尽きないようだ。

「羨《うらや》ましい？」

多賀子と同じく、雄飛の視線の先に気付いた小春が訊く。

「あっちの日常が惜しいのなら、これからも『子ども』として生きていけばいい。そうすると樹利亜さんに言えばいい。あの子はきっともう、あんたのところには戻ってこない」

雄飛が静かに姉を睨む。駄々をこねるときとも、感情のままに怒鳴り散らすときとも違う、激しいけれど無言の視線。小春はそれを、同じ強さで受け止める。

「ねえ、雄飛」

ふたりの間に、多賀子はそっと言葉を挟んだ。雄飛が多賀子を見る。

「さっき、樹利亜さんは『雄飛と夫婦になりたかった』と言っていたのよ。彼女はね、『意見の擦れ違いも乗り越えられる夫婦』になりたかったと言ったの」

雄飛の目が微《かす》かに見開かれ、多賀子は微笑む。

「何度だって、どれだけ平行線を辿ったって、それを乗り越える努力をしなさい。あなたたちに足りないものは、会話と相手に対する理解だと私は思う」

雄飛は何か言いたげに口を開いたが、くっと引き結んだ。それからすっと立ち上がる。

「樹利亜のところに、行ってくる」

「あんた、大丈夫？　これで下手なこと言ったら、終わりだよ？」

小春が言うと、雄飛は「分かってる」と頷いた。

「俺も、そこまで馬鹿じゃない。優先順位が分からなくなってたけど、もう、大丈夫だから」

どいて、と姉を押しのけ、雄飛は店を出て行った。残された母娘はすぐに、窓に顔を押し付ける。今度は、雄飛は躊躇うことなく店の中へ消えていった。

「……上手く話せるかしら、あの子」

「どうだろう。でも、ここで説得できないようなら父親になんて到底なれないでしょ」

店の出入り口から目が離せない。しばらくして、小春がくすりと笑った。

「こんなところを樹利亜さんに見られたら、やっぱり過保護だって怒られちゃいそう。あとは雄飛に任せて、ごはんでも食べよ」

「あら、そうね」

顔を見合わせて笑う。それから今度こそ注文をした。

「しかし、雄飛が父親かあ。なんか、信じらんない」

「そんなの私もよ。まだ何年か子育てが残ってると思ってたのに、孫なんて言われても困るわよ」

運ばれてきた日替わりランチの海老《えび》フライを口にしながら、多賀子はため息を吐く。子どもが生まれるのが十月だというから、もう三ヶ月ほどしかない。具体的にこれからどうしていくか、考えることは山積みだ。

「お父さんともちゃんと話をしなくちゃ。今夜は、久しぶりに家族会議よ」

「そう、それよ。こんなところでのんびりしてられない。浮気相手のところにも行かなくちゃ。雄飛のことだけで手いっぱいなんだから、ちゃんと別れてもらわないと」

「うーん。会いには、行かないでおく」

そう言うと、「何でよ」と小春は目を丸くして言った。

「見て見ないフリするって言うの？」

「そうじゃなくて、夫婦の問題だから夫婦の間で解決したい、そう思ったのよ」

言葉を選びながら、多賀子は言う。さっき、樹利亜の言葉を聞いてはっとした。夫婦になりたい、それはかつての自分も願ったことだった。このひとと夫婦としていろんなことを乗り越えながら生きていきたい。何十年もの夫婦生活のスタートに、自分はそう思った。

「お父さんと満足に話もせずに事を進めてしまうのは、間違いだと思う。お父さんの言葉を聞いて、それからにするわ」

口の端にタルタルソースを付けた小春は、ふうんと口の中で呟いた。それでいいの、とくぐもった声で問うので、ゆっくりと頷いた。

帰ってきた義明は、ダイニングテーブルに娘の姿があるのに気付いて素《す》っ頓狂《とんきょう》な声を上げた。

「小春、お前、何で」

「お父さん、いつもこんなに遅いの？　一緒にごはん食べようと待ってたのに、お腹空きすぎなんだけど」

小春が目の前の食卓を示す。せっかくだからと、多賀子は家族それぞれの好物を作って並べていた。しかしどれも、すっかり冷め切っていた。義明の好きな山芋の磯部揚げも、衣がべちゃりとしてしまっている。

「仕事だから、仕方ないだろう。だいたい、連絡くらいくれても」

義明が責めるように言ったが、「お母さんがメールしたよ」と小春に言い返される。ぐっと言葉を詰まらせた義明は声を張った。

「そんなことより、どうしてここにいるんだ！」

「雄飛の噂を聞いたから、帰ってきたの。家族の問題は、一緒に乗り越えたいじゃん」

我慢できなくなったのだろう、小春は鶏の唐揚げを摘み上げて口の中に放った。あったかかったらもっと美味《おい》しかったのに、と義明を軽く睨みつける。

「一緒にって、勝手に出て行ったのはお前じゃないか。だいたいその雄飛はどこに行ったんだ。もう帰ってる時間だろう」

義明が声を荒らげる。雄飛はスーパーの店内に消えていったまま、まだ帰ってきていなかった。

「あなた、ちょっと落ち着いて。とりあえず、三人で話しましょう」

夕飯は？　と訊くと、「……もう、食ってきた」と声の勢いが失われた。ばつの悪そうな顔を見れば、どこにいたのかすぐに分かる。多賀子の胸はちくりと痛んだけれど、気付かないふりをして「とりあえず、着替えてきなさいよ」とだけ言った。

「いい。酒」

ネクタイを緩めて、義明はどさりと椅子に座る。多賀子は黙って発泡酒の支度をした。それから料理を温め直していると、玄関のほうで音がした。雄飛が帰ってきたのかもしれない。

小春も気付いたのか、階段の方に向かう。少しして戻ってきた小春の後ろには、雄飛と樹利亜が立っていた。ふたりとも、目元が赤く浮腫《むく》んでいる。

「何だ、ふたり揃って」

「父さん。母さんも、こっちに出てきて。話があるんだ。聞いて欲しい」

雄飛はキッチンから出てきた多賀子と義明を前にして、深く頭を下げた。

「高校だけ、卒業させてください」

義明が、手にしていたグラスを置いた。雄飛は頭を上げないまま続ける。高校だけは、行っておいた方がいいと思いました。高校卒業までに就職決めて、それから働きます。ちゃんと父親として頑張りたいんです。だから、高校卒業まで、面倒みてください。

「ど、どうしたんだ、雄飛。大学に行っていいって言ったじゃないか。樹利亜さんも、困るだろう」

慌てた義明が、雄飛の後ろの樹利亜に視線を向ける。樹利亜も、同じように頭を下げた。

「お気持ちは、嬉しいです。でも、それに甘えていたらあたしたちは親になれないと思うんです。この子はあたしたちの子だから、あたしたちで育てたいんです」

「もちろん、父さんたちを頼ることもあるかもしれない。でも、できる限り、自分たちの力で頑張りたいと思ってる」

義明はふたりの頭を前に口を開けたり閉じたりしていたが、突然、手にしていたグラスの中身を一息に飲み干すと、多賀子を見た。さして驚いた様子のない多賀子に気付き、「お前が何か言ったんだな」と低い声で言う。多賀子が返事をする前に、雄飛が「母さんは関係ないよ」と顔を上げた。

「これは樹利亜とふたりで話しあって、決めたことなんだ。俺が親に甘えすぎてた、それだけだよ」

「話しあって？　樹利亜さん、もしかして君が雄飛に何か言ったのか」

「あの、あたしは」

ぱっと顔を上げた樹利亜が口を開こうとするが、義明はそれを手で制す。

「なるほど、よく分かった。いいかい、君は分かっていないようだから教えておくけれど、年長者の言うことには従うものなんだよ。経験のある者が未熟な者たちを助けるのは当然のことで、未熟な者はそれを見て学ぶわけだ。悪いようにはしないんだから、余計な心配をしなくてよろしい」

義明は努めてゆっくりと喋っていたが、声音には隠し切れない苛立《いらだ》ちが滲《にじ》んでいた。樹利亜が雄飛の上着の裾《すそ》を引く。

「父さん、聞いて」

「ああもう、いい加減にしろ！　まだお前たちは子どもで、何にも分かっていない。黙って親の言うことに従っていたらいいと言ってるんだ！」

激高《げっこう》した義明が立ち上がる。椅子が音を立てて倒れ、若い二人が身を竦《すく》ませる。その間に割って入ったのは、様子を見守っていた小春だった。

「もうやめなよ」

「何だ？　小春は黙ってろ！」

「あのさ、お父さん。雄飛が親離れするときが来たんだよ。それはつまり、お父さんの子離れの時期も来たってこと」

　父親の目を見ながら、小春は淡々と続けた。

「親はいつまでも子どもの手を引いて、安全な道を示してあげられないんだよ。どこかで手を離さなきゃ」

「お前、何を知った風な口をきいて」

「子どもだって、それが有難いことは知ってる。甘えたくもなる。でも、だめなんだよ。お互い、卒業しなくちゃ」

　怒りとも戸惑いともつかない顔で自分を見る父親に、小春は微笑んでみせた。隣でそれを見ていた多賀子は息を呑む。二年前、泣き喚いて理解を求めることしかできなかった娘が、こんなにも成長していただなんて。ああ、私も子離れができていないのかもしれない。大人になった娘の成長が何より嬉しいのに、同じくらい寂しいと思ってしまっている。

「わ、分かった風なこと言って……っ！」

　多賀子と同じように娘を見つめていた義明が我に返って怒鳴った。小春は義明を見つめる。揺るぎない視線に気圧《けお》されたのか、ぐっと息を呑んだ義明は「……勝手にしろ！」と吐き捨てて部屋を出て行った。乱暴な足音が階下に向かい、力任せにドアが開閉される音が続く。どうやら、外に出て行ったようだ。

「え、どうしよう、母さん。父さんが」

雄飛が情けない声を出す。多賀子はエプロンを外しながら「大丈夫よ」と明るい声を作った。

「子どもたちの急な成長に、ついていけてないだけなのよ。私はお父さんを追いかけてくるから、あんたたちは勝手にご飯を食べておいてちょうだい。ああ、樹利亜さんも、食べられそうなものがあったら遠慮なく食べてね」

「あ、あの。あたし、すみません」

樹利亜は泣きだしそうな顔で頭を何度も下げる。多賀子は口角《こうかく》を上げて、「ほらほら、こっちにいらっしゃい」と椅子を引いて、樹利亜を座らせた。

「気にすることないのよ。心配しなくってもいいから」

丸まった背中を優しく撫《な》でて、それからエプロンを雄飛に渡す。

「母さん、ごめん。ごめん、俺……」

「あんたも、そんな顔しなくていいの。じゃあ、ちょっと出てくるわね。小春、ここはよろしく」

「任された」

おどけたように敬礼する小春にくすりと笑って、多賀子は小走りで家を出た。

山手《やまのて》に位置しているからだろう、昼間の暑さと打って変わってひんやりとした夜風が頬を撫でる。遠くから虫の鳴き声がした。カーポートに義明の車があることを確認してから、多賀子は周囲を見回す。まだ人が多くいるだろうバス停留所の方、とあたりをつけて駆け出した。

　義明は、停留所の向かい側にあるコンビニの前にいた。黄色い車止めポールに浅く腰掛け、缶ビールを片手に行き交う人を眺めている。

「あなた」

　息を切らした多賀子が声をかける。のろりと顔を向けてきた義明は、「お前か」と小さく呟いて顔を顰めた。

「来たのか」

「そりゃあ、あんな風に家を出て行ったら心配するでしょう」

「心配か、ふん」

　むすりとした表情を崩さないまま、義明は手にしていたレジ袋から缶ビールをもう一本取り出し、多賀子に渡した。

「ほら、飲め」

「あらあら、それはどうも」

　プルタブを開けると、プシュッと小気味よい音がした。盛り上がった泡を慌てて口で迎え、飲む。よく冷えた炭酸が喉を通る感覚が心地よく、多賀子は小さく息を吐《つ》いた。

「はあ、お酒なんて久しぶり」

「昔から、好きだったじゃないか」

「そうだけど、飲む余裕なんてなかったもの」

ふん、と義明が鼻を鳴らす。そういえば、外食に出かけることも減ったもんな、と思いだしたように言った。

「家を買ってから、節約してるのよ。あなたの晩酌《ばんしゃく》だって、ずっと前から発泡酒に変わってたでしょう」

「そうだったな」

しばらく、ふたりで目の前の風景を眺めた。塾帰りだろうか、大きなバッグを背負った男の子がバスから降りてきた。出迎えに来ていた母親らしき人を認めて、一目散に駆け寄っていく。

「子離れ、なあ」

男の子と母親が手を繋いで帰っていく姿を目で追いながら、義明がぽつりと呟く。

「まだ、手を引かなきゃいけないと、思ってたんだけどな」

「そうねえ。ふたりとも、ちっちゃな手をしてたもの」

己の手を掲げながらしみじみと多賀子が答えると、それを見た義明が真似をする。ついこの間の話だったと思うんだけどなあ、と義明が微笑む。

多賀子の手のひらには、まだ小さな手の感触が残っている。しっとりとした幸せの温もりは肌に染み込み、消えることはきっとない。小さな手の幻が浮かび、消える。代わりに、さっきの小春の強い眼差しが浮かんできた。

「大きくなって、振り払われちゃったのねえ」

「そうだな」

少しの間、夫婦はそれぞれに、自分の手のひらを眺めていた。それから、義明はよいしょと声を出しながら立ち上がり、伸びをした。空を見上げて、「やあ、明日も晴れるな」と言う。

「こんなところで人ばかり見ていても仕方ない。少し、散歩でもしようか」

「ええ、いいわよ」

缶ビールを片手に、ふたりは歩き出した。

うつくしが丘の自慢は、至るところに設置された緑豊かな公園と、景観の良さだ。少し歩けば海を見渡せる大きな展望公園に着く。公園には、涼みにやって来た家族連れやカップルが何組もいた。

「へえ、夜でも意外と人が多いのね」

「ここに来たのは、物件探しのとき以来だな」

自然の多いところに住みたいと言ったわりに、こうやって公園に足を向けたことなど一度もなかった。もったいないことをしてる、とふたりで苦く笑いながら、展望台へ向かう。

夜の海は、真っ暗だった。ただ、海に向かう土地の灯りが煌《きら》めいて、光の粒を零したようなうつくしい景色が広がっている。

「きれいね」

「まあまあだな。これなら、昼間の方が面白いと思うがな」

ふたり並んで、同じ方向を見つめる。光はどこに流れていくのだろう。みな、自分を待っている家族のもとへ急いでいるのかもしれない。家族を待って、光を灯しているのかもしれない。

きっと、光の粒ひとつひとつに、温かな感情が宿っている。そう考えると、愛おしくなる。多賀子は何故だか泣きだしそうにすらなりながら、溢れる光を見守り続けた。

「……お前に相談しなくて、悪かったよ」

ふいに、視線を前に向けたまま義明が言う。

「小春の件で、意地になってた。俺だったら、子どもを幸せにできるのに、って」

いつの間にか、缶を空にしていたのだろう。くしゃりと潰してレジ袋に戻した義明は「でもお前の方が、子どもをよく理解してるようだ」と小さく零した。

「実はあの朝、小春を見送るお前を見てた」

多賀子は驚いて、隣に立つ夫を見上げる。あの朝、義明も起きていたというのか。

「物音がして目が覚めたら、ベッドにお前がいなかった。話し声もするし、どうかしたのかと下に行ったんだよ。ちょうど、小春が玄関で靴を履いているところだった」

小春がひっそりと家を出る準備をしているのに多賀子が気付いたのは、前日の夜のことだった。夜明けと共に小春が家を出る気配がしたので、玄関で声をかけた。まさか見つかるとは思っていなかったらしい小春は、多賀子に泣きながら懇願した。お願い、行かせて。わたし、後悔したくないの。

『止めないわよ。気を付けて、行きなさい』

前夜のうちに家中の現金を掻《か》き集めて入れておいた封筒を小春の手に握らせて、多賀子は笑った。こんなことくらいしか応援できなくてごめんね。でも、頑張っておいで。大丈夫、小春なら絶対夢を叶えられる。家のことは何も心配しなくていいから、小春は自分のことだけ考えて、家を出て行きなさい。さあ、お父さんに気付かれないうちに、早く。

『お母さん、わたし頑張るから。約束するから』

多賀子の目にも涙が浮かんでいたけれど、気付かれないように娘の背中を押して、ドアを閉めた。小春の気配が遠ざかっていくのを感じながら、多賀子はへたり込んだ。これでよかったのだろうか、間違っていないだろうか。今すぐ追いかけて、もう一度話しあおうと言うべきではないのか。ドアノブに手を掛けたまま、しばらく動けずにいた。

「馬鹿なことを、と思ったよ。どうせ、半年も経たずに音《ね》を上げて帰ってくるに決まってる。どうしようもなくなって小春が泣きついてきたときには、思う存分、お前と小春を叱るつもりだった。ほらみたことか、と言ってね」

しかし小春は帰ってこなかった。一年経っても、二年経っても。

「何か、とんでもないことになっているかもしれないと不安だった。嫌なニュースを見るたび小春と重なって、その分だけお前を憎んだ。何であのとき小春の背を押したんだよ、って」

ああ、あのときから大きくズレ始めていたんだなと多賀子は思う。離れがちになっていた夫婦関係が決定的になったのは、あの朝だったのだ。

「でも、多賀子が正しかった」

潮の香りが、多賀子の鼻腔《びこう》をくすぐった。どこか懐かしくて、優しい感じがする。いつだったかに家族で出かけた海水浴のことを、ふっと思いだした。

「上手くいってるのか、どういう生活をしているのかまでは分からないけど、あいつはさっき、俺の目を真っ直ぐ見つめてきた。ああ、この子は今も頑張ってるんだな、親に負い目を感じるようなことはしていないんだな、って思ったよ。それだけで、充分だ」

俺は結局、何も見えてなかったんだよなあ。義明がおどけたように肩を竦める。雄飛の方は絶対上手くいったと思ったのに、これだよ。情けないったらないね。

「雄飛については、私も同じよ」

樹利亜と話をするまで、甘やかしていることに気付かなかった。

「高校まで、とふたりが決めたのならその通りにしましょう。あとのことは、あの子たちが決めていくでしょ。親の仕事は、そこでおしまい」

やわらかな海風が吹く。乱れた髪を手で押さえた多賀子は、義明に笑いかけた。

「ねえ、あなた。子育て、あと少しで終わりなのねえ。私、ちょっとだけ寂しいかもしれない」

義明も、目を細めて微笑んだ。うん、と頷く。

「それは俺もだ。あと少し、悔いのないように頑張ろうな。多賀子」

遠くで、船の汽笛の音がした。長いそれは、ゆっくりと遠ざかっていく。ふたりは優しい音が聞こえなくなるまで、並んで佇《たたず》んでいた。

＊

ライトアップされた舞台の上で、小春は駆けまわっていた。あんなに機敏だったのかと驚くほど、駆けては飛び、くるくると舞う。小春の生来のさっぱりした顔には舞台用の濃いメイクがよく映え、本物のうつくしい妖精のようだ。

「すごいじゃないか」

入り口で貰ったチラシを握りしめている義明は、開幕してからずっと、同じ言葉をささやいていた。

「これは、ずいぶん期待されてると思っていいぞ。さっきから舞台に出ずっぱりだからな」

「そうね、いなくなったと思っても、すぐに出てくる。台詞《せりふ》だって、けっこうあるし」

多賀子と義明の目は、小春だけを追っていた。おどけた表情、泣きだしそうな表情、怒った表情、どれも小春のようでいて、別人のそれに見える。

「長い間、頑張ってたのねえ……」

ため息混じりに、多賀子は呟いた。義明が、それに頷く。

舞台女優になりたい。小春は中学校のころからそう言っていたけれど、ふたりはそれを可愛らしい子どもの夢だと思っていた。だから、高校卒業後の進路の話がでたときに、「劇団に入りたい」と小春が真剣な顔をして言うのを、ふたりは一笑に付して終わらせようとした。でも小春はずっと、本気だったのだ。

小春が出て行って、もうすぐ三年。計り知れない苦労があっただろう。でも一度も逃げ帰ることもせず、こうして夢を摑みかけている。多賀子は潤む目を何度も手の甲で拭い、一瞬たりとも見逃すまいと小春を見つめていた。横の義明をちらりと見れば同じような状態で、半ば前のめりになって娘を追っている。小春が舞台袖に下がったタイミングで、多賀子は自分の手の中にあるチケットの半券二枚に視線を落とした。これは、小春からの招待状に同封されていた。

『少し恥ずかしいけど、やっぱり観に来て欲しい。初めて、名前のある役を貰えたの』

ふたりが座っているのは、舞台を一番よく見渡せる一等席だ。追い出すような真似をした自分が座ってもいいのだろうか、と義明は最初こそ尻ごみをしたけれど、今は舞台を充分楽しんでいるようだった。

幕が下りた後、楽屋まで小春の顔を見に行こうとした多賀子を、義明が止めた。

「小春がひとりで掴み取った場所だ。三年も放置していた俺たちが、どんな顔をして挨拶に行けばいいんだ。のこのこ顔を出して、小春に恥をかかせるようなことはしたくない」

今度、家でゆっくりお祝いしてやればいい、と義明は言う。その生真面目さに、多賀子は笑う。

「終わった後はミーティングだか反省会だかをやるって言ってたし、邪魔になるかもしれないものね。今日はこのまま、帰りましょうか」

「そうしよう。それに、雄飛たちも待ってる。夕飯は、雄飛たちと食べよう」

昨年十月に、樹利亜は可愛らしい女の子を出産した。雄飛が高校を卒業するまでという期限付きで、三月まで多賀子たちのもとで生活している。その後は、雄飛の就職先の社宅に入ることが決まっているらしい。優佳《ゆうか》と名付けられた孫を溺愛《できあい》している義明はすでに別れが辛くなっているようだけれど、一緒にいられる間はせめて、とかいがいしく世話を焼いている。

スーパーで夕飯の材料を買って、袋に詰める。おかずの冷凍食品を袋に入れるときに多賀子はちらりと義明の顔を見た。義明は眉根を一瞬寄せたけれど、何も言わずに横に立っている。それから多賀子が袋を手に持とうとしたら、義明が横からするりと取り上げた。当たり前の顔をして、「ほら、行こう」と促す。

少し先を歩きだした背中を、多賀子は見つめる。

ふたりで海を見た夜から、義明が家に早く帰ってくることが増えていった。今では、仕事が終わるとメールで連絡が来て、真っ直ぐ帰ってくるのが当たり前になった。以前のように会話も多くなった。きっと女と別れたのだと、多賀子は思う。一度だけ義明から『すまなかった』と頭を下げられたことがあった。優佳が生まれた晩、義明が祝い酒だと言って普段以上に酒を飲んだときだ。呂律《ろれつ》が怪しくなってきた義明に寝室に行って寝るよう多賀子が促すと、義明が突然土下座をしたのだ。すまなかった、その言葉は明瞭に、多賀子の耳に届いた。

『……酔って迷惑をかけていることを反省しているのなら、早くベッドに行ってくださいな』

膝《ひざ》を突き、微動だにしない後頭部にかけた多賀子の声は、我ながら優しかった。ゆっくりと上げられた顔が、情けない表情を浮かべている。どこか、雄飛のそれに似ているなと思って多賀子は笑った。

『ほらほら、風邪をひかれたら大変だから早くして。風邪っぴきがいたら、赤ちゃんが帰ってこられなくなっちゃうでしょう』

義明が微かに目を見開いて、目の縁が柔らかな弧を描く。うん、と頷いた。ありがとう、ありがとうな。

もういい、と多賀子は思う。小春は、一度ちゃんと話した上で謝罪してもらうべきだと言うけれど、別にそんなものは欲しくない。紀子から送ってもらっていた写真も、とっくに消去していた。何もなかったのだ、それでいい。自分のあずかり知らぬまま終わったこと、それでいい。

劇場付近は駐車施設がほとんどなかったため、ふたりはバスと電車を乗り継いで出かけていた。一時間ほどの移動を終え、うつくしが丘のバス停留所に着く。バスを降りた義明は「なんて不便な」とため息を吐いた。

「バスも混みすぎだ。ここにはこんなに住人がいたのか、知らなかった」

「あなたは車通勤だから、分からなかったんでしょう」

素直に義明は頷いて、手に提げた買い物袋を見た。袋の食い込んだ手のひらが、赤くなっている。

「多賀子は、こういうことを毎日していたのか」

義明の真面目な声音に、思わず多賀子は笑う。もう慣れてるわよ、そんなの。そう言ったけれど、義明の表情は明るくならず、考え込むように口を閉じた。

最近、義明はこんな風に無言になることが多い。何を考えているのか、じっと宙を睨んでいることもある。最初こそ、浮気をしていたことを告白するつもりだろうか、などと考えていたけれど、どうも違うようだ。機嫌が悪くなっているわけでもないようだし――と詮索するのはもう止めている。さあさ、早く帰りましょう、と背中を押して、歩き始めた。

甘い香りがして、周囲を見回すと庭先に梅が綻《ほころ》んでいる家があった。小さくて白い花を、多賀子は義明に指し示す。

「ほら、見て。もう梅が咲いてる。あっと言う間に、春になるわねえ」

「ああ。……春になったら、ふたりきりだなあ」

「そうね。本当に、もうすぐね」

立ち止まり、花を愛でる。

どうやら、小さな子どものいる家庭のようだ。家の中から無邪気な笑い声と、「少しは静かにしなさーい！」と叱る母親の声が聞こえてくる。昔、うちにもあったシーンだわ、と多賀子は目を細めた。穏やかで愛おしい日常に少しだけ、耳を傾ける。

ようやく帰り着くと、義明は三階建ての我が家を見つめた。あまりに長いので、待ちきれなくなった多賀子は「あなた」と声をかける。

「どうしたのよ。私、先に家に入るわよ」

「なあ、多賀子。この家、俺たちに似合わなくないか？」

ゆっくりと、義明が言う。玄関のノブに手を掛けていた多賀子は、思わず振り返った。義明は少しだけ躊躇うようなそぶりを見せ、しかし続けた。

「子どものために、この家を選んだつもりだった。でも結果、家族の距離が離れてしまったように思うんだ。多賀子にも、不要な苦労ばかりさせた」

多賀子は小春の言葉を思いだしていた。わたしたちに合わない家なんだよ。

「ここしばらく、考えていた。本来のあり方を見失う家なんて、自分たちには合わないんだ。子どものためと考えていたけれど、子どもたちは予想以上に足早に出て行く。こんなでかい家に、もうすぐ多賀子とふたりだけで住むことになる。それは、さらに距離を離すだけじゃないのか」

体ごと義明に向き直り、頷いた。多賀子も、うっすらと考えていたことだった。子どもたちにそれぞれ部屋を与え、家族で過ごす空間をもっと広く、そんな風に考えていたのに、いい結果は生まれなかった。

「無理なローンを抱えたから、多賀子も働きづめになった。それならこの家を手放して、身の丈に合った小さな家を探そう。マンションでも、アパートでもいい。たまに子どもや孫が遊びに来るときに、泊れる部屋さえあればいいじゃないか」

義明が、多賀子にぎこちなく笑いかける。

「新しい場所で、やりなおさせてくれないか。ここで多賀子にかけてしまった苦労をなかったことにはできないけど、風化させることはできると思いたいんだ」

多賀子の喉奥に、熱いものが込みあげてくる。どうして泣くことがあるのとぐっと堪えて、多賀子も笑い返した。

「安くて住みやすいところを、探しましょ。できたらそうね、交通の便のよいところがいいかしら」

「ありがとう」

家の中から、甲高い泣き声がした。

「大変だ。優佳が泣いている。ほら、早く行こう」

慌てて家に入っていく義明の背中を見送ってから、多賀子は目じりを拭った。

*

「やだ、何これ。もう使い物にならないじゃん」

三年近く放っておいた自室の荷物を整理していた小春が大きな声を上げた。荷物を梱包《こんぽう》していた多賀子が隣室を覗くと、小春は黒い塊を手に「お母さんでしょう！」と腹式発声で怒鳴る。

「わたしのダイエットグッズ、勝手に使ってたのお母さんでしょ。ゴムは伸びきってるし、釘《くぎ》までひしゃげてる！」

突き付けられたのは、手首と足首を固定するサポーターに強力なゴム紐がついたものだった。

あ、と多賀子が小さく言う。

「それ、半年くらいで壊れちゃったのよ……」

手足にサポーターを付けた状態で、壁に打ち付けた釘にゴム紐を引っ掛ける。寝ころんで、腕の力だけで足を持ち上げる。二の腕から太腿《ふともも》まで痩《や》せられるという触れ込みのダイエットグッズだった。小春の部屋を掃除している最中にこれを見つけ、運動がてらやってみたら『超強力！』と謳《うた》われていたゴムはあっという間にでろでろになった。しかも支柱にしていた太い釘まで、首を垂れるように下がってしまった。なかったことにしようと『おんなのおはか』の奥の方へ隠していたのだけれど、見つかってしまったらしい。

「信じらんない。これ、アパートに持っていこうと思ってたのに」

「効き目ないわよ？　お母さん、全然細くならなかったもん」

「わたしにはあったの！」

あまりに小春が怒るので、何度も謝ってからすごすごと部屋を出ようとすると、「待って」と呼び止められた。

「なあに？　弁償しろって言うの」

「そんなんじゃないって。ほら、こっち来て」

ここ見て、と小春に押入れの下段を指さされて、多賀子は屈んで覗く。『おんなのおはか↓じごくいき』の文字がペンキで綺麗に塗りつぶされていた。代わりに小春の字で、『しあわせの家』と書かれている。

「何これ」

「あんな縁起の悪そうな言葉、消したの。お墓が家にも見えるから、この家ってことにしておいた」

にひひ、と小春が笑う。わたしたちにはここは合わない家だったけどさ、他の誰かにとっては最高の家になるかもしれないじゃん？

　生まれ変わった絵と娘を見比べて、馬鹿ね、と多賀子も笑った。

「あんなの、ただの落書きなのに」

「一番信じてたひとがよく言うよ。エビみたいに丸まって寝てたくせに」

「それより、早く片づけてよね。明日の朝いちには、引っ越し業者さん来ちゃうんだから」

　雄飛たち家族は先週出て行き、多賀子たちも明日この家を出て行く。ふたりで見つけた新しい住居は義明の会社の近くの小さな一軒家で、老夫婦がグループホームに入居するのをきっかけに売りに出されていたものだった。安い代わりに呆れるほど古い家だけれど、義明がコツコツとリフォームするのだと張り切っている。多賀子も、庭先に手入れの行き届いた薔薇《ばら》が残っていたことと、パートを減らして時間がとれるようになったことをきっかけに、ガーデニングをやってみようと思っている。荷物の中には、リフォームとガーデニングの入門本が何冊も入っている。

「わたしが泊れる部屋はあるんでしょうね？」

「一部屋くらいの余裕はあるわよ。でも、泊りに来る気なんてないくせに」

「たまには顔見せるつもりだもん」

「何だ、ここにいたのか」

　振り返ると、義明が立っていた。手に、アルミホイルの包みを持っている。

「外でお隣の荒木さんに会ったからお別れの挨拶をしたんだけど、これを頂いたよ。手作りのパウンドケーキだって」

やった、と小春が声を上げる、隣のおばあちゃんのお菓子って、美味しいんだよね。わたし大好き。義明の手元を覗き込む小春につられて多賀子も顔を綻ばせた。大きな栗の渋皮煮を丸ごと使ったケーキは、多賀子の大好物だ。

「この家を離れて困るのは、荒木さんのお菓子が食べられないことと、枇杷《びわ》の葉が手に入らなくなることねえ」

入居時にすでに裏庭にあった枇杷の木については、荒木家の住人信子《のぶこ》から、果実だけでなく葉にも使い道があると教えてもらった。枇杷の種焼酎は常備しておくと案外役に立つものだから、と信子は作り方も教えてくれた。

「毎年たくさん実がつくから、枇杷の木も持っていきたいぐらい。あ、小春、行儀が悪い！」

カットされたケーキを一切れ摘み上げ、口に運ぼうとした小春を叱る。笑って誤魔化した小春は、ケーキを戻しながら「挨拶と言えば」と思いだしたように言う。

「わたしもさっきコンビニで、近所のおばさんに会ったよ。うちが引っ越し準備してるの知ってたから、お世話になりましたって一応言ったの。そしたらそのおばさん、家を手放したうえに家族バラバラなんて大変ね、なんて言うのよ。これからもくじけず頑張ってちょうだいね、だってさ。うちって相当可哀相みたいよ」

けらけらと小春は笑い飛ばす。そんな失礼な勘違いをするなんて誰だろう、と多賀子は記憶を巡らしたけれど、思い当たるほど親しい人はこの近所にはいない。どうせ明日には離れるんだしどうでもいいか、とすぐに気持ちを切り替える。

「あー、ケーキ我慢できない。紅茶淹れるからさ、みんなで食べようよ」

「そうね、少し休憩しましょうか」

義明と小春が揃って階下に降りていく。多賀子も後を追おうとして、ふと足を止めると押入れの前に戻った。しあわせの家に変わった元お墓を指で辿る。お墓の前に立ち尽くしていた人人も、心なしか笑っているように見えてくる。小春の思いつきも、なかなかいいじゃないのと目を細めた。

この家は、幸いにももう売れている。多賀子たちが出て行ったらすぐに、リフォーム業者が入る予定だという。もしかしたら、せっかくしあわせの家になったこの絵も、取り払われてなくなってしまうかもしれない。そうだとしても、と多賀子は絵を眺める。

「どうか、次のひとにとってのしあわせの家となりますように」

そう祈って、多賀子は部屋を後にした。

第三章　さなぎの家

わたしの人生、どこで間違ったんだろうなあ。

叶枝《かなえ》は包装し終えた素麺《そうめん》入りの桐箱を見下ろしながら、ぼんやりと考えていた。

定時までにこれだけ仕上げて、と目の前に積まれたのは三十箱。あと一時間もないから急がなくてはいけないと必死に作業した。その途中、仕上げの店印《みせじるし》シールを貼ろうとして、ミスをしていたことに気付いた。シールの位置を確認するのを、忘れていた。

『ギフトセンター天晴屋《あっぱれや》』の店印の入った金のシールを貼る位置は厳密に決められていた。シール位置は裏側中央に、箱の辺と平行に。許される誤差は一センチ。目の前のシールは、それよりわずかだが傾いている。もしかしたら他のものも、ずれているかもしれない。確認してやり直さなくては、と思うものの、手が動かない。シールが中央に収まっていない、それくらいのことで果たしてどんなクレームが入るというのか。このままにしておこうかと思うも、叶枝の教育係の中畑《なかはた》は必ず作業後に全品チェックをする。そのときに見つかれば、またチクチク嫌味を言われかねない。高原《たかはら》さんは今まで何でも許してもらえてたんでしょうけど、ウチはそういうの、ないから。間違いは間違いで、許したりしないから。

時計を見上げると、残り十分。未包装の箱は、十二箱。もう無理だ。諦《あきら》めのため息をひとつ吐《つ》いたところで、中畑が現れた。積まれた箱を見ると、顔を歪《ゆが》めるようにして笑う。

「高原さーん、全っ然終わってないじゃない。今まで遊んでたわけ？　これくらいさっさと終わらせてくれないと、困るんだけどなあ。って、これシールの位置アウトよ！　何やってんのよ！」

すみません、と頭を下げながら、叶枝はもう一度、人生をどこで間違えたのか考え始めた。

「生まれたことだと思うのよ、わたしは」

缶ビールを半分ほど飲み干して、叶枝はしみじみと言った。

「わたしは生まれたこと自体がもう、負けだったんだと思う。そうとしか思えない」

「馬鹿なこと言わないの。今の会社と、その教育係のひとと相性が悪いだけでしょう」

叶枝の向かいの席で肉じゃがを食べている紫《ゆかり》が眉尻を下げて笑う。紫は隣の席で味噌汁を啜《すす》る娘の響子《きょうこ》の顔を覗き込み、「かなちゃんは極端よねえ」と話しかけた。小学校二年生の響子は母親と叶枝の顔を交互に見ると、困ったように首を傾《かし》げる。

「心機一転と思って、やる気を持って働き始めたんだよ？　相性だか何だか知らないけど、あんまりにも酷《ひど》い扱いじゃない。ひとりでいたら、思考もどんどんマイナスになっていくし」

叶枝は大きなじゃがいもを口に押し込み、ビールで流し込む。地元に帰ってきてようやく見つけた就職口は、この近辺では老舗《しにせ》と呼ばれる贈答品専門店だった。就業時間は朝九時から夕方六時までで、残業はなし。販売、接客業経験者優遇。そんな条件に惹《ひ》かれて面接を受け、無事に採用されたものの、これが失敗だった。老舗だからなのか細かい規定が多く――例えばメイクは地味に、濃いルージュは禁止。髪は栗色までとし、肩についたらひとつに纏《まと》めること。その際の髪ゴムは黒か茶、アクセサリーは一切禁止。三センチ以上のヒールは禁止。通勤時の上着は華美でないものなど――、それらは我慢できるとしても古参の社員たちのいびりがとにかく激しい。新入社員はすべて潰《つぶ》され辞めていった、と叶枝に教えてくれたのは天晴屋の近くの弁当屋のおばさんだった。あそこは駄目よ、とにかく新しいひとを嫌うの。残ってるのは数十年選手の婆さんばっかりなんだから。特にあなたみたいな派手なひとは無理なんじゃない？実際、教育係の中畑は叶枝の十ほど上の四十歳手前だが、その中畑がこれまで最若手として扱われていたというから、どれだけひとが居つかなかったのかが分かる。

あんたに接客はまだ早い、と作業室という名の密室に押し込まれ、一日中包装作業をさせられる。お中元のシーズンが迫っているせいか仕事はたくさんあるらしく、出勤すると、洗剤のギフトボックスやコーヒーの詰め合わせ、果ては羽毛布団まで様々なものが積み上がっている。それをひたすらひとりで包装し、合間には中畑に嫌味を言われ、やり直しを命じられることもしばしば。その間、他の社員たちは店頭でニコニコしながらお客と世間話に興じているのだから虚《むな》しくなる。わたしはまるで奴隷だよね、と叶枝は日々の仕事を思いだして呟《つぶや》いた。

「ドレイって？」

普段ほとんど口をきかない響子が、小さな声で紫に問う。紫が口を開く前に、「頑張って働いてるのに怒られて、もっとやれもっと働けって言われることよ」と叶枝は肩を竦めつつ答えた。響子が、母親譲《ゆず》りの涼しげな目を見開く。

「じゃあ、おかあさんも、ドレイなの？」

小さな唇《くちびる》から、緊張した問いが洩《も》れる。「まあ」と口を開けた紫が、笑顔を作る。

「違うよ。おかあさんの会社は、すごーくいい会社だよ。優しいひともたくさんいるし」

娘に優しい口調で言って、それから叶枝に顔を向けた紫は、「めっ！」と顔を顰《しか》めてみせた。

「子どもに悪影響になるようなこと、教えないでよね」

「あー、ごめんごめん。きょうちゃん、おかあさんの会社はそんなことないよー。奴隷なのは、かなちゃんだけだよ」

「こら！　叶枝！」

怒る紫に、叶枝は変顔をしてとぼけてみせる。その顔を響子にも向けたが、響子は真剣な顔で母親を見つめていた。


食後、叶枝が窓際でビールを飲んでいると、響子を寝かしつけた紫がリビングに戻ってきた。

「やっと寝てくれた」と言いながら、紫は冷蔵庫から缶チューハイを一本取りだし、その場で口をつける。紫は叶枝と暮らすようになってお酒を飲むことを覚えた。

「ひとりで眠れないなんて、すっかり甘えんぼになっちゃって困るなあ。叶枝、わたしがいないとき、響子に我儘《わがまま》とか言われてない？」

「全然。あの子、紫がいないときはめちゃくちゃ大人しいよ。まだわたしのことを警戒してるのかもしれないけど」

「あれで、懐《なつ》いてはいるのよ。ベッドに入ると、いつも叶枝の話をするもの。かなちゃんがね、かなちゃんがね、って」

「へえ、本当？　それなら、嬉しいけど。あ、そこのカゴにミックスナッツの袋があるでしょ。持ってきてくれない？」

「はいはい、これね」

紫がナッツの袋とチューハイの缶を持って叶枝のところへ来る。手近な椅子に腰かけて、袋を叶枝に渡すと、背もたれに体を預け、大きなため息を吐いた。

「働くのって、しんどいわねえ。この時間になると、体が泥人形になったみたいに重たくなって、いうこときかないのよ」

「介護職って大変だって言うよね。力仕事なんでしょ」

「全身筋肉痛。でも、別に嫌じゃないのよ。自分の力で働くってすごくやりがいがあるもの。それに、来年までには自立するっていう目標もあるし」

「それはわたしも。蝶子《ちょうこ》先輩に長く迷惑かけられないしね」

叶枝は袋からカシューナッツを選《よ》り分けて、口の中に放った。

高校時代の友人だったふたりが三十歳手前になって一緒に暮らすようになったのは、互いにどうしようもない状況に追い込まれていたからだ。

叶枝はひとり暮らしをしていた東京で男に騙《だま》され、職も貯金も全部失って帰郷せざるを得なくなった。紫は夫に離婚を言い渡され、娘とふたり、満足なお金も渡されずに放り出された。住むところも、金もない。頼れる実家もない。

ふたりはそれぞれ死を考えるほど追いつめられ、その果てに高校時代の先輩である蝶子を頼った。演劇部の先輩後輩という間柄で、面倒見のいい蝶子は当時から部活以外のところでも親身になって相談に乗ってくれるひとだった。大人になっても蝶子は変わっておらず、久しぶりの再会だというのに厭《いと》うことなくふたりの悩みを聞き、「わかった」と頷いた。わたしが持ってる家があるから、そこを貸してあげる。一年間だけ好きに使っていいから、ふたりともそこで、自活できるように足場を築きなさい。

それが、今年の五月のことだ。それからふたりはどうにか職を見つけ、必死で働いている。

「職場選びを間違えたと思うんだけどさ、でも次を見つけられるかどうか不安で動けない」

ちびりとビールを飲んで、叶枝は苦々しく笑う。東京ではずっと、キャバクラで働いていた。モデルになりたい、そんな夢を抱いて事務所に登録していたけれど、仕事はほとんど来なかった。八年間も頑張ったけれど、まともに回ってきたのは量販店のチラシに掲載される下着モデルの仕事だけ。落ちたオーディションがどれだけあったか、自分を追い抜いていった子が何人いたか、もう数えきれない。結局身についたのは愛想笑いと、酒席で場を盛り上げること。それに、酒の知識と飲み方だけ。それ以外何のスキルも職歴もない自分を雇ってくれるまともな職場など、もうないのかもしれない。実際、何社も面接を受けたのに、採用してくれたのは天晴屋だけだった。

「今更キャバに戻っても仕方ないし、ただまともに生きたいだけなのに難しいよね」

「生き辛《づら》さはわたしも感じる。この年まで一度も働いたことがなかったから、世間で通用する気がしなくって今もヒヤヒヤだもん」

紫は高校時代から付き合っていた男と、卒業後すぐにできちゃった結婚をした。学生時代にアルバイトすらしたことがなかった紫が離婚後、いきなり社会に出るのは、叶枝以上の苦労と心労があっただろう。しかも、紫が体力気力の求められる介護職を選んだことを、叶枝は口にこそ出さないが心配している。我が子のおむつの世話はできても、血縁でもない老人となれば話は別ではないだろうか。高校時代はお嬢様然としていたのを知っているだけに、いつ限界が来るだろうかと思う。しかし紫は、職務内容に関してはひとつも文句を零《こぼ》さない。腕に幾筋ものひっかき傷をつけて帰ってくることもあるのに、「認知症になると攻撃性のでてくるひとっているのよねえ」と笑うだけだ。

「高校のころは、こんな未来想像してなかったよねえ」

飲み干せない缶チューハイを弄《もてあそ》びながら、紫がぽつりと言う。あのころはさ、大人になってもっとわくわくすることだったよね。わたし、仕事終わりに同僚と飲みに行くのに憧れてたなあ。居酒屋でね、上司の悪口とか、コイバナとかするの。

些細《ささい》な夢に、叶枝は小さく笑う。自分も、夢見ていた。都会で華やかな仕事をして、誰かに憧れられて。そしていつか、自分だけを見て愛してくれる男性と巡り合って、結婚する。それだけを夢見ていた。でも現実は、何ひとつ手に入れられないまま、地方都市の窓一つない部屋で黙々と作業しているだけの日々。あのとき絶対に摑んでみせると信じていた未来を、いつ逃してしまったのだろう。

「響子を産んだことは全然後悔してないのよ。あの子の笑顔を見るたびに、産んでよかったって思うもん。両親が亡くなる前に、孫の顔も見せられたしさ。でも、こんな未来を望んでたわけじゃないのになあってふっと考えちゃうのよね。昔のわたしが今のわたしを見たら、あまりの情けなさに絶望しちゃうんじゃないかな」

哀しそうに言う紫を、叶枝は横目で窺《うかが》う。一緒に暮らし始めてから二ヶ月が過ぎようとしているが、叶枝は未《いま》だ紫の詳しい事情を知らない。着の身着のままで響子と共に婚家を追い出された、としか。

高校を卒業してから、ふたりは別々の道を歩んでいた。叶枝はモデルを目指して東京へ、紫は夫の実家で夫の両親と同居。叶枝は帰郷するお金を惜しんで成人式にも帰らなかったから、ずっと年賀状のやり取りのみの関係だった。再会したのは、ほぼ同時に蝶子を頼ったからで、示し合わせたわけではなかった。高校の卒業式で「また会おうね！」と涙ながらに別れて八年、紫がどんな風に生きてきたのか叶枝は知らないし、紫もまた、叶枝が東京でどんな風に生きていたのかを知らない。

高校時代はお互いを親友と呼んで憚《はばか》らなかった。ふたりは互いの生理の周期も初めてのキスの相手も知っていた。親に言えないことも、恥ずかしがることなく言えた。でも、たった数年傍《そば》にいなかっただけで、気になることさえ訊けなくなっていた。

これは、わたしに後ろめたいことがあるからだろうな、と叶枝は思う。叶枝のことを聞かせてよ、と紫に言われたら、叶枝は全てを曝《さら》け出せる自信がない。内臓が引きちぎれそうな屈辱を受けたことや、地面に這いつくばって泣いたことなど、言いたくない。

紫もそれを察しているのだろうと思う。だから、叶枝に何も訊かないし、言わない。ふたりの間には、見えない紗幕《しゃまく》があるようだった。

「紫は情けなくなんかないよ。昔からそうだし、今だって一緒に暮らしてるからよく分かるよ。きょうちゃんのこと、ちゃんと育ててるしさ」

そつのないことを言ってしまって、後悔する。自分のことは言いたくないけれど、でも紫に何があったのかは気になるし、心配だ。クラスでも、部活でも、面倒見が良くて優しくて、誰よりも落ち着いていた紫。自信家ではなかったけれど、ポジティブで明るくて、まるでタンポポが咲いているような温かさがあった。そんな紫が寂しく笑い、自分を卑下《ひげ》するなんてどんなことがあったというのか。秀仁《ひでひと》は一体、紫に何をしたのだろう。

紫の元夫である秀仁もまた、高校時代のクラスメイトだった。剣道部の部長をやっていて、男たるものは、などと本気で口にするような昔気質《むかしかたぎ》の男だった。叶枝は、昼食にコンビニの菓子パンを食べていただけで、弁当も作らないなんてと彼に鼻で笑われたことがある。あんただって自分で作ってないんでしょ？　そう言うと秀仁は当たり前だと頷く。だってそれは、女の仕事だろう？　叶枝は、秀仁のことがあまり好きではなかった。

それでも紫は秀仁に夢中だったし、秀仁もまた、秀仁なりに紫のことを大事にしていた。誕生日やクリスマスなどのイベントのプレゼントは欠かさなかったし、家まで毎日送り迎えをするような優しい面もあった。オレがお前を守ってやるからな、などと歯が浮きそうなセリフを平気で口にしたりもしていた。

そんな秀仁と紫の間に何があったのか。家から放り出されるような非が、紫にあったわけがない。となれば絶対に、秀仁側に問題があるはずだ。でも、紫にどう訊いていいのか分からない。

「わたしは子どものことなんてよく分からないけど、小学二年生ってあんなにしっかりしてないものなんじゃない？　紫の子育てって、すごいよ」

響子は、本当に良くできた子どもだった。我儘を言っているのを聞いたことがないし、手伝いも率先してやってくれる。食事当番は交替で日替わりと決めているけれど、叶枝の当番日でもキッチンにやって来て皿洗いや野菜の皮剝《かわむ》きをやる。小さな手が大きな包丁を握り、じゃがいもの皮を器用に剝いたのを見たとき、叶枝は信じられないと大絶賛したものだ。ちょっとちょっと、一体どうなってんの。わたしが二年生のころなんて、ピーラーを使うのがせいぜいだったよ！　きょうちゃんって天才なんじゃない？　あまりに叶枝が興奮したせいか、響子は目をぱちくりさせた後、ほんの少しだけはにかむように笑った。母親によく似た優しい笑顔だった。

「家のことは、まあね。でも勉強がからきしなのよ。字も、書き順がめちゃくちゃだし」

「そうなの？　でもわたしも人のこと言えないくらい字が汚いよ。知ってるでしょ？」

あまりに字が汚くて、解答用紙の文字が読めないと突き返されたことがある。それを覚えている紫は「そうだった」と笑った。

「でも、あの子はいろいろ偏《かたよ》ってるの。お友達もまだできていないみたいだし、早く普通の子どもみたいに、はしゃぎ回って欲しいな」

「友達は、そうだね。ここに連れてきてもいいのにね」

今住んでいるのは、うつくしが丘という新興住宅地だ。街からは離れているけれど、小中学校は近くにあるし、塾や公園も多い。夕方になると、そこかしこから子どもの笑い声がして賑《にぎ》やかだ。しかし、響子を訪ねてくる子どもはいないし、響子もどこかへ遊びに行くことはなかった。新しい学校に、まだ慣れていないのかもしれない。

「響子のためにも、もう環境は変えたくないから、ここには長く住むつもりなのよ。だから響子には安心してお友達を作りなさいって言ってるんだけど」

紫が困ったように眉尻を下げ、叶枝も頷く。うつくしが丘は、緑が多いし教育環境も整っている。だから子育てを考えた若い夫婦の世帯が多い、と教えてくれたのは蝶子だった。『わたしもいずれそこで子どもをって考えてたんだけどさあ。子どもはなかなかできないし、気分転換がてらちょっと旦那の実家で同居してみたらお義母《かあ》さん倒れちゃうしでさ。今後そこに住めるかどうか怪しいの』と言ってあっけらかんと笑っていた。蝶子は今、体調を悪くした義母の面倒を見ている。本人は飄々《ひょうひょう》としていたけれど、大変に違いないと叶枝は思う。それに、蝶子の懐《ふところ》の深さに頭が下がる。家は、築年数はそこそこ経っているようだけれど、庭つき三階建てともなれば決して安くないだろう。いくら自分が住めないからといって、そんな家を数年仲が良かっただけの後輩のために貸してくれるなんて、感謝以外の言葉がない。

「最初は街から外れた離れた土地でやっていけるのかな、なんて思ってたけど、住んでみたらすごく住み心地がいいのよねえ。長く住みたいっていう紫の気持ち、分かる」

うつくしが丘には、地下鉄も電車も通っていない。車を持たない家庭は、バスが頼りだ。うつくしが丘内には小さな商店しかなく、商店街のある場所まで買い物に出ようと思うとバスで三十分かかる。叶枝の勤務先である天晴屋も、その商店街の中にあった。

しかしバスの本数は多いし、近くにはコンビニもある。慣れてしまえば、静かな住宅地の生活は快適と言えた。紫に至っては、勤務先であるグループホームは自転車で十分の距離だ。響子の具合が悪いときに学校から呼び出されても、すぐに向かうことができる。何より、上司が子育てに理解があり、休みも取りやすいという。

『シングルの子育ては大変だろうけど、ここで頑張ったら、子どもを食わせて大きくすることだけはできるとあたしが保証するから』

初出勤の日に上司からそんなこと言われたの、と紫は嬉しそうに叶枝に報告してくれた。

「バス停留所の向こう側に、アパートがいくつかあるでしょ？　いずれはいい部屋を見つけて引っ越そうって思ってる。主任が言うには、住宅手当も少しは出るみたいだし」

「紫は順調そうでいいなあ」

天晴屋でやっていけたら自分も——と思うけれど、今はそんなこと言えそうにない。どうしてわたしはこうなのかなと叶枝はため息を吐く。わたしはいつも、ひとを羨《うらや》んで生きている。

「そんなことないよ。さあ、明日も早いし、寝ようかな」

紫が、まだ半分以上残っているだろうチューハイの缶を持ってキッチンへ行く。シンクに中身を流す音を聞きながら、叶枝はビールを喉《のど》に流し込む。仕事は上手《うま》くいっていない。転職する自信もない。十ヶ月後の来年の春。自分はちゃんと自立できているだろうか。笑って、この家を出て行けるだろうか。響子と手を繋《つな》いで去っていく紫の背中を指を咥《くわ》えて眺めている、そんな状況は嫌だ。手元でアルミの缶がみしりと鳴った。

紫に以前何があったのか、心配している余裕など自分にはない。どうにか生活基盤を整えなければ。ちゃんと生きていかなければ。じゃないと、母に笑われる。

『叶枝は、どうしようもない子だから。人並みのこともできない残念な子だから』

ふっと、母の清子《きよこ》のだみ声が耳に蘇《よみがえ》る。この子はだめなのよ。それは謙遜《けんそん》ではなく、本気の言葉だった。清子は実子である叶枝を、出来の悪い所持品として扱っていた。

「やなこと、思いだしちゃった」

清子とは、長らく連絡をとっていない。最後に電話がかかってきたのは確か四年前で、加奈《かな》子《こ》の結婚式があるからお金を送ってこいという連絡だった。加奈子ちゃんの姉として、ちゃんとしてちょうだい。ああ、別にあんたは出席しなくてもいいの。ただ、お祝いだけはね。言われた通り五万円を郵送したけれど、清子からも加奈子からも、礼の連絡はなかった。

頭を振って、嫌な記憶を振り払う。缶を握りつぶしてから、明日に備えるため叶枝も自室へと向かった。

＊

響子は、放課後は児童クラブに行っている。響子を迎えに行くのは紫の仕事だが、紫が残業になったときは叶枝が行くことも多い。今日は入居者のひとりが急に体調を崩し、病院に付き添うので遅くなると紫から連絡があったので、叶枝が迎えに行った。

「夕飯も、わたしと先に食べておいてってさ」

届いたメールを見せながら言うと、大きなランドセルを背負った響子はこっくりと頷いた。それから、「めんどうをかけてごめんなさい」と小さな声で言う。

「何で謝るの。今日はカルボナーラに、トマトときゅうりのサラダにしようと思うの。きょうちゃん、サラダ係してくれる？」

再び響子は頷いて、それから小さな手を差し出した。紫とそうしているように、叶枝とも手を繋ぐようになったのはここ最近のことだ。手を握り返すたびに、叶枝は小さな幸福感を得る。子どもは絶対に産まないと誓っているけれど、この瞬間だけは、いいなあと思ってしまう。

「じゃあ、先生。今日も、お世話になりました」

「いえいえ。じゃあきょうちゃん、また明日遊ぼうな！　叶枝さんも、また！」

ふたりを見送ってくれたのは、学童職員の浦谷《うらや》という男だ。昼間は児童クラブに併設されている保育園で保育士をしているという。日に焼けた肌に筋肉質の体、奥歯まで曝け出すように快活に笑うところなど、体育会系を体現しているような男だ。無遠慮に距離を詰めてくるようなところがあって、叶枝は苦手に思っている。しかし、人見知りするはずの響子が「浦ちゃん先生」と呼んで慕《した》っているので無下にはできない。笑って、挨拶をして別れた。

「ねえきょうちゃん、今日は学校でいいことあった？」

何となく叶枝が訊くと、振り返って浦谷に手を振っていた響子が顔を戻して首を横に振る。

かなちゃんは？　と訊かれて、叶枝も首を横に振った。

「ぜーんぜん。今日はね、はじめて接客していいよって言われたんだけど、怒られちゃったの。態度がね、軽いって」

自分では、話も弾《はず》んで上手く進められていたと思う。だけど途中で中畑に呼ばれ、引っ込みなさいと言われた。高原さん、今までちゃんと先輩の接客見てた？　あのねえ、ウチみたいな歴史あるお店に夜のお店のノリを持ち込まれちゃ困るの。店員の質が下がったって笑われちゃうじゃないの。

見ていたも何も、連日ひとりで作業部屋じゃないですか。それに、そんなつもりはないですけど、と返したら、中畑は顔を真っ赤にして店長のもとへと行った。中畑がどういう伝え方をしたのかは分からないが、叶枝は長々と説教された。ひとに信頼される仕事とはどういうものか分かってもらえるまで、あなたに接客を任せることはできないわ。結局、作業室に戻されて終業まで包装を続けた。

「お客さまはずっとニコニコしてたし、他のひとに替わったときも、さっきのお姉さんでよかったのにって言ってくれたから、悪い印象じゃなかったと思うんだけどなあ」

「なかはたさんってひとは、かなちゃんが美人だからいじわるしてるんだよ」

たどたどしくも強い響子の言葉に、叶枝は驚く。響子は珍しく頰を膨《ふく》らませて、「いじわるしてるんだ」ともう一度言った。

「わたしが美人だから、中畑さんは嫉妬してるのかな?」

嬉しくて訊くと、響子は頷く。叶枝は、自分の口元が綻《ほころ》ぶのが分かった。黄色の通学帽を被《かぶ》った頭をぐりぐりと撫《な》でて「ありがとう」と言う。さっきまで残っていた嫌な感情がすっかり消え失せていた。

「きょうちゃんは、いい子だね。そういう風に怒ってくれて、すごく嬉しい」

響子が、ちらりと叶枝を見上げる。

「きょうこ、いい子?」

「もちろん。わたし、きょうちゃんと紫と一緒に暮らすことになって、嬉しいもん。ふたりとも、大好きだよ」

東京で暮らしている間、ずっとひとりだった。何人か付き合った男はいたけれど、一緒に生活するほどにはならなかった。飲み屋街の端にあった古いアパートに帰っても、出迎えてくれるのは騒音だけ。どれだけ辛いことがあっても、泣きつける存在はいなかった。今は、「おかえり」と出迎えてくれ、愚痴《ぐち》に耳を傾けてくれるひとがいる。それがどれだけ、心強くて幸せなことか。

「きょうこも、かなちゃんのことすき。おかあさんも、浦ちゃん先生も、すきだって」

「え？」

ついさっき挨拶を交わしたばかりの男性の名前が出て驚く。響子はそんな叶枝に、「浦ちゃん先生ね、かなちゃんのことすきなんだよ。かなちゃんがおむかえにくると、そわそわしてるの」と何でもないことのように言った。

「え、えー。嘘でしょ」

「きょうこ、うそなんてつかない」

たしかに、そうだけど。言いながら、叶枝は頬が知らず赤らんでくるのを感じていた。自分が響子を迎えに行くたびに、奥から駆けつけてくる青年の目に好意のようなものが浮かんでいる気がしなかったわけではない。でも、気のせいだと打ち消していた。

「かなちゃん、おつきあいするの？」

「しないしない。わたしはねえ、もう誰とも付き合ったりしないの」

慌てて否定する。これまでいろんな男に騙され、痛い目に遭わされてきた。最後の男は、もう存在すら思いだしたくない。

大好きな叶枝と一日でも早く結婚したい。俺だけのものにしたい。男は、頭の芯からくらくらするような愛の言葉を惜しまず叶枝に与えた。叶枝がキラキラしたお姫さまであるかのように、大事にしてくれた。最初こそ口説《くど》かれていたはずなのに、気付けば叶枝の方が男に夢中になってしまっていた。彼のためなら、何でもしてあげたい。

最初は、限定品のスニーカーだった。次にブランドのジャケット、バッグ、時計。男が欲しがるものをプレゼントしたら、代わりに蕩《とろ》けそうな笑顔と甘い言葉をくれた。それが欲しくて、叶枝はこつこつ貯めていた貯金や給料をつぎ込んだ。

これは俗に言う『貢《みつ》ぐ』という行為ではないかと薄々感じ始めたころ、男からプロポーズされた。一緒に田舎に帰ろう。でも、そのための引っ越し資金が足りないので出して欲しいんだ。プロポーズに浮かれて、言われるままに貯金を全て差し出した。キャバクラを辞め、荷物を纏め、がらんどうになった部屋で彼の迎えを待ったけれど、来たのはメール一通だった。お前なんかと結婚なんて無理に決まってるだろ。これまで気持ちよく過ごさせてやったんだから、感謝しろよ。

退去時刻が過ぎたことを告げに来た大家が茫然自失している叶枝を見つけ、結婚詐欺だと言って警察に連れていってくれたが、男は今も見つかっていない。

大家は、財布の中のわずかな現金しか持っていない叶枝を憐《あわ》れに思って退去の日にちを延ばすなど気遣ってくれたが、叶枝は文字通り路頭に迷った。藁《わら》にも縋《すが》る思いで蝶子を頼った結果助かったけれど、蝶子がいなかったら今頃どこまで落ちていたか分からない。

「男のひとなんて、いらない。わたしみたいな女は、馬鹿にされるか利用されるかの二択しかないんだもん。大事にしてもらえない」

「かなちゃんみたいに、きれいなひとでも?」

「ふふ。わたしはねえ、東京に行くとそんなにきれいじゃないの」

勤めていた店では、盛り上げ要員だった。自ら発光しているのではないかと錯覚させるくらいにうつくしい女や、ひとの感情を手に取るように動かせる賢い女の中では、叶枝の価値など無いに等しかった。場を盛り上げて笑わせ、無遠慮な酔客に酒を強要され、そしてブスだと罵《のの》られた。お前みたいな女はどこにだっているし、男に大事にされるほどのツラしてねえんだよ。割れたガラスのような言葉が突き刺さっても、必死で笑顔を作って躱《かわ》した。

「でも、そんなにきれいじゃなくても大事にされるひとって、いるでしょう? わたしはね、多分匂いだと思う。大事にされるひとはきっと、咲いたばかりの薔薇《ばら》みたいなとてもいい匂いがするの。でもわたしはね、トイレの芳香剤みたいなものなんだ。それじゃだめなんだよね」

何かが決定的に違うのだと、叶枝は思う。

「よく、わかんない」

「作り物のニセモノのお花には、蝶々は留まったとしてもすぐに離れていくよってこと」

愛されるのは、いつだって本物だけだ。小さく自虐の笑みを零し、ふと視線に気付く。響子がこちらをじっと見上げていた。

「どうしたの、きょうちゃん」

「じゃあ、きょうこもニセモノなのね」

何言ってるの、と思わず声が裏返った。驚く叶枝を見上げたまま、響子は言う。だって、おとうさんはきょうこのことをきらいだって言ってたもん。ぶさいくで、何の役にもたたないって。

自分の顔から、血の気が引いていくのがはっきり分かった。幼い子どもの口から出ていい言葉じゃない。繋いだ手とは反対の手で、響子は自分の目や鼻を触って淡々と言う。きょうこ、かわいげのない目に、ブタみたいな鼻してるでしょ、口はねえ、だらしないんだって。おとうさんは、きょうこを見るとかなしくなるんだって。

叶枝は、繋いだ手に力を込めた。


その晩、響子が寝入った後で紫は帰ってきた。急変した入居者の家族を呼んで対応していたら思いの外《ほか》遅くなったらしい。疲れ切った顔で、叶枝と響子がふたりで作っておいた夕飯を口に運ぶ。その様子を見ながら、叶枝は夕方の話を切り出した。

「どうなってんの。あんな小さな子から聞かされる内容じゃないよ」

紫の手が止まる。「そっか」とため息混じりに呟くと、フォークを置いて両手で顔を覆う。

「これは、時間がかかる問題なんだろうな。あー、もうやだ」

「ねえ、説明してよ」

顔を上げて、紫が力なく笑った。

「わたしのせいなのよ。わたしが、妊娠しなかったから」

できちゃった結婚をしてから、八年。秀仁は二人目、特に男児を熱望していたという。しかしどれだけ望んでも、紫は妊娠しなかった。

「二人目不妊って、よくあることなんだって。響子が三歳になったころ、産婦人科に相談しようって言ったんだけど、あのひとそういうのすごく嫌がって。響子ができたんだから俺の生殖機能に問題はないはずだ！　ってそればっかり」

そのくせ、生理が来るたびに紫を詰《なじ》った。いらないときに孕《はら》んで、欲しいときにはできない。お前の腹はどうなってんだ。せめて、響子が男の子ならよかったのに。

「響子は、わたしによく似てるでしょう？　お母さんとうりふたつね、なんてしょっちゅう言われてたの。それも、気に食わなくなったみたい。最初は、俺に似たらぱっちりした二重《ふたえ》だったのに、俺に似たらしゅっとした鼻だったのに、って言い方だったんだけど、だんだんエスカレートしていって」

カタカタと小さな音がする。見れば、テーブルの上で組まれた紫の手が震えていた。顔も、泣きだしそうに歪んでいる。夕方見た響子の表情と、同じだった。

それでも紫は、続ける。紫に対してだけ冷たかった言動は、次第に響子にも向けられるようになった。響子が笑うだけで怒るようになり、躾《しつけ》と称して異様に厳しいことを押し付ける。響子は幼稚園の年中のころには包丁を持たされ、日課として家中の廊下の雑巾《ぞうきん》がけを命じられていたという。

「お前は紫に似て愚図で役立たずなんだから、家事くらいきちんとできるようになれ。でないと、誰にも愛されないぞって言うの。響子にそんなこと言わないで、ってお願いしても、止めてくれなかった」

聞きながら、叶枝は自らの身の内に溢《あふ》れる感情のやり場を探していた。高校時代の秀仁の顔が思いだされ、殺してやりたいと思う。紫に、小さな子どもに、なんて酷いことを。

叶枝は夕方、平静を装いつつ響子に言った。

『きょうちゃんは、ぶさいくなんかじゃない。すごくかわいいよ。おかあさんにそっくりの、かわいくて優しい顔をしてるもの』

しかし響子は少しも嬉しそうな顔をせず、むしろ口をへの字に結んだ。それは、叶枝の言葉が少しも響子に届いていないという証《あかし》だった。秀仁の擦《す》り込んだ呪いは、簡単に解くことができないほど強いのだろう。

「家を追い出されたのって、それが理由?」

「まあ、ね。でも本当のところは、浮気相手が妊娠したからなの。もうお前には期待しないって言われて、それで追い出されちゃったってわけ」

「はぁ? ねえ、それって慰謝料貰《もら》える話じゃん。浮気相手を妊娠させるなんて、向こうの責任でしょ」

「響子と、引き換えだったの。響子を連れて行くかわりに、権利を一切主張するなって」

紫に渡されたのは、響子のほかには、ごくわずかな現金と最低限の衣服だけ。ふたりを追い出した後、秀仁はお腹の大きくなった女を家に招き入れて一緒に暮らし始めた。すぐに籍を入れたと、噂で聞いたそうだ。それって、きょうちゃんのことを都合よく利用しただけじゃない、と叶枝は声を大きくした。自分が育てるつもりなど、最初からなかったに違いない。

「そんなこと、分かってる。でもね、もういいやーって思ったんだよ」

「え？　意味分かんないんだけど。そこは、頑張るべきところだったんじゃないの」

叶枝は思わずテーブルを叩いた。その拍子に、空缶が倒れ、転がる。

「紫はきょうちゃんの母親でしょう？　どうしてもっと守ってあげなかったの。紫がもっとしっかりしていたら、きょうちゃんはあんな卑屈なこと言うようにならなかったはずだし、もっと無邪気に育ってたんじゃない⁉　どうせ、秀仁の言うことをハイハイ聞いてたんでしょう。紫って昔から男に甘いんだよ。高校時代も――」

叶枝は口を噤《つぐ》んだ。紫が、目を真っ赤にしてこちらを睨みつけているのに気が付いたからだ。両手を固く握りしめた紫は、これまで見たことのない目で叶枝を睨み、「知った風なこと、言わないで」と低い声で言った。

「叶枝は何も知らないでしょ。わたしがどれだけ苦労してたか。わたしだって、やれることはやったのよ。こうなったのは、仕方ないことなの」

「待って。その、仕方ないって言うの止めて。母親が諦めたら、子どもはおしまいなんだよ。一生、苦しむんだよ。紫はきょうちゃんがずっと苦しみ続けてもいいの？」

言ってはいけないラインを越えたという自覚はあった。しかし、叶枝の口は止まらなかった。響子の哀しそうな顔が脳裏にちらついていたからだ。

「だから、家を出たじゃない！」

「追い出されたのは、出たなんて言わないよ。きょうちゃんはこれから苦しむたびに思うんだよ。おかあさんがあのとき守ってくれなかったからだ、って。紫はそれでいいの？　ちゃんときょうちゃんのことを考えてあげてよ」

紫が、テーブルの上の食器を払った。皿がフローリングに滑り落ち、大きな音を立てて割れた。

「いい加減にしてよ！　わたしが男に甘い？　自分だって男に媚《こ》びてお金を稼いでたんでしょう？　偉そうなこと言わないでよ」

紫の言葉が、叶枝の心の深いところを抉《えぐ》った。

「違……わたしは」

「違わないでしょ。見た目ばかり気にしてるのは、ひとに媚びてるっていう証明じゃないの。叶枝は、わたしに偉そうなこと言えるような素晴らしい人生送ってたわけ？」

固まってしまった叶枝と、叶枝を真っ直ぐに睨みつけてくる紫の間に、嫌な沈黙が横たわる。

「おかあさん……、どうしたの？」

そこに入り込んできたのは、泣きだしそうな響子の声だった。ふたりほぼ同時に目を向けると、階段のところで響子が、パジャマの裾《すそ》をぎゅっと握りしめて立っていた。

「ああ、ごめんね。起こしちゃった？　わたしがね、ついうっかりお皿を落としちゃったの。それで、おかあさんにちょっと怒られちゃって」

「響子、こっちに来ちゃだめよ。お皿の破片で、怪我《けが》しちゃう」

慌ててふたりとも笑顔を作る。何事もなかったかのように片付け始めたふたりに、響子が強《こわ》張《ば》っていた顔を緩《ゆる》める。

「けんかしてるのかとおもって、びっくりした。よかった」

「するわけないじゃない。ほらほら、寝なさい」

「うん……。おかあさん、少しだけいっしょにいて?」

叶枝は躊躇《ためら》う紫の背中に向けて、「ここは片づけておくからいいよ」と言った。わたしはその後寝るからさ、おやすみ。

「……ごめんなさい」

振り返らないまま短く言って、紫は三階へ上がっていった。ふたりの足音を聞きながら、叶枝は皿の破片を拾う。

言い過ぎた。だけど、言わずにはいられなかった。

『だって仕方ないでしょう。お母さんだって、必死なんだよ』

何度となく聞かされた母の言葉と、紫の言葉が重なった。

叶枝の母清子は、叶枝が小学校三年生のときに、同じく子連れの男と再婚した。男の連れ子は加奈子といって、年は叶枝のひとつ下。前妻がうつくしい女だったのか、加奈子はとても可愛らしい顔立ちをしていた。清子はこの加奈子を、ことさら可愛がるようになった。加奈子のためにたくさんの新しい服を買い、習い事をさせ、どこにでも連れて回った。そしてそれに比例するように、叶枝への態度が酷くなっていった。放課後に遊びに行くことを許さず、家事を言い渡す。服は、叶枝よりも背の高かった加奈子のおさがりばかり。習い事も、させてもらったことはなかった。両親と加奈子の三人で食事に行き、叶枝にはスーパーの物菜を与えて留守番をさせる、などということが何度あったか知れない。最初こそ、どうしてわたしだけ除《の》け者なの、と泣いて訴えた。わたしを加奈子と、せめて同じくらい可愛がってよ。わたしはお母さんの本当の子どもなんだよ。そんなとき清子は決まって、仕方ないと言ったのだ。お母さんだってね、あんたを育てるために一所懸命なの。新しいお父さんや、加奈子ちゃんと上手くやっていかないと、生活していけないのよ。だからあんた以上に加奈子ちゃんを可愛がらないといけないの。仕方ないことなのよ。

『仕方ない』に縛られて、叶枝はいつしか諦めを覚えた。クリスマスの朝に自分の枕元にはプレゼントがないのも、誕生日を祝ってもらえないのも。授業参観に母の姿がないのも、熱を出したときに額に置かれる手がないのも、仕方のないこと。

しかし、分かっていた。母は、叶枝よりも加奈子の方が可愛くなっただけなのだ。別れた夫にそっくりな娘より、人目をぱっと惹く華やかな娘の方が可愛いだけ。母の『仕方ない』は、『叶枝を可愛がれないのだから仕方ない』なのだと。

「そりゃあ、見た目に拘《こだわ》ろうともしますよ」

紫の言葉を思いだして、小さく笑う。可愛かったら愛される、そう信じていたんだから。それでも痛い目にはあったし、容姿だけではどうにもならないことも知った。だからこそ、響子が心配なのだ。できればあの幼い子どもに、自分のような悲しみも苦しみも、背負って欲しくない。

紫と清子が同じだとは思っていない。事情も違うから、同じ轍《てつ》は踏まないかもしれない。けれど、『仕方ない』で自分を否定され続ける子どもの心は同じなのではないだろうか。

床を雑巾で拭き、すっかり綺麗にして、自室に戻ろうとした叶枝の足の裏に鋭い痛みが走った。屈《かが》んでみると、小さな皿の破片が刺さって赤い点が浮いている。そっと抜いて、くずかごに捨てた。

*

響子の前だけ普段通りに生活し、ふたりになれば会話ひとつしない生活が一ヶ月ほど続いたころ、響子がおたふく風邪に罹《かか》った。

「困ったなあ。この間休んだばかりなのに……」

病院から帰ってきた紫は、ソファにぐったりと体を預けている響子を見ながらため息をひとつ吐いた。響子は数日前にも風邪で寝込んでいて、その看病のため紫は二日ほど会社を休んでいたのだ。いくら子育てに理解のある職場でも、限度があるのだろう。

「きょうちゃん、大丈夫?」

叶枝が声をかけると、左の耳下腺《じかせん》を大きく腫らした響子は静かに頷いた。熱もあるせいか、心なし目つきがぼんやりしている。

「今日も休んじゃったし、もう代わってくれそうな人がいないの。ねえ、響子。昼休みには帰ってくるから、お家《うち》で大人しく寝ていられる？」

冷蔵庫に貼ったシフト表を見ながら、紫が申し訳なさそうに言う。響子はその背中を見ながら「へいき」と短く答えた。

「本当にごめんね。おかあさん、もうお仕事休めそうにないの」

「いそがしいもんね。いいよ」

普段の口調を装ってはいるものの、響子の眉尻が泣きだしそうに下がるのが、叶枝の位置からはっきりと見えた。

「わたしが家にいるから、いいよ」

響子が下唇を噛んだのと同時に、叶枝は言った。「え？」と言って紫が振り返る。叶枝は開いていた雑誌を閉じて、響子にもう一度言った。

「わたしが家にいる。きょうちゃん、わたしと一緒にいよう」

「だって、叶枝も仕事があるでしょ」

「辞めたの。求職中だから、時間はある」

いつ、と言いかけて紫は口を噤み、気まずそうに視線を彷徨《さまよ》わせた。叶枝が何度か話しかけようとしても、紫はそれを拒む態度を崩さなかったのだ。言葉を探した紫は「悪い、し」と歯切れを悪くする。

「どちらにしても家にいるから。何かあったら連絡する。でも、おたふく風邪なんて家で大人しくしてりゃいいだけでしょ」

「そうだけど……」

「ね、きょうちゃん。一緒にいようね」

響子に笑いかけると、さっきまで不安そうだった顔に笑みが浮かんだ。叶枝も微笑《ほほえ》む。その様子を見ていた紫が、ため息をひとつ吐いた。

「正直、助かる。お願いしてもいいかな」

もちろん、と叶枝は頷いた。

翌日、紫が何度も家を振り返りながら出勤していくのを、叶枝と響子は二階の窓から見送った。響子は、いつも見送られる側だった自分が見送ることが新鮮なのか、紫の姿が見えなくなるまで手を振っていた。

「きょうちゃんのおかあさん、お仕事頑張ってるねえ」

「うん。おかあさんは、えらいの」

ようやく振り返った響子が誇《ほこ》らしげに胸を張るのを見て、叶枝は思う。この子は、母を大事にしている。それは、紫の子育てが間違っていなかったからだ。紫はわたしの母とは違う。この子はきっと真っ直ぐ育つだろう。

この間は、自分の古傷が痛むからと紫に酷いことを言ってしまった。前向きだった紫があんな風に言うからにはよほどのことがあったのだろう。あんな風に責め詰るのではなく、きちんと話を聞くべきだった。

「かなちゃんは、どうしておしごとやめたの？」

「うーん、やっぱり合わなくて」

軽い口調で言ったが、実際は辞めざるを得なかったのだ。中畑が、自分が辞めるか叶枝を辞めさせるか選んでくれ、と店長に迫ったのだ。あんなチャラチャラして、仕事を覚えないひとの世話を焼くなんて、もう御免です！　高原さんの方が必要なら、どうぞ私を解雇してください！

『どうして中畑さんはわたしを嫌うんですか？　どこが気に食わないんでしょうか？』

そう訊いたのが悪かったのだろうと思う。でも、険《けん》のある言動にひたすら耐えて仕事を続けるのは難しい。理由さえ分かれば歩み寄れるかもしれない、と考えただけのことだった。しかし中畑は叶枝が楯《たて》ついてきたと騒ぎ、涙まで流してみせた。店長が『高原さん、どんな言い方をしたの？』とため息を吐いて横目で見てきたとき、ぷつんと何かが切れた。

『こっちだって、こんな陰気なネチネチ女と働きたくなんかないわよ！』

気付いたときには、怒鳴り返していた。

「好きになってもらおうと頑張ったんだけどね。でも、だめだったみたい。あ、でもね。新しい仕事を探しているから大丈夫！　次はパン屋さんなんてどうかなと思ってるんだ。お土産《みやげ》に、きょうちゃんの好きなメロンパンを持って帰れるようになるし」

響子が悲しそうな顔をするので、明るい声を出した。大丈夫、仕事なんてすぐに見つかる。そう言うのは自分のためでもあった。

響子がおたふく風邪に罹って、五日が過ぎた。三日目あたりから熱も下がり、耳下腺の腫れもひいたので、明日からは登校できるようになる。平穏な日々だったが、その間に叶枝はひとつ気になることを見つけていた。響子が、過剰なほど大人の顔色を窺っていることを知ったのだ。それに気付いたのは昨日で、昼間にふたりでアニメ映画を一緒に見ていたときのことだ。響子に付き合うだけのつもりだった叶枝だが、思っていたよりも内容が面白くて夢中になっていた。これ、意外と面白いね。そんなことくらいは話しかけた記憶がある。そんなとき、響子が悲鳴を上げた。どうしたのかと驚いて見れば、響子は顔を真っ赤にして、おしっこを洩らしていた。座っていたフローリングの上に、どんどん水たまりができていく。

『ど、どうしたの?』

二年生にもなって、おもらしをするなんて。どこか具合でも悪くしたに違いないと叶枝が真っ青になって近寄ると、響子は目から涙をぼろぼろ零して『ごめんなさい』と言った。トイレに行ってきていいかきけなくて、がまんしてたの。ごめんなさい、ごめんなさい。

トイレくらい勝手に行けばいいじゃない、そう言いかけて叶枝ははっとする。そう言えば、響子はいつも自分の行動を大人に伝えてから動いていた。何をするにも、許可を貰っていた。

『もしかして、わたしが映画に夢中だったから?』

タイミングを計りかねて、言えなかった? まさかと思いながら訊くと、響子はためらいながらも頷いた。嘘でしょ、と愕然《がくぜん》とする。

『いいんだよ、勝手に行っても』

『だって、おこらない?』

動悸《どうき》が速くなっていく。この子は、怒られてきたのだ。勝手な行動をすると、大人に怒られてきた。

それって、昔のわたしと全く一緒じゃないの。

叶枝も、そうだった。何をするにも清子に咎められた。義父も加奈子も、叶枝を庇《かば》ってはくれなかった。呆れた目を向けられる居心地の悪さと情けなさに耐えられず、いつも何かアクションを起こす前に清子に許可を貰うようになっていった。

目にたくさんの涙を溜めて、叶枝が怒りだすんじゃないかと怯えている響子を抱きしめた。触れた瞬間びくりと体が固まったのに気付いて、泣きそうになる。大丈夫だよ、と何度も繰り返した。好きにしていいの。きょうちゃんを怒るひとなんて、もういないんだよ。

小さな体から、少しずつ力が抜けていく。これまで、友達と遊ぶことなく家にいるのも、聞き分けがいいのも、率先して家の手伝いをするのも全部、怒られないように必死で考えたことだったのだと叶枝は悟る。ああ、この子は、かつてのわたしなんだ。叶枝は、抱きしめているのが誰なのか分からなくなりながら、腕に力を込めた。

紫と何も話せないまま、一晩が過ぎた。響子のことをどうにかしてあげたいけれど、急に名案など思いつかない。

「さーてと。今日は最終日だし、おままごとでもしようか」

紫を見送り、朝食の片づけを済ませたところで、叶枝は響子に笑いかけた。

「おままごと?」

「そう。このお家《うち》ぜーんぶ使って、遊ぼう」

両手を広げて叶枝が言うと、響子の目が輝いた。どんなことするのぉ？　と訊く声に、ほんの少し甘えのような響きを感じて嬉しくなる。

どうしていいか分からない。だからわたしは、この子が少しでも大人に対する恐怖を忘れてくれるように、笑っているしかない。

「かなちゃんのおままごとは、本気だからね。今日は、この家はお城なの。かなきょう城って名前にしよう。きょうちゃん姫の衣装は、これよ。じゃーん！」

キャバ嬢時代に何度か袖を通した、ピンクのミニ丈のドレスをひらりと振ってみせると、響子は身をよじるようにして「かわいい！」と叫び、ドレスをうっとりと見つめる。

「大人用だけど、きょうちゃんだったらロングドレスみたいになるんじゃないかな。このショールをベルトみたいに巻いたら、丈も調節できるでしょ」

キャラクターもののパジャマを脱がせ、響子にドレスをあてる。ショートヘアの前髪に蝶々のヘアピンを挿してから姿見の前に立たせると、響子の頬がほんのり赤らんだ。ぎこちなく笑い、こわごわ体を動かす。スパンコールが柔らかく光ると、目が輝いた。

「着ても、いいの？」

「もちろん。わたしも用意するから、待っててね」

叶枝も急いでドレスを着た。髪を巻いてアップにし、つけ睫毛《まつげ》をつけてきちんとメイクをする。初めて叶枝のフルメイクを見た響子は、うっとりと見惚《みと》れる顔をして、「かなちゃんて本当のおひめさまなんでしょう?」と言った。

「うふふ、ありがとう。きょうちゃんだって、お姫様だよ。さ、次は場所を決めていこう」

用意していたマジックの一本を響子に渡す。不思議そうに首を傾げた響子に、「まずはこの出窓からにしよう。うーんと、ここはお城のバルコニーね。お姫様が綺麗な月を眺めたりするところよ。バルコニー、分かる?」と訊く。

「わかる!」

響子が、こっくりと頷く。

「じゃあ、バルコニーって書いておこう。あ、目立つところに書いちゃだめだよ。おかあさんには内緒の、秘密のおままごとなんだからね」

「わかった!」

それから、ふたりで家の中を移動しては、いろんな場所に新たな名前を付けていった。次第に慣れてきたのか、響子はドレスの裾を摑んで走り回りながら、「ここはね、シンデレラのかいだんなの!」と大きな声を上げたり、絵を書き足したりもした。その無邪気な様子に、思わず叶枝も笑みが零れる。途中、水性マジックだと思っていたペンが油性だったことに気付いたときには血の気が引いたけれど、後でどうにかして消すしかないと覚悟を決めた。

しかしそんな楽しい遊びの途中、叶枝が言葉を失うことが起きた。叶枝も紫母子《おやこ》も使っていない、三階の一室。そこの押入れに潜り込んだ響子が描いたのは『おんなのおはか』だった。

「このしかくいのは、おはかだよ。みんな、ないてるところだよ」

花を供えているところだろうか、拙《つたな》い絵で人間を何人か描き、手には花を持たせている。描き終えた後少し考えて、響子は『おんなのおはか』から矢印を引き、『じごくいき』と書き足した。

叶枝は、無意識に両腕を撫で擦《さす》っていた。何でこんな恐ろしいことを、考え付くの？

「きょうちゃん、どうして、おんなのおはかなの？」

「おばあちゃまのお葬式のときに、おかあさんが言ってたの。けっこんしたおんなの入るおはかは、じごくいきなのよって」

「どういう、こと？」

「よくわかんない。だけどおかあさんは、おばあちゃまがかわいそうだって言って泣いてた。しんでからもはたらかないといけないんだって」

どういう意味だろう、と叶枝は考え込む。おばあちゃまというのは、秀仁の母親のことだろう。紫の両親は、響子が一歳になるかならないかというころに事故で亡くなっているから、その葬式を響子が覚えているわけがない。

「おばあちゃまもおかあさんも、ドレイなの。まえに、かなちゃんが教えてくれたでしょ」

「ドレ……奴隷？」

「いっしょうけんめいがんばってはたらいているのにおこられて、もっともっとっていわれるひとのことなんでしょう？」

澄んだ瞳《ひとみ》が揺れるのを、叶枝は泣きそうになりながら見つめる。この子は、この目でどんな光景を見てきたのだろう。

「あのね、きょうちゃん」

もう、訊くしかない。意を決して口を開こうとしたところに、玄関の方で来客を告げるチャイムが鳴った。室内の壁掛け時計を見ると、十二時を少し回ったところだった。今日のお姫さまたちは豪華にピザパーティよ、と言って注文していたのをすっかり忘れていた。

「ピザ、届くのすごく早いね。きょうちゃんは二階で、食事の準備をしていてくれる？　わたしは受け取ってくるね」

時間はまだある。食事のあとにでもあらためて訊こうと、叶枝は財布を手に玄関に向かった。ドアを開けると、そこに立っていたのはピザの配達員ではなかった。

「あ、れ？　ここ、今里《いまざと》紫の家だと聞いてきたんですけど」

叶枝の目の前にいるのは、秀仁だった。手に人気菓子店のケーキボックスを持ち、戸惑った顔をして叶枝を見ている。

「学校に問い合わせたら娘が、響子が休んでいるって言うから来て……あの、失礼ですがあなたは？」

「は？」

「同居している者、ですけど」

秀仁の顔が強張る。頭から足先まで検分するように叶枝にぶしつけな視線を走らせると、

「紫たちと、同居？」と低い声で言った。

「どういったご用件でしょうか」

「娘と妻に会いに来たんです。とにかく、ふたりを出して頂けますかね」

口調に、乱暴な色が混じる。叶枝はドアの前で仁王立ちをして、「嫌です」と言った。

「きょうちゃんは今、具合が悪くて眠っているので無理です」

どうか、降りてきませんように。祈りながら言うと、「紫は」と訊いてくる。

「仕事です。今日はわたしが責任を持って預かっています」

「具合の悪い子を、あんたみたいな女に？　嘘だろ？」

秀仁の眉間《みけん》に、深い皺《しわ》が刻まれた。

「本当です。今日のところは帰って頂けますか」

「紫のやつ、何考えてるんだ。おい、響子！　響子！」

秀仁は叶枝を押しのけようとするが、叶枝は必死に足を踏ん張る。叶枝がどかないと見るや、今度は奥にある階段の方に向かって、大きな声を上げ始めた。

「響子！　お父さんだ。降りておいで。一緒にお家に帰ろう！」

「止めてください！　あなたは離婚して、きょうちゃんを捨てたんでしょう？」

「他人の家の事情に口出ししないでもらいたい。響子、響子！　早くおいで！」

玄関先でもみあっていると、「響子！」と秀仁が声を明るくして言った。騒ぎを聞きつけて、響子が降りてきてしまったのだ。叶枝が顧《かえり》みると、顔色は真っ青になっていた。

「きょうちゃん、上にいなさい。ここは、いいから。わたしが何とかするから、大丈夫だよ」

「ふざけるな。響子、来なさい。お父さんと一緒に、家に帰ろう」

響子は泣きだしそうな顔をして、階段の途中で立ち尽くしている。ドレスの裾をぎゅっと強く握りしめたまま動かない響子を見て、秀仁は「いい加減にしろ！」と拳を振り上げた。びくりと響子が震える。

「具合が悪いだと？　そんなみっともない恰好をさせておいて何を言ってるんだ。子どもを学校にも行かせずに遊ばせているなんて、どうかしてるぞ！」

怒りが頂点に達したのだろう。ケーキの箱を放りだした秀仁が、叶枝を突き飛ばした。叶枝はドアに叩きつけられる。大きな音がして、響子が悲鳴を上げた。

「お前たちにはやっぱりオレがいないといけないんだ。さあ、来い！」

土足のまま上がり込み近づいてくる父親に、響子は後ずさりをしたけれど、段差に引っかかって座り込む。秀仁はそんな響子の頭を分厚い手で叩き、それから抱え上げた。ドアにぶつかった衝撃で動けずにいた叶枝の方をちらとも見ずに、脇を通り過ぎていく。

「紫にはこちらから連絡をしておきます。こんな女に子どもを預けるだなんて、許されるものか」

「ま、待ちなさいよ……」

秀仁は響子を抱えたまま、バス停留所の方へ歩いていく。叶枝はよろよろと立ち上がって、そのあとを追った。ふらつきながらも駆け、バス停留所の横にあるコインパーキングの前で、どうにか秀仁たちに追いついた。秀仁の服を摑んで、「その子を返して！」と叫ぶ。

「紫の子よ！　返して！」

「オレの子だ！　放せ！」

停留所前には、バスを待つ人たちが数人いた。向かいにあるコンビニの駐車場にも、人の姿がある。しかし人々はもみあう三人に好奇の目を向けても、助けようとはしてくれない。

「返して！　誰か、この男から子どもを取り返して！」

自分が預かっている間に響子を奪われたら、金輪際《こんりんざい》、紫に顔向けできない。何より、こんな男に響子を渡せるものか。必死で声を張り上げていると、いきなり「きょうちゃん！」と太い声が近くで聞こえた。逞《たくま》しい手が、秀仁の腕を掴む。

「警察呼びました。大人しくしてください」

携帯を片手に声を張ったのは、浦谷だった。

「はぁ？　事情も知らないくせに、勝手に何してるんだ。オレはこの子の父親なんだぞ」

「あんたはもうとっくに別れた夫で、親権は紫にあるわ。この子を無理やり連れていくなんてことが許されるわけ、ないじゃない」

吐き捨てるように言うと、秀仁が眉間に皺を刻んで叶枝を凝視《ぎょうし》する。浦谷が、秀仁の腕から響子を取り上げた。がたがた震えている響子の背中を豪快に撫で、「大丈夫だよ」と言う。強張って声も出せなくなっていた響子の目から、大粒の涙がぼろぼろと零れはじめた。その様子を見て、叶枝も足から力が抜け、その場にへなへなと座り込んだ。

「それなら、裁判で決着をつけようじゃないか。こんな浮ついた恰好をした女に小さな子どもを預けて、紫は何をしてるって言うんだ。親として失格じゃないか。警察でも何でも呼べよ。断固、闘ってやろうじゃないか」

秀仁が、叶枝を指差しつつ怒鳴る。碌《ろく》でもない商売女なんかと関わらせて、まともな育て方ができているとは思えない。紫なんかに響子を渡すんじゃなかった。

叶枝は俯《うつむ》いて唇を噛む。殴りつけてやりたい衝動に駆られるけれど、そんなことをしたら紫の不利になりかねない。

「かなちゃんをばかにしないで！」

細い、しかしはっきりとした声がした。

「かなちゃんのことも、おかあさんのことも、ばかにしないで！」

驚いて顔を上げると、浦谷の腕の中で響子が顔を真っ赤にして叫んでいた。響子を睨みつけていた秀仁が、表情を変える。

「かな、ちゃん……？　まさかお前、高原か？」

「だから、何よ」

唖然《あぜん》とした秀仁を、今度は叶枝が睨みつける。少しの間を置いて、秀仁はぷっと吹き出した。

「あの、ぶさいくの高原叶枝かよ？　全然顔が違うから分からなかった。お前、あの顔を整形したのか」

心底面白そうに、秀仁が笑う。その笑い声が、叶枝にずぶずぶと突き刺さる。

「昔の面影なんか一切なくなって、もはやサイボーグだな。前から、ぶさいくに生まれて可哀か。

相だとは思ってたけどさ。なあなあ、その面《つら》にいくら費やしたわけ？」

「あんたに、関係ないでしょう」

怒鳴り返して響子を見れば、響子は目に涙をいっぱい溜めて、叶枝を見ていた。叶枝にはその目に失望の色が浮かんでいるように見えた。ああ、わたしはこの子を、傷つけてしまったのか。

「きょうちゃん、ごめんね。でも、かなちゃんはニセモノなんだって言ったでしょう」

力なく笑うと、響子の目から盛り上がった涙が零れた。

パトカーのサイレンが遠くから聞こえる。響子を抱きかかえたまま叶枝の前に屈んだ浦谷が、

「大丈夫ですか？」と訊いてきた。事情はよく分かんないですけど、とにかく自分もついていきますから、安心してください。にっと笑う顔に、叶枝は初めて安心感を覚えた。


全て終わって家に帰ってきたときには、二十二時を回っていた。

「ごめん、叶枝。迷惑かけたね」

疲れ切った叶枝がソファに倒れ込んでいると、眠ってしまった響子を寝室に運び終えた紫が戻ってきて言った。起き上がると、紫が深く頭を下げてくる。ひと回り小さくなったんじゃないかと思うほど、体をすぼめている。

「本当に、ごめん。それと、被害届を出さないでくれて、ありがとう」

「あんなのでも一応きょうちゃんの父親だからね。それに、これで二度と近づかなくなるんだ

ったら、安いものだよ」

叶枝の後頭部には、大きな白いガーゼが貼られている。ドアにぶつかったとき、サムターン部分で頭を切ったのだ。警察署に向かう途中で、浦谷が叶枝の首筋にまで血が垂れているのに気が付いて分かった。

「数針縫っただけだし、目立つ傷痕が残るわけでもないし、いいよ」

「足も、痛むでしょう?」

「へーきへーき。こっちは擦《かす》り傷じゃん」

慌てて家を飛び出したせいで、靴を履く余裕もなかった。ストッキングが裂け、足の裏の皮が剝けてしまっていたし、ガラスでも踏んだのか少し出血していた。

「でもさあ、あいつ、あんな最低な奴だったっけ? 昔はもう少し優しかったし、まともだったよね」

うんざりするようなやり取りを思いだして、叶枝は顔を顰める。秀仁の態度は、ひととして最低のラインをがっつり越えていた。

警察から連絡を受けて駆けつけた紫に、秀仁は耳を塞《ふさ》ぎたくなるような罵《ば》詈《り》雑《ぞう》言《ごん》を浴びせた。叶枝や警官もいるというのに、手を上げそうな勢いで。そして響子を即刻引き取ると繰り返し怒鳴った。

『渡せません。あなたは全ての責任を放棄したでしょう』

震えてはいたものの、紫ははっきりと答えた。それから、抱えていたバッグからボイスレコーダーや携帯電話、クリアファイルを取り出した。ボイスレコーダーを再生すると、秀仁の怒鳴り声が部屋じゅうに響き渡った。

《不細工な娘なんて、金を積まれてもいらねえよ！　そんだけ欲しけりゃ響子を連れてさっさと出て行け！　その代わり、今後一切オレに関わるな。オレから金を毟《むし》り取るな。分かったか！》

鈍い音のあと、紫の悲鳴が聞こえてきた。痛い痛い、蹴《け》らないで！　出て行きますから、この子には手を上げないで！　お願いします！

耳を塞ぎたくなるような音は長く続き、女性警官が呆れたように首を横に振った。

『それを今すぐ消せ！』

激高《げっこう》した秀仁がレコーダーを奪おうとするも、警官に阻《はば》まれる。

『他にもある。携帯には動画を保存してあるし、こっちのファイルには殴られたときの診断書も、あなたがわたしと結婚している間に今の奥さんとやり取りしていた記録も残ってる。あなたがわたしから響子を奪おうとするのなら、わたしはあなたを全力で潰してみせる！』

ぐっと言葉に詰まった秀仁を真っ直ぐに見返す紫は、凛としていた。

「でもさ、紫があんなに証拠を集めていたなんて、驚いた。あんなに揃ってるんなら、黙って追い出されることなんてなかったんじゃないの」

紫が、コップに冷たいお茶をいれて渡してくれる。叶枝は起き上がってそれを受け取り、一息に飲み干した。こんな日はビールを飲みたいところだけど、医者に止められたので仕方ない。

叶枝の近くの椅子に腰かけた紫は、眉尻を下げて寂しそうに笑った。

「亡くなったお義母さんのアドバイスだったのよ。あたしがいなくなったときに困らないように、きちんとしておきなさいって」

「どういうこと？」

意味が分からなくて叶枝が首を傾げると、紫は少し口ごもった後で話し始めた。

「秀仁のお父さんはね、随分前に脳梗塞《のうこうそく》を患《わずら》って以来、ずっと半身不随なの。頭はしっかりしてるんだけど、体がいうことをきかない。お義父《と》さんはプライドが高くて、外部の人の介護を一切受けようとしなくて、だからお義母さんとわたしはずっと介護に追われてた」

幼い響子の育児をしながら、ふたりがかりで介護もする日々。そんなとき、義母が病に冒されていることが分かった。進行の進んだ癌《がん》で、今すぐにでも手術をして抗癌剤治療を受けなければいけないと医師に言われた。

「余命が、なんて話も出ているっていうのに、お義父さんは、じゃあ誰がオレの世話をするんだって怒鳴ったのよ。恐ろしくって震えたわ。長年ずっと自分の世話を焼いてくれた妻じゃなくて、自分のことだけしか考えていない。わたしはお義母さんに、家のことはわたしに任せて、治療に専念してくださいって言ったの」

義母が入院した後の生活は、よく覚えていないと紫は言う。義父の世話をしながら、義母の病院に通う。秀仁は、今までふたりでこなしていた仕事をたったひとりで背負うことになった妻を手伝うことなく、労《ねぎら》いの言葉ひとつかけようともしない。それどころか、家事がおろそかになってきた、身だしなみが手抜きになったと紫を責めたてた。

「メイクして髪を整えて、ってそんなこと考える余裕もないのよ。なのにあのひとは、そんなみっともない恰好をした女なんか抱けるか、って……」

ひとの手を借りないと上半身を起こすこともできない義父は、排泄ももちろん他人頼りだった。義父に早くきれいにしろと怒鳴られ、秀仁はそれを見ているだけで『臭い』と吐き捨てる。とうとう、お前を女として見られなくなったと言われ、それからは帰ってくるのが遅くなってきた。スーツのポケットにはラブホテルのライター、コンドーム。香水の残り香に、隠そうともしない女からのメール。もう、限界だった。

義母は、日増しに窶《やつ》れてゆく紫を見て泣いた。ごめんね、あんたには辛い思いをさせてしまってる。亡くなった御両親に申し訳ないよ。生きていらしたら、娘がこんな姿になってるのを見たらすぐ帰ってこいっておっしゃったろうに。

紫の体重が学生時代より十五キロ落ちたころ、義母は無理やり退院してきて、紫に言った。あたしが生きている間は、あんたを守ってあげられる。その間に、有利に離婚できるよう証拠を集めなさい。響子とふたりで生きていけるだけのお金を貰って、ここを出て行くのよ。

静かに語っていた紫の目から、涙が零れ落ちる。

「すごくいいひとだったの。どれだけ辛くても、お義母さんがいたから頑張ってこられた。お義母さんが亡くなったときは、わたしにはもう親と呼べる人はいなくなったんだと思って、悲しくなった」

これから、どうすればいいのだろう。そう思いつつ、呆然としたまま葬儀を進めていた最中のことだ。

故人の柩《ひつぎ》に入れたい品はありますか。好きな本や手紙など、持たせてあげたいものがあればおっしゃってください、と葬儀社の担当者から言われた。響子に手紙を書かせよう、愛用の眼鏡も入れようと話している紫に、同席していた義父はそんなものはどうでもいいと吐き捨てた。他に、もっと大事なものがあるじゃないか。

「何だと思う？　お義母さんがずっと使っていた、ぼろぼろの割烹着《かっぽうぎ》よ。向こうに行ったら親父たちが待ってる、これがないと困るじゃないかって。死ぬまで面倒見させておいて、死んだらまた自分の両親の世話をさせるわけ？　入れたふりをして、燃やしてやったわ」

「昼間、きょうちゃんが言ってた。結婚した女の入る墓は地獄だって。おばあちゃまもおかあさんも、奴隷だって」

思いだして言う叶枝に、「そんなこと言ってたの」と紫が肩を落とす。

「わたしのせいだわ。あまりにショックで悔しくて、泣いたのよ。女はお墓に入っても地獄に行くしかないんだわ、って」

あたしが死んだら、出て行きなさい。義母にそう言われていたものの、紫には出て行く気力など残っていなかった。自分が我慢してさえいれば、生活していける。それでいいのではないか、そう思うようになっていた。

「頭がおかしくなっていたんだろうね。秀仁が響子に暴言を吐いても後でわたしが慰めればいいやって思ったし、自分が殴られても響子じゃないなら平気だった。お義母さんとの約束だからって、それだけでボイスレコーダーをまわして証拠を集めてたけど、でも、それをどう使うのかなんて考えもしなかった」

そんなとき、秀仁から離婚を言い渡された。愛人が妊娠したんだ。お前にもう用はないから出て行け。

「それなら響子だけくださいってお願いしたの。出て行くから、響子だけは、って。響子まで取り上げられたら、きっとわたしは死んでしまう。もう、それしか考えられなかった」

叶枝は黙って、ボックスティッシュを紫に渡した。数枚とって目を拭《ぬぐ》う紫を見つめる。今まで分からなかったことが全て明らかになって、哀しくなるばかりだった。なんて酷い時間を過ごしてきたのだろう。どれほど辛かっただろう。そして、何も知らずに紫を責めた自分を恥じた。男に甘いとか、そんな馬鹿げた問題じゃなかった。

鼻をかんだ紫が、それにしても、と小さく笑う。

「普通の人なら逃げだす環境だったんだよね。今日、秀仁と話しててしみじみ思った」

「当たり前じゃん。あいつ、異常だよ」

秀仁が追い出した妻子を探して会いに来たのは、新しい妻に逃げられたからだった。大きくなっていく腹を抱えながら、ほぼ初対面の偏屈《へんくつ》な老人の介護なんてできるわけがない。少し考えれば分かることなのに、秀仁はそれを全く理解していなかった。ただ、今の妻を連れ戻すことはできないと諦めて、そして紫と響子を思いだしたのだ。

わざわざ住所や学校まで調べて迎えに来てやったんだ、と言う秀仁は、自分の非など全く考えておらず、今でも紫が従順に己に従うと思っているようだった。

「どう考えてもありえない状況になってるのに、今すぐ謝れば全部許してやってもいい、なんて正気の沙汰《さた》とは思えないこと言い出したときは殴りたくなったよね。一発くらいじゃ、あの馬鹿の目は覚めないかもしれないけどさ」

叶枝が鼻で笑うと、紫も頷く。

「実はわたしも、ぶん殴りそうになった。不思議だなあ。ちょっと前まで仕方ないと受け入れていたことが、今は『馬鹿じゃないの?』って感情で見られるようになったんだもの」

「正気に戻ったってことだよ。これからは、穏やかにきょうちゃんと暮らしていけるね」

そうね、と紫が笑う。

「もう、何の心配もない。お義母さんには、感謝しきれないな。叶枝にも」

数々の証拠品や、叶枝への暴力。これらを公《おおやけ》にしない代わりに、二度と私たちに近寄らないでくれ。万が一接触してきた場合は、容赦なく訴える。紫がそう迫ると、秀仁は怒りで顔をどす黒く染めていたけれど、歯の隙間から絞り出すようにして「分かった」と呟いた。

「やー、よかったよかった」

やはり、気分がいい。少しくらいなら、と叶枝はひょこひょこと爪先で歩きながら冷蔵庫に向かう。缶ビールを取り出して、その場でプルタブを引いた。数口飲んで、「美味《お》しい」としみじみ零す。

「ごめんね、叶枝」

ミックスナッツの袋を探していると声がかかり、振り返ると紫が頭を下げていた。

「わたしね、自分がどれだけ惨めな生活をしていたか、叶枝には知られたくなかったの。高校のときのままの、まっさらな自分を見て欲しかった。だから、本当のこと言いだせなかった」

叶枝は動きを止める。頭を下げたまま、紫は続けた。東京で独《ひと》りきりで生き抜いていた叶枝に、呆れられたくなかった。今回、叶枝はぼろぼろになってもわたしと響子のために頑張ってくれたでしょう？　わたしは、わたしのちっぽけなプライドで叶枝を傷つけた、なのに。

紫の肩が震えているのが見える。

「叶枝のこと、媚びてるなんて思ったことない。本当よ。その顔は、叶枝が自分の力で手に入れた顔だもの。とっても綺麗で、眩《まぶ》しいよ。でも、叶枝のことを綺麗だと思うたびに、自分が情けなくなったの。叶枝は辛いことを自力で乗り越えていけるのに、わたしは何をしてるんだろうって。わたしの、ただの僻《ひが》みよ。ごめんなさい……」

叶枝はゆっくりと紫に近づいて、彼女を抱きしめた。腕の中で、紫がしゃくりあげる声を聞く。

「わたしこそ、ごめん。紫が頑張ってるのも知らずに、酷いことを言った。それに、わたしだって、情けなく生きてきたんだ。したくないことだって、やったよ」

同じだよ、と言う叶枝の目にも、涙が滲《にじ》んできた。心を殺して手に入れた顔は、夢見ていたほど叶枝を救いはしなかった。愛されると信じていたのに、愛してもらえなかった。

「心も体も傷つけて手に入れた顔なのに、何の意味があったんだろうって思うよ。わたしはきっと、どんな仮面を張りつけてもブスなままなんだ」

「かなちゃんはブスなんかじゃない！」

声がして、紫を抱きしめていた叶枝はびくりとする。声の方に目を向ければ、眠っていたはずの響子がドアの前に立っていた。顔をくしゃくしゃに歪めている。

「きょうちゃん？　寝てたはずじゃ」

「かなちゃんはお姫さまだよ。すごくすごくきれいだよ！」

ブスなんかじゃ、ないもん。そう叫んで、響子は上を向いてわあわあ泣きだした。これまで見せたことのない、全身で泣く響子の姿に叶枝は呆然とし、紫を見る。涙目になっていた叶枝を放すと、紫は響子の前まで行き、手を取った。

「うん、おかあさんもそう思う。かなちゃんは、誰よりも綺麗。おかあさんの、大事なお友達なのよ」

足が痛むことなど、忘れていた。叶枝はふたりに駆け寄り、思いきり抱きしめた。


翌日、叶枝が響子を児童クラブまで迎えに行くと、浦谷が駆け寄ってきた。

「昨日は、ご迷惑をおかけしました」

深々と頭を下げる叶枝に、浦谷は心配そうに「怪我、大丈夫ですか？」と訊いてくる。

「ええ。痛みませんし、これくらい問題ありません。それより、昨日は本当にありがとうございました。浦谷先生がいらっしゃらなかったらと思うと、ぞっとします」

浦谷はあのときたまたま、昼食の弁当を買いにコンビニに来ていた。買い物を済ませて店を出たところで、騒ぎに気付いたのだという。

「白昼堂々誘拐かと思ったんですよ。しかも抱えられているのはきょうちゃんでしょう。そりゃあ助けに行きますよ」

浦谷は、はにかむように笑う。警察署までついてきてくれた浦谷は、警官に冷静に状況の説明をしてくれた。紫がやって来るまで、響子を抱きしめているしかできなかった叶枝にとって、それがどれだけ助けになったか。

「居合わせた縁と言いますか、これからもし何かあったら、遠慮なくおっしゃってください。自分がお手伝いできることでしたら、何でもします。あ、これ自分の携帯番号です。二十四時間、いつでも参上しますから」

「ありがとうございます。男性の知り合いはいないので、心強いです」

現金なものだけれど、浦谷のことをこの間まで苦手だと思っていたのに、助けられた今となっては有難さしかない。叶枝が渡されたメモ用紙を手に笑いかけると、浦谷の頬が少し赤らんだ。

「ああ、そうだ。あの、これお礼と言ってはなんですけど、受け取ってください。園の方にもこれを」

用意しておいたふたつの菓子折りを手渡すと、「こんなもの頂けません」と浦谷が慌てて両手を振る。

「本当に気になさらないでください。お礼とか、そんなものを期待して動いたわけではありませんし」

「ええ、分かっています。大したものじゃないんです。気持ちですので、お受け取りください」

響子の母親からも必ず渡してくれと念を押されています、と言ってようやく、浦谷は菓子折りを受け取った。よかった、と叶枝が笑うと、「あの！」と浦谷が声を張る。

「お、お礼の気持ちでしたら、あの、連絡、ください。必ず！」

浦谷は大きな体軀《たいく》を丸めて、「お願いします！」ともう一度言った。呆気にとられた叶枝だったが、くすりと笑って頷いた。

「わかりました。後から必ず、連絡します。ええと、今日中に」

ぱっと顔を上げた浦谷が、「やった」と声を上げる。

「浦ちゃん先生、にやにやしてる」

いつの間にか支度をしてやって来ていた響子が、楽しそうに笑った。その明るい顔を見て、叶枝も微笑んだ。

＊

過ぎてみると、一年というのはなんと短いことだろう。

すっかり荷造りを終えた叶枝は、がらんとした室内を見回して小さく笑った。一年前、ここに転がり込んで来た自分には、何もなかった。夢も希望も、自信も。迷宮の行き止まりで足踏みしているような毎日を繰り返して、生まれた意味とは、なんてことまで考えていた。

それが、こんなにも清々しい気持ちで出て行く日が来るなんて。

「かなちゃん。浦ちゃん先生が、もう荷物はないかって」

ひょこりと顔を出したのは、響子だった。友達と外で遊ぶことが増えたせいか、一年前とは別人のように日焼けしている。背も、ぐんと高くなった。

「あとはこのボストンバッグだけだから、大丈夫」

足元に置いていたバッグを手に取って笑いかける。響子は何もなくなった室内を見回してため息を吐いた。

「やだな、かなちゃんとお別れするの。もっといっしょにくらしたい」

「これからはきょうちゃんたちの部屋に遊びに行くし、わたしの部屋にも来ればいいじゃない。いつでも歓迎だよ」

叶枝は、天晴屋のある商店街の近くのアパートに引っ越すことになっている。半年ほど前に商店街の中にオープンした高級志向型スーパーで働いていて、そこへの通勤に便利だからだ。キャバ嬢時代に、話題作りのためにとワインの勉強をしていたのが幸いした。入社してすぐに輸入ワインの売り場を任されて、ワインに合うチーズやハム、料理レシピなども併せて置くようにしたら近隣店舗の中でも群を抜く売上げになった。今では他店にもアドバイスに出向くこしている。

ともあるほど、順調だ。

紫たち母子は当初の予定通り、バス停留所の向こう側にあるアパートに越す。同じ棟に学校で一番仲の良い女の子が住んでいるらしく、響子は引っ越しの日を指折り数えて待っている。

「叶枝、先輩今日は来られなくなったって」

次に顔を覗かせたのは、紫だ。紫は、この一年で少しふっくらとした。酒に慣れてくると同時にアテにもこだわるようになったのがよくなかったと、本人は眉を下げる。お酒が美味しいと、おつまみにも凝《こ》りたくなっちゃうじゃない？　だいたい、叶枝がレシピなんて持って帰るからよくないのよ。どんどん太っちゃう。ほがらかに笑う紫は、高校時代よりももっと溌剌《はつらつ》としている。

「ええ、何で？　わたし、先輩にお礼を渡す準備してたのに！」

「お義母さんが体調崩したんだって。どうも、入院するみたい」

「大変じゃない。先輩、大丈夫かな」

蝶子が叶枝たちに家を貸す期限を一年にしたのには、理由があった。義母が回復しない場合、家を手放すつもりでいたのだという。引っ越しの報告をしようと電話をかけたとき、蝶子はあっけらかんと笑って言った。

『元々別の理由があって、一年だけ手放さないでいようって旦那と決めてたのよ。おかーさんも、絶対治すから！　って言うしさ。それに、空き家にするよりは誰か住んでいた方が家が傷まないって言うじゃない。はあ、油性ペンで落書き？　したの？　まあ、子どもがいるんだからそれくらいは想定範囲内ね。問題ないわ。まあ、これは酷い、どうしようもない！　ていうときは後から請求書回したげる。相場の七割増しでね。だから安心して』

いつか、蝶子に何かお返しがしたいと思う。そしてどうして、ここまで優しくしてくれるのか、その理由も訊いてみたい。

「ちょっと入院するだけだから大丈夫！　って言ってたわよ。まあ、先輩が大丈夫って言うんだから、信じましょ。お互い生活が落ち着いたら、お見舞いに行こうよ」

「うん、そうね」

「叶枝さん、もう荷物はないですかー？」

階段下から、浦谷の声がした。忘れてた、と叶枝が目を丸くすると、響子と紫が笑う。

「浦ちゃん先生、かわいそう」

「ね、せっかくお手伝いしてくれてるのにねえ」

「ふたりとも、同じ顔して笑わないで。はーい、今行きます」

バッグを持って、階段を下りる。浦谷は首にかけたタオルで汗を拭いていて、叶枝の姿を見ると口角《こうかく》を思いきり上げて笑った。その屈託のない笑顔に、叶枝はどきりとする。

「ごめんなさい。荷物、もうないです」

「そうですか。じゃあ、行きますか？」

今度は向こうで荷下ろししないといけないですし。そう言う浦谷に、叶枝は頭を下げる。

「浦ちゃん先生、ありがとうございます。業者さんに頼むとすごく高くついちゃうし、本当に助かります」

「そういう言い方、よしてください。俺、叶枝さんの力になりたいだけなんで」

浦谷と親しくなって数ヶ月。最初こそ遠慮なく距離を詰めてくると感じていたのに、実際の浦谷は紳士的すぎる男だった。ふたりで食事に行っても遅くまで叶枝を連れ回すこともないし、ときには響子を連れて三人で出かけることもあった。叶枝をいつも気遣って、優しくしてくれる。いつしか叶枝も、浦谷のことばかり考えるようになっていった。

だけど、告白するのは躊躇われた。単に、親切なだけなのではないだろうか。好かれているというのは、わたしの勘違い。だから、彼はわたしに手を出してこないのだ、と。

「じゃあ、行きましょうか」

浦谷に促されて、外に出る。見送りのために出てきたふたりに、「すぐに遊びに来るから」と叶枝は言う。そのときは、みんなでパーティしましょうよ。

「それって、お姫さまのピザパーティ？」

響子が悪戯《いたずら》っぽく言い、叶枝は笑って頷く。

「いいね。今度こそ、そうしましょ」

「王子さまも、来ていいよ」

ね、浦ちゃん先生。響子の言葉に、浦谷が顔を赤くする。

「王子様だなんて、自分はそんな」狼狽《うろた》える浦谷に、響子が「もう！」と頰を膨らませる。

「浦ちゃん先生、かなちゃんのこと好きなんでしょう？　これからあんまり会えなくなるかもしれないんだから、ちゃんと告白しなきゃだめだよ！」

「ちょ、ちょっと響子！」

紫は慌てて響子の口を塞ぐそぶりを見せたものの、その口元は緩んでいる。仕込んだな、と目で問うと、紫は視線を逸《そ》らしてにやにやと笑った。

「あの、浦ちゃん先生。子どもの言うことですし、お気になさら――」

「好きです。俺、叶枝さんのこと、好きです！」

嚙み付くような勢いで、浦谷が叫んだ。やったあ、と響子が声を上げる。

「あの、付き合ってください。俺、本気です」

目を見開いて固まっている叶枝に、浦谷はおそるおそる言う。

「あの、返事をください」

叶枝は黙って浦谷の顔を見つめていたが、ゆっくりと口を開いた。

「ご存じでしょうけど、わたしは整形しています」

骨を削った頰に手をあてる。それから鼻先へ。削りだした軟骨をくっつけた鼻先はいつもひんやりとしていて、固い。どの男だっただろう、「これ、何だか気持ち悪いんだよな」と言って汚物のように摘《つま》んだのは。

「わりと大きな工事をしています。元は本当に、ぶさいくでした。それでも、いいんですか？あなたが好きなのがこの作り物の顔だとしたら、きっといつか飽きてしまうでしょう。それなら、わたしはあなたの気持ちを受け取れない」

「俺は、あなたの顔はもちろん好きです」

きっぱりと、浦谷は言った。

「顔というより、表情でしょうか。きょうちゃんを見る目がとても優しいところや、控えめに笑うところ、そういうところがとても可愛いと思います。でも、俺が最初に惹かれたのはそこじゃなくて、あの、怒らないで聞いてくださいね。気持ち悪いとかも、なしで」

初めて、浦谷が言葉を探すように口を閉じた。叶枝の顔を窺い、それから口を開く。

「すごく、いい匂いがするんです。叶枝さんからは、優しい匂いがする」

「におい」

思わず声に出した叶枝に、浦谷が慌てる。おかしいって思うでしょう？　自分でも分かってるんです。でも、叶枝さんの周りには特別な空気が漂っているって言うか、好きだとしか思えない何かがあって。

必死に言葉を重ねる浦谷に、叶枝はそっと息を吐く。唇が、少しだけ震えた。

「……わたし、香水はつけていません」

「知ってます。知ってますよ。でも、すごくいい匂いがするんです。あなたから、あなただけ」

真っ赤になって告白する浦谷を、抱きしめたいと叶枝は思う。

『大事にされるひとはきっと、咲いたばかりの薔薇みたいなとてもいい匂いがするの』

諦めの象徴だったはずの言葉が、自分を包み込む。わたしは、しあわせになれるのだろうか。

ちらりと視線を動かしたら、響子が笑っていた。

「ニセモノなんかじゃないもんね！」

胸を張る響子が愛おしい。叶枝は泣きだしそうになりながら、頷いた。

わたしは本物に、なれたかもしれない。

第四章　夢喰いの家

いつか、幸せのしっぺ返しが来るぞ。

あれは五年前の、結婚式の二次会でのことだった。酔った友人のひとりが、忠清《ただきよ》を捉《つか》まえてそう言ったのだ。あんなに若くて綺麗なひとを嫁さんにできるなんて、奇跡だ。きっと、この幸せのしっぺ返しが来るぞ。

その友人は、三十代の後半に差し掛かってやっと人生の伴侶を得た忠清の幸せを心から願っていて、目を真っ赤にしていたのは決して、酒だけのせいではなかった。忠清の恋が破れるたび、「忠《ちゅう》の魅力の分からん阿呆女め」と毒を吐き、酒を奢《おご》ってくれた男だ。彼はきっと、両親よりも忠清の幸せを喜んでくれていた。

愛に満ちた友人の言葉を忠清は笑顔で受け止め、いつしかそんな戯言《ざれごと》もすっかり忘れてしまっていたけれど、今、それが頭から離れない。自分には過ぎたしあわせだったのだろうか。だから、蝶子《ちょうこ》とこんなことになってしまったのだろうか。

忠清の目の前には一枚の紙が広げられている。離婚届だ。昨晩、これを手にしていた蝶子を思いだす。紙に目を落とした蝶子は、『結婚って何だろう』と呟《つぶや》いた。ねえ、忠さん。結婚って、あなたにとって何なの。わたしとあなたの繋《つな》がりって、何だったの。

「嫌なことを、訊かれたな」

その答えを求めて、必死だった。しかし、それに首を絞められて、息ができなくなったのは他ならぬ自分自身だ。蝶子との繋がりを諦《あきら》めたのだ、自分は。

ため息をひとつ吐《つ》いて、忠清はぐるりと室内を見回す。ナチュラル志向の蝶子の趣味で纏《まと》められた部屋は、居心地がいい。開け放たれた窓からは、近くの公園で遊ぶ子どもたちの笑い声が流れ込んでくる。

結婚を決めると同時に、築六年のこの家を買った。忠清と蝶子、ふたりともこの家に一目惚れした。新興住宅地の中心部に位置した、三階建ての真っ白な壁の家。一台分のカーポートと、バーベキューができそうな庭に、物置きくらいは置けそうな裏庭。充分な部屋数に、広くとられた収納スペース。買い物にはいささか不便だけれど、幼稚園や公園、病院といった施設は充実している。数えきれない物件を見て歩き、そのどれにも納得のいかなかったふたりが初めて、ひとつの不満も抱かなかった。これを逃したら、絶対に後悔する。ほぼ即決の勢いで決めた。難を言えば予算よりも高くつき、忠清と蝶子の貯金を合わせてもまだ長期のローンを組まなければいけないほどだったけれど、とても良い買い物をしたと思った。ここで一生暮らしていくんだね。華やいだ蝶子の呟きに頷いた日のことを、忠清ははっきりと覚えている。

その家が重荷になる日が来るなんて、どうして想像できただろう。オセロの駒のように、幸福がぱたんとひっくり返ることがあるだなんて、誰が予想しただろう。

テレビ台の横の書架に視線を移す。結婚式や新婚旅行の写真立ての間に、何冊もの本を挿し込んである。ふたりで何度も目を通した本で、内容もすっかり頭に叩き込んでいる。けれど、何の役にも立たなかった。

男性不妊。自分がそれであると知ったのは、結婚して一年が過ぎたころだ。

晩婚だった忠清は、早く子どもが欲しいと思っていた。愛する蝶子との子を、できれば三人。子どもの笑い声が絶えない、賑《にぎ》やかな家庭にしたい。結婚前からそう言っていたので、蝶子も子作りには積極的だった。しかし、なかなか授からない。専門医のアドバイスを乞《こ》うてみようと、軽い気持ちでふたりで産科へ向かった。そして検査の結果、男性不妊が原因であることが分かったのだ。精子の量と活動量が、平均を大きく下回っていた。これでは自然妊娠は難しいでしょう——精液検査結果表を見つめる壮年の医師の表情は明るくなく、忠清はその横顔を呆然と見つめた。これまでセックスに何ら問題はなく、若い時分は避妊の方ばかり気を付けていたというのに。

『タイミング療法では難しい数値ですので、体内受精をお勧めします。幸い、奥様の体は何ら問題はありません』

採取した精液の中から質の良い精子を抽出《ちゅうしゅつ》し、排卵時を狙って蝶子の子宮内に注入するという。体内受精を行うために、忠清は様々な努力をした。

元気な精子を育成するために、煙草と酒をやめた。食生活を大きく見直して、効くという漢方薬は何でも試した。適度な運動をしたら授かったという経験談を目にしてジョギングを日課にしたし、ジム通いも始めた。しかし、精子の状態はよくならない。それでもどうにか採取した精子を使って体内受精を繰り返したけれど、着床にも至らなかった。今回こそという期待は、いつだって蝶子の腹痛と共に赤く流れ去っていった。

体内受精から体外受精に切り替えたのは、何度目の失望のあとだったか。保険適用外になるので費用は増えるが妊娠の確率も上がる。そんな説明を聞いて踏み切ったけれど、結果は同じだった。いや、回数を重ねるごとに状況は酷《ひど》くなっていった。

卵子を採取するために、蝶子は卵巣に何度も針を刺された。局所麻酔をしているということだったけれど相当な痛みがあるらしく、採卵後はいつも真っ青な顔をして、満足に歩くこともままならなかった。翌日からは決まって卵巣が腫れ、今度はその痛みに苦しむ。受精卵を戻すときも、ホルモン注射を毎日のように打って着床しやすい体作りを行う。蝶子の体は何ひとつ問題ないと診断されているのに、ぼろぼろになっていった。

それに加え、体外受精の費用は元より、日々の注射ですら高額という金銭面の問題が降りかかってきた。最初こそ妊娠のためだと仕事を辞めていた蝶子だったけれど、費用の足しにするためにパートに出るようになった。採卵後の体を引きずるようにして出勤する背中に、何度頭を下げたことだろう。

そこまでしても、妊娠には至らない。子どもさえ授かれば、苦労も思い出に変わるのかもしれない。けれど、いつまでもどうしようもない現実がただ重たくのしかかってくるばかり。出口のない迷宮に放り込まれたような毎日が続いた。

産科の門をくぐってから四年目が過ぎ、音《ね》を上げたのは忠清の方だった。

『もう、やめよう。君は、別の男と幸せな家庭を築いて欲しい』

自分の側を全て記入し終えた離婚届を差し出した。この数年間の、君の負担は相当なものだっただろう。君も知ってのとおり、俺には満足な貯金なんてないけれど、できる限りのことはさせてもらいたい。だから、どうかこれにサインをして欲しい。泣きだしそうになりながら、忠清は離婚を迫った。

蝶子は静かに、離婚届を見ていた。


赤ん坊の泣き声に、ぼんやりとしていた忠清が我に返る。まだ生まれて間もないのではないだろうか。耳の奥を擽《くすぐ》る頼りない泣き声に導かれるように、忠清はふらりと立ち上がった。裏庭に面した窓際へ寄り、外を窺《うかが》う。声の主は、窓からちょうど見下ろせる位置にいた。お隣の荒木《あらき》家の濡れ縁に、オフホワイトのおくるみを抱いた女が座っていた。柔らかな、秋の昼下がりの日差しを浴びて、腕の中に微笑《ほほえ》みかけている。

庭先では、男が庭木の剪定《せんてい》をしていた。荒木家のひとり息子だ。名前は幸太郎《こうたろう》といっただろうか。早くに家を出て隣県の会社に勤めているという彼が結婚したと聞いたのは、四年ほど前だった。慣れない作業なのか、幸太郎は頼りない手つきで枝切鋏《えだきりばさみ》を使い、首にかけたタオルで汗を拭《ぬぐ》う。

幸太郎は忠清よりもいくつか若いはずだ。一度だけ挨拶を交わしたことがあるが、人づきあいが得意ではないのか、単に性格なのか、つっけんどんな対応だった。にこやかに話しかける蝶子に顎先《あご》で頷くのみで、ずいぶん嫌な感じの男だなと思ったのを覚えている。

「そこでただ見てるのも、暑いだろう？　奥にいていいよ」

しかし、妻に話しかける幸太郎の口ぶりには、以前にはなかった丸みがあった。仕草すらやわらかくなったような気がして、ひととはずいぶん変わるものだなと忠清は感心する。

「あなたが脚立《きやたつ》ごとひっくり返らないように見張ってるの。今、パパに怪我《けが》なんてされたら大変だもん」

「信用がないな。折角来たんだし、ほんの少し整えようとしてるだけだって」

「お義母《かあ》さん、いつも庭師さんに頼んでるって言ってた。プロの仕事の方が、絶対にいいと思う」

「何か少しでも手伝いがしたいの！　分かれよ、もう」

軽口を叩きあって、ふたりで笑う。どこにでもありそうな、しかし尊い光景を忠清はしばらく眺めた。目の前にあるのに、一生手に入らない幸せ。思えば、自分の人生は恵まれすぎていた。得られずに叫び出したくなるような経験など、一度もなかった。

ほやほやと、赤ん坊が泣く。おむつかな、と幸太郎が言い、妻が頷く。そこで、忠清は食い入るようにしていた目を逸《そ》らした。無意識に握りしめていた手のひらには、爪の痕がくっきりと刻まれていた。鈍く痛む手のひらを苦く見つめて、頭を振る。他人を羨《うらや》んで眺めて過ごすくらいなら、外に出た方がましかもしれない。何年振りかに、缶ビールでも飲んでみようか。どこかで一本買い、それを飲みながら海の見える公園まで散歩でもしよう。日に当たって風に吹かれれば、少しは気がまぎれるかもしれない。椅子に掛けていたジャケットを羽織って、忠清は家を出た。

家を出て酒屋の方へ足を向けると、いくつかの建設中の家を目にする。最近立て続けに家が建ち、新しい人たちが入ってくるようになった。入居時は忠清の家の周りも空き地が目立っていたが、今ではみっちりと詰まっている。十年ほど前から開発されているうつくしが丘は、想像以上に人気が出てきているようだ。この土地に目を付けた自分に間違いはなかったと誇《ほこ》らしく思う反面、なんの意味もなかったなあと虚《むな》しくなる。いずれ生まれてくる子どもたちのために最高の環境を、と思ったのに。

ゆくゆくは通わせようと、蝶子とふたりでよく見ていた幼児体操教室の前を通りかかる。建屋の中には、我が子の様子を眺める母親が幾人もいた。軽やかなメロディと子どもたちの笑い声が微《かす》かに忠清の元まで届く。それに耳を傾けていると、背中に声を掛けられた。

「山郷《やまさと》さんの御主人じゃない。今日は、お休み?」

振り返ると、背の低い女性が立っていた。年は、忠清の母親よりも年上の六十代半ば。品の良い藤色のワンピースに、真っ白い日傘。籐《とう》でできた大振りのカゴを提《さ》げている。

「ああ、荒木さん。こんにちは」

ついさっきまで眺めていた荒木家の住人、信子《のぶこ》だった。信子は穏やかに笑いながら、「おひとり?」と訊く。ええまあ、と曖昧《あいまい》に答えた忠清は、「荒木さんはお買い物ですか」と尋ねた。

「いいえ。家に居辛《いづら》いので、外に逃げているのよ」

小さく笑いながら言う信子に、首を傾《かし》げる。息子夫婦が孫を連れてきているというのに、どうして居辛いのだろう。信子はカゴに被《かぶ》せていた白い布を取り、「どこに行こうか、ガンちゃん」と亀に話しかけている。信子と親しくしていた蝶子から、亀を我が子のように可愛がっているという話を聞いたことがあったが、事実らしい。

「さっき、息子さん家族を見かけましたよ。いいんですか？」

亀より、子や孫の方が大事ではないのか。笑みを浮かべて訊くと、信子の表情が僅《わず》かに陰《かげ》る。それから、曖昧に頷いた。

「あの子たち、泊るって言うのよ。一緒にいても、どうしていいのか分からないし」

はあ、と短く呟く。忠清の知る限り、荒木家の息子家族は滅多にやって来ない。初孫を連れて帰省したときくらい、一緒に過ごしたいと思うのではないだろうか。そんな疑問が、顔に浮かんでいたのだろう。信子は眉尻を下げる。

「あまり、親しくないの」

咄嗟《とっさ》に考え付いたのは、嫁姑問題だった。会社でも時折耳に挟む話題だ。嫁が俺の実家を蔑《ないがし》ろにする、子どもの看病疲れで寝ていたら義母がやって来て家が汚いと怒鳴った、せっかく贈った誕生日プレゼントを捨てられた……。よくもまあそれだけトラブルが起きるものだと呆れるくらい、この問題は根深いらしい。嫁と姑の不仲が原因で離婚した同僚もいるくらいだ。

その点、蝶子はそんなことはなかった。蝶子は、本当によくできた女だ。二十四という若さで十以上も年上の自分と結婚してくれたこともそうだが、実家の母親とも上手《うま》くやってくれていた。忠清の母親はあっけらかんと言えば聞こえがいいけれど、大雑把《おおざっぱ》で気遣いの足りない女だ。思ったことをすぐ口にし、遠慮というものを知らない。蝶子はそんな母親と楽しそうに接してくれた。息子大事の母親だったが今では蝶子が一番になっていて、何かあるたびに「泣かしたら承知しないよ」と圧をかけてくる。ああ、そうだ。今回のことを報告したら、あの人はどれだけ怒り狂うか知れない。

いらぬことまで思い至り、忠清は頭を軽く振る。それから、「まあ、いろいろありますよね」と適当な相槌《あいづち》を打った。他人の家族の問題に口を挟んでも、いいことはない。

信子は深刻そうに俯《うつむ》き、それからおずおずと口を開いた。

「ねえ、山郷さん。この辺りで泊ろうと思うと、駅の近くのビジネスホテルしかないわよね。いきなり行って泊らせてくださいって頼んでも、大丈夫なものなの？」

「え、帰らないんですか」

驚いて、素《す》っ頓狂《とんきよう》な声が出た。そんなことをしたら溝が大きくなってしまうだろう。さっきの夫婦の様子には喧嘩《けんか》後のような刺々しさはなかったように思うが、そんなに我慢のならないことがあるのか。

「だって、どうしていいのか分からないんだもの」

信子は肩を落として、ため息を吐いた。それは本当に、途方に暮れているという様子だった。皺《しわ》が寄った手で亀の甲羅を撫《な》でる様子を見ているうちに、忠清はつい「家《うち》に泊りますか」と言ってしまった。

「部屋だけはたくさんありますし、こちらに泊ればいい」

信子は一瞬顔を明るくしたが、すぐに眉間《みけん》に皺を寄せる。

「でも、御迷惑になっちゃうわ。蝶子ちゃんだって、困るわよ」

「いえ。実は、蝶子は出て行ってしまって、俺ひとりなんです」

肩を竦《すく》めて言うと、今度は信子が小さな悲鳴を上げた。

「やだわ。蝶子ちゃんがどうしたの？　喧嘩？」

「もっと、酷いです」

朝起きたら、もぬけの殻《から》だった。蝶子の通勤バッグと携帯電話、数着の服がなくなっていた。置手紙などはなく、ダイニングテーブルには昨晩の離婚届だけが置かれていた。

「俺が情けないから、呆れて出て行ったんですよ」

口に出すと、胸が痛む。昨晩は、自分が一方的に話をし、『考えておいてくれ』と言い置いて寝室へ逃げた。別れを切り出したものの、既に後悔していた。本当に、これでいいのかと自問した。ベッドの中で寝たふりをし、彼女を待つ。しばらくして部屋に入ってきた彼女が体を滑り込ませてきたが、わざとらしくないように寝返りを打って背を向けた。背中の向こうに、蝶子の温もりを感じる。振り返らなくては、そう思うのに体は金縛りにあったように動かない。いや、今じゃなくてもいい。明日の朝改めて話をしよう、それがいい。そんな風に自分に言い聞かせて無理やり眠りについたけれどまさか、起きたらいなくなっているなんて。蝶子が簡単には自分を見限らないだろうと、どこかで驕《おご》っていたのだ。なんて、愚《おろ》かなのだろう。そんなわけがない。蝶子は生身の、しかもまだ若い女性だ。傷つき、呆れもするに決まっている。

そんな忠清に信子は、「では、一晩お世話になっていいかしら」と言った。何の気遣いもいらないわ。寝る場所だけ貸してくださる？　忠清は頷いて、信子と亀を連れて家に引き返した。

蝶子と親しくしていた信子は、何度か家に上がったことがあるらしかった。二階のリビングに入ると、慣れたように窓辺のひとり用ソファに深く腰掛け、全身でため息を吐いた。

「ああ、疲れた。実はね、どこかで休もうと思いながらずっとうろうろしていたの。でも、ちょうどいいところがなくって。知ってた？　うつくしが丘って、喫茶店がないのよ」

大事な秘密を打ち明けるようにして言って、信子はくすくす笑う。

「なんて、山郷さんなら知ってるわよね。わたしも、蝶子ちゃんに教えてもらったんだもの。いつかうつくしが丘初のカフェを作る、っていうのが蝶子ちゃんの口癖だものね」

「え。知りませんでした」

まさにコーヒーを淹《い》れようとしていた忠清は手を止めた。そんなの、初耳だった。蝶子は確かにコーヒー好きで、趣味が高じてコーヒーに関する資格をいくつも持っていた。家庭用焙煎《ばいせん》機まであるし、食器棚の中には蝶子のコレクションのカップがいくつも収められている。けれど、いずれ店をやりたいなんて、聞いたことがなかった。

「蝶子、そんなことを言ってたんですか？」

「そうよ。だってそのためのお勉強もしてたじゃないの。経営がどうとか」

知らない。湯気を吹きはじめたケトルを手にし、忠清は考える。しかし、やはり蝶子の口からそんな話を聞いた覚えはなかった。どうして自分には話してくれなかったのだ、と感情が波打ったものの、すぐに収まる。

言えないよなあ、と思う。どこにそんな金があるというのだ。家を買い、不妊治療を繰り返して、山郷家の財政は逼迫《ひっぱく》している。結婚前は月に一度は必ず行っていた有名レストランでのディナーも、季節ごとの温泉旅行も、全部なくなった。コーヒーカップだって、もうずっと増えていない。これ以上金のかかる夢など、語れなかったのだろう。

蝶子は、この数年間何を思っていたのか。身体的にも精神的にも苦痛を強《し》いられ、あるのかもわからないゴールを目指していたこの数年。いつも明るく笑っていて、愚痴《ぐち》なんて一度も零《こぼ》さなかった。俺のせいでごめんと項垂《うなだ》れれば、『ふたりのためじゃないの』と言って背中を優しく叩いてくれた。あの笑顔の裏で、蝶子はどれだけ我慢をしていたことだろう。

動揺を隠しながら二杯分のコーヒーを淹れる。蝶子の買い置きのマフィンを添えて、カップを信子の元へと運んだ。

「まあまあ、すみませんねえ」

「蝶子が淹れるほど、旨いものではないですけど」

テーブルを挟んで向かい合い、ふたりでコーヒーを啜《すす》った。信子は時々、外の様子を気にするようなそぶりを見せたけれど、カップの水面ばかりを眺めている。息子夫婦と一体何が、と思うけれど、それよりも、頭の中は蝶子のことで占められていた。蝶子と、もっと話しあわなければいけない。

「蝶子ちゃんと何があったの？」

ふいに信子に訊かれて、忠清は口ごもる。思い悩んで、「実は」と切り出した。

「ずっと不妊治療をしていたんです。蝶子は頑張ってくれていたんですけど、俺の方が先に耐えきれなくなってしまって……」

そんなことが、と信子が眉根を寄せる。あの子はいつも明るく笑っているから、そんな事情があるなんて知らなかったわ。その小さな呟きも、忠清の胸に刺さってくる。

「不妊治療って、女性の負担がとにかく大きいんですよ。蝶子が辛《つら》い思いをするのを、もう見たくなくて、それで、もう止めようって話を切り出したんです。そこからまあ、いろいろ」

これ以上詳しく話すことが躊躇《ためら》われて、忠清は思わず途中で誤魔化した。離婚を切り出したとはなおのこと言えなくて、いっそう情けないと思う。俺は、事実を口にすることもできない。

「蝶子には、悪いことをしたと思っています。子どもが欲しいという俺の夢のために、何年も苦痛を与えてしまった。それなのに、何の結果も得られなかったんです。そりゃあ、呆れられますよね」

ははは、と乾いた笑いが零れた。信子はワンピースの腰にぐるりと巻いたベルト——太い飾り紐のようなものの端を指先でいじりながら、考え込んでいる。濃い紫や藤色、淡い黄色などが編み込まれたそれをしばらく触ってから、ふっと顔を上げた。

「山郷さん。わたしね、夢ってとても乱暴な言葉だと思うの」

忠清の顔から笑顔が剝《は》がれ落ちる。こんなにも正面から非難されるとは、思わなかったのだ。

しかし、信子はそんなつもりはなかったらしい。紐をぎゅっと握って、「一種の暴力、そう思ってわたしは生きてきたのよ」と独《ひと》りごちるように続けた。言いかえれば我儘《わがまま》なのに、きれいな言い方をしてるだけ。夢を叶えたい、っていうのは我儘を通したいっていうのと同じこと。それに、一生をかけてでも叶えたいなんて言われたら、他人はそれをなかなか否定できないでしょう。ましてや、手助けすればどうにかなりそうなことなら、手を貸さざるを得なくなるかもしれない。それって乱暴じゃない？　夢なんて、振りかざしていいものじゃないのよ。

聞きながら、どうやら信子は自分自身のことを言っているのだと気付く。この老女もまた、自身の夢で誰かを苦しめたのだ。

「荒木さんは、どんな夢を振りかざしたんです？」

思わず口にしてしまった。失礼だったとすぐに反省したけれど、信子は小さく微笑む。

「わたし、子どもが産めない体なのよ」

忠清の体は勝手に震えた。その様子をちらりと見てから、信子はゆっくり話し始める。

「結婚してすぐ婦人科の病気に罹《かか》ってしまって、子宮も卵巣も取ってしまったの。あの当時は体外受精なんてまだまだ一般的ではなかったから、卵子を採取して凍結しておくなんてことは到底できなかった。やりたくても、びっくりするくらい高額だったの。だからわたしは、子どもを産むことを諦めざるを得なかった。夫に泣いて詫《わ》びて、離婚を申し出たの。わたしはあなたの子どもを産めませんから、どうぞ別れてくださいって。夫は名家のひとり息子で、跡継ぎとなる男の子を期待されていたのよ」

忠清は、無意識に身を乗り出した。実家は名家などではないけれど、忠清もまたひとり息子だ。両親を喜ばせるためにも早く子どもを、そう考えている部分も自分の中にはあった。

「夫はね、そんな理由なんかで別れないって言ったの。子どもがいない人生もいい、君とふたりで生きるのも楽しいさ。そう言ってくれた。すごく嬉しくて有難くて、でもそれと同じだけ、こんなに素敵なひとに自分の子どもの顔を見せてあげられないなんてと哀しくなった。夫はあなたたちが越してくる二年前に亡くなったんだけど、とても素晴らしいひとだったのよ。わたしの、自慢の夫」

信子が、頰を少しだけ染めて微笑む。仲の良い夫婦だったのだろうと、それだけで想像できた。

「夫を思えば思うほど、どうにか夫の子どもを見たい、そう思うようになったの。だからわたしは夫に……誰か別の女性と子どもを作ってくださいってお願いしたのよ」

かさかさと音がして、びくりとする。信子の足元に置かれたカゴの中で大人しくしていた亀が、動き始めたのだ。ゆっくりとカゴの縁に前足を掛け、周囲を見回す。つぶらな目が、不思議そうに忠清を見上げた。

「わたしは義理の両親にも頭を下げてお願いした。どうか、他に産んでくれる女性を探してください。わたしに、あのひとの子どもを抱かせてくださいって。夫の親はそこまで言うならばと納得してくれて、でも夫は怒った。そこまでする必要があるのか、って。あのひとが声を荒らげたのを見たのは、あのときだけだったわねえ」

何年も懇願して、とうとう信子の夫はひとりの女と関係を持った。夫の両親が連れてきた女性だった。

「わたしの精神状態は、異常だったと思う。行ってらっしゃいって言いながら、笑顔で他の女の元に夫を送り出していたんだもの。でもあのときは、そんなことちらりとも考えなくってね。半年ほど経ったころだったかしら、妊娠したって聞いたときはそりゃあもう、大喜びしたのよ。これでわたしの夢が叶う。夫の血を引く子を抱けるんだって」

相手の女性が産科の検診に行くときには必ずついていき、体調が優れないと聞けば看病に行った。仲の良い姉妹なのだろうと周囲が勘違いするほど、信子はかいがいしく世話を焼いたという。

「そうして産まれたのが、幸太郎なの。ひどい難産で、丸一日苦しんでた。あのひと——容子《ようこ》さんには謝礼金と引き換えに幸太郎を渡してもらい、幸太郎は荒木家の正式な子どもとして、わたしが育てることになっていた。もちろん、容子さんもそれを了承してくれていた。彼女にも、いろんな事情があったみたいね。だけど、いざお別れの日になったら……」

信子の目が、ふっと遠くなる。弛《たる》んだ瞼《まぶた》を閉じて「ああ」と息を吐く。

「ぎゅうっとあの子を抱きしめて、一粒だけ涙を零したの。妊娠中毒症になっても、果てしなく長い時間陣痛で苦しんでも、泣きごとひとつ言わなかったひとが初めて泣いた。しあわせにね、ってそれだけ囁《ささや》いて、わたしに幸太郎を渡した。それからは本当に、二度と彼女には会っていない……」

亀は、まだ忠清を見つめている。その黒い瞳《ひとみ》に目をやりながら、忠清は信子の告白に黙って耳を傾けた。ひとを苦しめて、泣かせて、子どもから本当の母親を奪って、わたしはとんでもないことをしでかしたんだと気付いたの。受け取ったものの重さに震えがきて、返さなきゃいけないと思った。夢だからと言って、何でも振りかざしていいものではないのよ。でも、遅すぎた。黙って去っていく容子さんの背中に、わたしは何も声をかけられなかった。

亀が、目を閉じる。忠清は、すっかり冷めたコーヒーを啜った。味のしないそれをどうにか飲み下し、心を落ち着ける。夢を振りかざして蝶子を疲弊させ、その夢を自分から捨てた。それは、信子よりも性質《たち》が悪いのではないか。

「必死で、幸太郎を育てた。振り回したひとたちのためにも決して中途半端なことをしてはいけないと思った。親馬鹿だと言われるかもしれないけど、本当にいい子なの。真っ直ぐに育ってくれた。あの子が結婚したときは嬉しくて堪《たま》らなかったし、孫ができたときもそう。あんな可愛い子どもを抱かせてくれるなんて、どれだけ感謝したことか。でも、いつも嬉しさと同時に申し訳なさが襲ってくるのよ。わたしがこんなにしあわせでいいのかしら、って」

「いいんじゃ、ないですか？」

産まれ方はどうあれ、信子は子どもを責任持って育て上げたのだろう。息子は立派に自分の家庭を築いているようだし、不満があれば妻子を連れて会いに来るはずもない。しかし、信子は頑《かたく》なに首を横に振る。

「夫にもそう言われたの。幸太郎は何不自由なく健やかに生きているのだから、もういいじゃないかって。でもねえ、他の誰が許してもわたしが許せないのよ。結果は上手くいったかもしれないけれど、でもわたしのしたことは乱暴で、傲慢《ごうまん》なことに変わりはない。わたしはわたしを、きっと一生許せない」

窓から差し込む光が、淡いオレンジ色がかっていく。観葉植物の影が、ずいぶん長く伸びていた。忠清は何も言えずに、ただ亀を見つめていた。

信子は、疲れていたのだろうか。少しすると、背もたれに体を預け、すうすうと寝息を立て始めた。起こして布団へと思ったけれど、逆に気を遣わせてしまうかもしれない。このまま少し眠らせてやろうと、忠清は薄掛けの布団を持ってきて信子にかけた。カゴの中の亀はどうしたものかと少しだけ考えて、使っていなかった衣装ケースに入れてみた。身動きのほとんど取れないカゴよりはマシだろう。半透明のケースに入れられた亀は警戒するように周囲を見回していたものの、ケースの隅に大人しく陣取った。

「仮住まいみたいなものだから、少しの間我慢してくれよな」

小さな声で囁いてから、ふたり分のカップを片づける。それから、ズボンのポケットに入れていた携帯電話を取り出した。蝶子にかけようとして、しかし指が動かない。悩んだ末、携帯電話を持ってそっと家を出た。

夕暮れの空を、赤とんぼが舞っている。それを見上げて、忠清はぼうっと考える。電話をして、もう一度きちんと話しあおうと蝶子に言わなければいけない。俺は、君の抱えていたものを満足に見ようとせずに自分の辛さばかりで話を進めてしまっていた。だけど、離婚については、真剣に考えてのことだったんだ。これ以上君を苦しめたくない、そう思って……。頭の中で必死に言葉を組み立てるが、指先は動かない。蝶子の愛らしい笑顔が思いだされる。

蝶子が誰よりも大事なんだ、と忠清は思う。一生連れ添いたいと思った女だ。絶対に泣かすものか、きっとしあわせにしてみせると誓った。その蝶子に、夢という乱暴を押し付け続けた。信子のように、俺も一生そのことを悔やんでいくのかもしれない。

「あの！」

声をかけられ、振り返れば幸太郎が立っていた。汗をかき、肩で息をしている。幸太郎は周囲を見回しながら、「あの、お隣の山郷さんですよね。母を見かけませんでしたか？」と急くように言った。

「昼前にふらっと散歩に行ったきり、帰ってこないんです。事故か何かあったんじゃないかと、探していて……」

「あ、これはすみません。実は」

我が家にいるんです。ここの会話が二階のリビングにいる信子にまで届くわけもないのだけれど、忠清は声を小さくして言った。

「午後に偶然お会いして、行く場所がないと言われたのでうちへどうぞ、と。すみません、ご連絡しなくてはと思ってたんですが」

頭を下げると、幸太郎は大きくため息を吐いて「そうでしたか。よかった」と表情を緩《ゆる》め、それから顔を曇らせた。

「行く場所がない、母はそう言ってたんですか」

「あ、はあ。まあ、その」

何と答えたものか。頬を掻《か》きながら考えていると、「母をいつもありがとうございます」と幸太郎は深々と頭を下げる。

「いつも話し相手になってくださってると聞いています。俺がなかなかこっちに来ないので、お礼を言うのが遅くなってすみません」

「あ、いえそれは俺ではなく妻の方でして」

言いながら、忠清は微かに目を瞠《みは》る。さっきも思ったことだけれど、ひととはこんなに変わるものなのか。かつての記憶にある男とは、全く変わっている。幸太郎は困ったように眉を下げて、「我が家の事情なども、きっとご存じなんでしょう」と言う。ついさっき聞いたばかりだけれど、忠清は頷いた。

「親に歯向かって生きてきたくせに、勝手だと思うでしょう。今までこれっぽっちも、親を顧《かえり》みたことなんてなかったですからね。でも、後悔してるんですよ。どうにかしたいんです」

言葉を選びながら幸太郎が続ける。同じような苦労を経て、ようやく母の気持ちが分かったんです。今からでも、この関係をどうにかしたい。

「同じような苦労って……不妊ですか？」

信子の苦労といえば、さっきの話に他ならないのではないか。訊けば「ええ、そうですよ」とあっさりと幸太郎は頷く。

「俺の方に問題があって、長く不妊治療を」

少しだけ恥ずかしそうに頬を掻く幸太郎の顔を、忠清はまじまじと見た。不妊治療、男性不妊、そんな話を他人に気負うことなく言えるのは、子が生まれたからだろうか。乗り越えてしまえば、たいした問題じゃなかったと思えるのかもしれない。

それと同時に、幸太郎に興味を抱いた。これまで、男性不妊で治療をしていたひとと話す機会がなかった。名も知らぬどこかの誰かのブログや体験談を探しては、自分と重ねるばかりだった。

「実は俺も、男性不妊なんですよ」

初めて、身内以外のひとに告白した。信子には言えなかったのに、幸太郎には思いの外《ほか》すんなりと言えたのは仲間意識が働いたからなのか、この機会を失いたくなかったからなのか。

「治療に入って四年経つんですが、上手くいきません」

幸太郎は、過剰に驚いたりしなかった。「それはしんどいですよね」と深く頷き、「どこの病院に行ってます？　やっぱりあそこですか」とこの辺りで一番有名な病院を挙げた。そこは先生と合わなくて、と忠清が言うと「実は俺もです」と歯を零して笑う。その笑顔に、忠清はとても嬉しくなった。

「あのう、立ち話もなんですし、よかったら家に来ませんか?」

お母さんも我が家にいますし。そう言うと幸太郎は頷いて、「ちょっと妻に伝えてきます、待っててください」と言って駆けだしていった。すぐに戻ってきた幸太郎の手にはビニール袋が提げられていて、中には缶ビールが何本も入っている。

「こんなものしかなくって……お酒は飲まれますか?」

「ええ。ちょうど、飲みたいと思っていたところです」

忠清は一階の客間に幸太郎を通し、それから二階のリビングに戻った。信子がぐっすり眠っているのを確認してから、冷蔵庫の中からつまみになりそうなものを取り出す。タッパーやスナック菓子をいくつも抱えて、階下へ戻った。

「こんなものしかなくて、申し訳ない」

「いえいえ、気を遣わせてしまってすみません」

客間といっても、テーブルを挟んでソファが二脚置かれているだけだ。ふたりは向かい合って座り、さっそく缶を合わせた。久しぶりのビールはよく冷えていて、少しの刺激と共に忠清の喉《のど》を滑り落ちていく。その快さが饒舌《じょうぜつ》にさせたのか、忠清はぽつぽつと自身の話をした。まさか自分がと絶望したことや、精液成分検査表を見るたびに心のどこかが削れていく音が聞こえることとか。

「採精用の部屋に入るたび、自分が何をしているのか分からなくなるんですよ。真っ白で清潔な部屋に、同じ本と同じDVD。ドアの外では順番待ちをしているひとがいて、早くしなきゃと焦る。来る途中にコンビニで買った雑誌を見ながらやるんだけど、ふっと我に返ってしまう」

快楽とはかけ離れたところで必死に精液を搾《しぼ》り出す自分を、俯瞰《ふかん》で眺めている感覚。滑稽《こっけい》な姿だと嫌悪し、情けないと吐き捨てたくなった。

「あるあるですよね。俺の通っていた病院なんか、専用室がなくってトイレでしたよ。ひとの気配がするたびに萎《な》えてしまってね。俺は家畜以下なのかもしれない、なんて卑下しましたよ。最初のころは我慢できなくって病院から逃げ出したこともありました」

「俺も逃げ出そうとしました。どうにか耐えましたけど」

話してみると、幸太郎は気さくで話し上手な男だった。不妊治療にかけた時間も、精子の状態も隠すことなく教えてくれる。病院の裏事情や、どんなガセネタを信じたかなども面白おかしく語ってくれた。そして、忠清の溜まっていた不満を丁寧《ていねい》に聞き、頷いた。今まで誰にも、蝶子にさえ言えなかった情けないことも、口に出せる。幸太郎と話しているだけで、苦しかった現実が軽くなっていくような気がした。自分はずっと、誰かに聞いてもらいたかったのかもしれない。そう言うと、幸太郎も「同じですよ」と真剣な顔で言う。俺のせいで辛い目に遭っている妻に、愚痴なんて零せない。友人たちは皆当たり前に子どもを抱いていて、そんな奴らに自分の能力不足の話なんて絶対にできなかった。ええ、プライドですよ。なけなしのプライドがね、誰にも弱音を吐き出させなかったんです。でもそれが辛かった。いつか、自分の溜め込んだ感情に潰《つぶ》されて死ぬんじゃないかと思ってましたよ。あなたもそうでしょう？

幸太郎夫妻は忠清たちと同じように体外受精まで行い、そこでやっと妊娠にこぎつけたのだという。

「体外受精は、負担が大きすぎる。それなのに結果が出ないと、気分が荒《すさ》むこともあったでしょう。仲が悪くなったり……ええと、喧嘩はしなかったですか？」

考えながらの忠清の問いに、酒で頬を赤くした幸太郎が何度も頷く。

「したした、しましたよ。愛があればどんな困難も、なんて言いますけど、そんなの余裕のある人間の言うことですよね」

穏やかそうな女性に見えたけれど、幸太郎の妻は一旦怒ると手が付けられなくなるという。検査の途中で逃げ帰ったときにはワイングラスを投げつけられてこめかみを切ったのだと、幸太郎はミミズバレになった傷痕を見せて笑った。

「妻にはずいぶん八つ当たりしました。自分の男としての自信もなくなって、何のために生まれたんだろうなんてことも考えたから、鬱《うつ》のような状態だったときもあったんでしょう。あの子が産まれたことによっていつか全て笑い話に昇華できると思ってますけど、今もまだ治療の真っ最中だったら、どうなっていたことか」

幸太郎は目を細めて、忠清を見る。こんなこと言うと何様だと思われるかもしれませんが、お辛いでしょう。よく、分かります。次こそはと信じて、逃して。絶望の繰り返しです。望めば望むほど、残酷な拷問になる。

忠清は、缶を握りしめて俯いた。少しだけ、泣いてしまいそうだった。

「あなたの言う通りだ。実は、もう止めてしまおうと考えています。止めようと思ったことは、ありますか？」

　訊くと、幸太郎は「もちろん」と頷いた。

「当たり前ですよ。でも、俺の場合はちょっと事情が違ったんです。もう止めたいと言ったとき、妻が言ったんですよ。だからあなたは、お義母さんの気持ちが分からないのね。恵まれた坊ちゃんには、チャレンジすることすらできない人間の辛さなんて分からないんでしょう！って」

　手で弄《もてあそ》んでいた缶をぺこりと音を立てて潰し、幸太郎は小さく笑う。

「子どもが欲しいからって非人道的だ、と若いころは母を責め立ててましたよ。命を何だと思ってるんだって怒鳴りつけたこともある。でもね、自分が同じ立場に置かれてやっと、なるほどと思いました。どうやってでも子どもを抱きたい。大切なひとの子どもの顔が見たいのに、叶わない。母は必死だっただけのこと。きっと母ならば、子どもを授かれるチャンスがあればどんな治療を前にしても泣きごとひとつ言わなかったに違いない、と」

　忠清は、頷くしかない。蝶子も、何ひとつ弱音を吐かなかった。『まだまだ、これからだって！』と真っ青になっていても笑い飛ばしてくれた。そんな蝶子に、子どもを抱いてもらいたい。心から笑っている顔が見たい。忠清が離婚を切り出したのには、そんな理由もあった。相手が自分でなければ、いらぬ苦しみを味わわずに容易に叶うことなのだ。

「とまあ、俺はそんな理由で続けることができたわけです」

　しんみりした空気を払うように、幸太郎が明るく言う。忠清はそれに、曖昧な笑みを浮かべて頷いた。チャレンジできることを良しとしなくては。それは確かに正しくて、幸太郎のモチベーションになっただろうと思う。けれど、自分に当てはめて考えたとき、何の効力もなかった。人それぞれ。そんな言葉が思い浮かぶけれど、幸太郎の経験の中に自分の今後行くべき道が示されているのではないかと淡い期待を抱いてもいた。

静かに項垂れた忠清に気付かず、幸太郎は続ける。

「もちろん、努力に結果が伴わない未来もあったでしょう。でも、俺は母のお蔭で叶ったと思っています。昔は母にずいぶん嫌な思いをさせました。過去のことはもうどうにもできませんが、今からでも取り返せるものはきっとある。そう信じて会いに来たんですけど、いやはや考えが甘かった。我儘ばかりの俺など見限られて当然ですよ」

「そんなこと、ないわよ」

急に声がして、忠清と幸太郎がはっとする。少しだけ開いたドアの隙間から、信子が顔を覗かせていた。「母さん」と腰を浮かせかけた幸太郎に信子は言う。

「あなたを育てられたことは、わたしの誇りよ。母さんと呼んでくれて本当に嬉しいの。あの子と結婚したことも、孫を抱かせてくれたことも、感謝してもしきれない。でも、あなたがどう思おうと、お父さんがもういいと言おうと、わたしはわたしのしたことがどうしても許せないの。それだけは、どうしようもないの」

ドアにかけた手が微かに震えている。

「素直にしあわせを喜べないのよ。でも拒否しているわけじゃない。理解してとしか、言えない」

幸太郎は、言葉を探しているようだった。それから、顔を歪《ゆが》めて「親孝行させてもらえないの？」と訊く。これまでできなかった分、何かしたいと思っちゃいけないの？

「気持ちだけで充分よ。ありがとう」

「そんな哀しいこと言わないでよ」

ドア一枚を挟んで話すふたりのために、忠清は立ち上がった。部屋を出て、代わりに信子を室内に押しやる。

「ふたりで、どうぞ。俺は上にいますよ」

ドアを閉めて、二階へ上がった。

リビングで忠清を出迎えてくれたのは、衣装ケースの中の亀だった。亀の前に座り込み、忠清はため息を吐く。

「俺は、どうしたらいいんだろうなあ」

幸太郎と話したことで、楽になった部分もある。誰もが、それぞれの苦悩を抱えてもがいている。決して、自分だけが辛いわけじゃないと思えたのはいいことだ。しかし、だからといって簡単に前に進むこともできない。

「せめて昨日、振り返ることができていたらな」

体を向けて、あの細い体を抱きしめて「今までごめん」と言えたなら、何かが変わっていただろうか。本当は、そうしたかった。だけど、できなかった。

蝶子の体に触れられなくなって、もうどれくらい経っただろう。事務的に精液を吐き出し、自分が男として不完全であると知らされるたびに、自信がなくなっていった。セックスをしようとしても、真っ白な部屋の中の自分が思いだされて上手く射精できない。体が強張《こわば》り、蝶子の反応のいちいちが気になり、怯え、ついには勃起不全を起こした。そしてますます、自信を喪失する。どうしようもない悪循環。

抱きしめて、蝶子に拒否されたら。途中で上手くいかなくなったら。想像するだけで死にたくなるほどの恐怖を覚えた。だから、逃げた。

『わたしとあなたの繋がりって、何だったの』

蝶子の呟きが思いだされる。

「俺は君との繋がりが、欲しかったんだよ。確かなものが、欲しかったんだ」

夫婦の絆。繋がりの形。それが子どもだと思っていた。けれどそれは手に入れられず、それどころかたくさんのものを失った。

「もう、何も残ってない……」

頭を抱えて、目を閉じる。

どれくらい経ったころか、ひとの気配を感じた。顔を上げると、目の前に信子が立っていた。

「何だか、ごめんなさい。山郷さんも大変なときなのに、我が家の事情を持ち込んでしまって」

「ああ、いえ。お話は、済みましたか」

どうにか笑顔を張り付けて訊く。信子は困ったように笑った。

「今日は、家に帰ります。お嫁さんも心配してるようだし、大人げないことしないでくれって幸太郎に叱られちゃったの」

ご迷惑かけてすみません、と信子が深々と頭を下げる。

「いいきっかけにはなったと思う。幸太郎と、新しい模様の紐を編んでいけるもの」

「はあ、ヒモ、ですか？」

意味が分からなくて首を傾げると、信子が腰に巻いた飾り紐を摘《つま》んでみせる。

「これと同じってこと。ひととひととの繋がりって、一本の糸じゃないのよ。いろんな縁が交差して絡み合って、独自の模様を作りながら太くなっていくの。わたしは今日、幸太郎と新しい思いを繋ぐことができたと思うの」

するりと紐を解いて、信子は忠清に手渡す。色味のうつくしい組紐は、間近で見ればずいぶん使い古されているのがわかった。色が褪せている箇所もあれば、切れている箇所もある。けれど、組み上がった紐は強い。「夫からの贈り物なの」と信子が笑う。

「幸太郎と思うような関係が築けなくて苦しんだ時期があったのよ。わたしは幸太郎の産みの母ではないでしょう。どうやって母子《おやこ》の関係を築いていけばいいんだろう。そもそも、そんなことできるのかしら……。わたしは本当に勝手でね、自分のせいで複雑な関係になったというのに、その扱いに困って夫に泣きついたのよ」

容子に幸太郎を返すべきなのか、それとも自分がいなくなればいいのか。泣く妻に夫は、一本の組紐を渡した。

「繋がりなんてのは、最初は細く頼りないものなんだ。一本一本糸を手繰《たぐ》り寄せ、それを組み上げながら太く確かなものにしていく。幸太郎との繋がりの糸を探しなさい。全く無い、なんてことはないはずだよ。あのひとはそう言ったのよ」

どんな些細《ささい》なことでもいい。これも、あれも、と糸を見つけては自分の中で紐を編んでいった。編まれていく紐を思い浮かべるだけで気持ちが落ち着いた、と信子は穏やかに言う。

「わたしはいまも、幸太郎との紐を編んでいるの。きっと、一生をかけて編み続けるんだと思う。今日みたいに悩むこともあるけど、でもその分だけ紐が強くなるんだって信じてる」

忠清は、手の中の紐を見る。

「あなたたちも、そうよ。自分たちなりの糸で、自分たちだけの紐を編み続けていく。それが、一緒に生きていく、ということだと思うのよ」

あるだろうか。蝶子と、自分との間にまだ編める糸はあるだろうか。太い繋がりに変えることは、まだできるだろうか。

顔を上げると、信子は恥ずかしそうに「偉そうにごめんなさい」と言う。こんなこと言えるほど幸太郎と上手くいっていないのにね。年寄りのおせっかいだと、思ってちょうだいな。

「いえ……ありがとうございます」

ふたりでもう一度やり直すことができるだろうか。紐を握りしめて、忠清はじっと考えた。

*

家具のほとんどを残して、家を出ることになった。忠清は勿体ないと思うけれど、蝶子が「イメージと違う」と納得しなかったのだ。だから、引っ越しと言っても大がかりなものではなく、荷物は両親から借りた軽トラック一台に全て収まってしまった。

「必要なものは全部積み込んだ。後の処分は、追って考えましょ」

荷台を覗き込んで蝶子が言う。忠清はその背中を眺めながら「いいのかなあ」と小さな声で呟いた。それに対し蝶子は「いいに決まってるじゃない」とばっさり言い切った。

「もう、決めたことでしょう。忠さんも同意してくれたじゃない」

「それは、そうだけど。でも、わざわざ俺の両親と同居することはないと思うんだ」

忠清と蝶子はうつくしが丘の家を一旦出て、車で一時間ほどの距離にある忠清の実家で両親と同居することになっていた。ふたりが通う産科に近いことと、同居することで光熱費等を浮かせることが目的だった。

もう一度、話しあってくれないだろうか。信子から組紐の話を聞いた晩、忠清は意を決して蝶子の携帯に電話をかけた。蝶子の気持ちを考えていなかったことを詫び、全てから逃げ出そうとした情けなさを認めた。

まだ俺との繋がりを考えてくれるのなら、チャンスをくれないだろうか。そう言った忠清の耳に飛び込んできたのは、『あんた、もうすこしマシな男だと思ってた！』という実母のデリカシーのない大声だった。

『大した取り柄もない四十男が、何をエラそうに離婚なんて口にしてんのさ。別れないでくださいって縋《すが》りつかないでどうすんの！　明日の朝イチで、土下座しに来な』

蝶子は忠清の実家にいて、忠清からの謝罪の連絡を待っていた。翌日、実家に行ってみると確かに蝶子がいて、忠清は両親の睨みつけるなか、平身低頭で蝶子に謝罪した。蝶子は穏やかに笑いながら、『反省しているのなら、わたしの言うことを聞いて』と五つの条件を口にした。

ひとつ、もう一年だけ不妊治療を続けること。
ひとつ、その期間、忠清の実家にて両親と同居すること。
ひとつ、実家近くにできた古民家カフェでの勤務を許可すること。
ひとつ、夫婦ふたりの時間をきちんととること。
ひとつ、どんな些細な不満でも、きちんと伝えること。

『あと一年、頑張ってみようよ。それで無理だったらふたりで生きていこう。子どもがいなくても人生は豊かにできる。もし、子どもに恵まれなかったら、わたしは小さなカフェを始めるという夢を追いたいと思ってるの。お義父《とう》さんやお義母さんにそれを伝えたら、賛成してくれた。一年間、あなたの実家でフォローしてもらいながら産科の通院とカフェ経営の勉強を両立させたいのよ』

実家近くの古民家カフェを蝶子がとても気に入っているのは、知っていた。雰囲気も店のコンセプトも、店主のコーヒー論も理想通りと言っていた。しかし、そこで修業したくなるほどとは思ってもいなかったし、ましてや両親がそれに賛同したのも意外だった。

『実家に住むって、俺は会社もあるし……』

『そうね。忠さんは通勤時間が大幅に増えちゃうけど、今回の罰だと思って諦めてちょうだい』

にっこりと蝶子が笑い、母親がそれに言葉を重ねる。

『それくらい我慢できるでしょうよ。というより、大いに頑張ってくれって背中押すのがいい亭主だわね』

驚くくらい話は進んでいた。本当にいいのかと訊けば、両親は当たり前だという顔をして頷く。

『いま協力しないで、いつするんだ』

『蝶子ちゃんが家族じゃなくなるなんて嫌だもの。離婚してあんたが出て行くならそれでもいいけどさ』

『ねえ、忠さん。駄目って言う？』

蝶子のその口調は、もう忠清の答えを知っていると言わんばかりで、忠清は思わず笑う。言うわけがないさ、と答えた声は自分でも恥ずかしくなるほど、明るかった。全部、条件をのむよ。

その晩、ふたりはうつくしが丘の家に帰った。部屋に入ると同時に、忠清は深く頭を下げた。両親の前ではきちんと話すことができなかったけれど、君には長く苦労をかけたと思ってる。許して欲しい。真剣に言う忠清を蝶子はじっと見つめ、ゆっくりと口を開いた。

『もうひとつ、条件を増やしていい？』

『何だろう』

『もう二度と、離婚なんて軽々しく言わないで』

蝶子の目に、涙が滲《にじ》んだ。簡単に、わたしとあなたの関係を断ち切ろうとしないで。夫婦って、そんなものじゃないでしょう？

微かに震える声を、忠清はじっと聞いた。この声を、言葉を、一生忘れないでいよう。自分のしたことを、忘れないために。

忠清はポケットの中から小さな紙袋を取り出した。首を傾げる蝶子に、「手を出して」と言う。差し出された細い手首に、忠清はブレスレットを嵌《は》めた。糸を編んで作ったものだ。昨晩、信子に教えてもらって慌てて作ったものだから、紐はくねくねと曲がっているし、模様もうつくしくない。

不思議そうに手首を彩るものを眺める蝶子に忠清は、信子から聞いた話をした。

『繋がりって何、って蝶子は俺に訊いただろう？　これが、答えだと思う。俺は、蝶子との糸をもっと増やしていこうと思う。そして太く長く、切れない紐を一緒に編んでいきたい』

蝶子が忠清に縋りつくように抱きついてきた。小さな体を、忠清は少しの緊張と、それを上回る安堵《あんど》で受け止める。強く抱きしめて、ごめんと言った。

『本当はずっと、怖かった』

胸元で蝶子が繰り返し、忠清は肉のついていない背中を何度も擦《さす》る。ごめんな、蝶子。ずっと辛かったよな。俺、もっと強くなるから。

「行っちゃうのね、蝶子ちゃん」

寂しそうな声がして我にかえると、信子が立っていた。蝶子が「すぐに会いに来るよ」と微笑む。

「信子さんのお菓子、大好きだもん。連絡するから、そのときはわたしの一番好きな枇杷《びわ》ゼリーを作って待っててね」

もちろん、と嬉しそうに頷いた信子が「枇杷」と思いだしたように手を叩く。

「昨日、葉っぱを貰《もら》いに裏庭に入らせてもらったんだけどね。枇杷の木、蕾《つぼみ》ができてるわよ。あの木もとうとう花が咲くようになったのねえ」

「ええ、本当に?」

蝶子が声を大きくする。裏庭ですくすく育っている木が枇杷であることを、ふたりに教えてくれたのは信子だった。いつかきっと花が咲いて実が生《な》るはずよと言われて楽しみにしていたけれど、一向に咲かなかった。

「何だか、幸先がいいな」

忠清が言うと、蝶子も「そうね」と笑う。

「この家に帰ってくる楽しみが増えた」

「家と言えば、あのね、忠さん。この家のことなんだけどね」

蝶子が口を開く。後輩ふたりが、住む場所がなくって大変な状況なんだって。それでね、わたしたちがいなくなる一年間だけ、この家を貸すって言っちゃったの。誰か住んでいる方が、家も傷まないっていうし、いいでしょう?

「それは……どうかな。後輩にそこまでするの?」

聞き覚えのない名前だし、蝶子本人も、高校を卒業して以来ほとんど没交渉で、年賀状のやり取り程度しかなかったという。そんな浅い付き合いの人間に貸しても大丈夫なのだろうか。

しかし蝶子は、それは大丈夫、と自信ありげに頷く。

「ふたりとも、本当にいい子だもの。信じてる。それにね、ひとりは子どもが一緒なの。産まれたときに会いに行って、抱っこさせてもらったんだけど、本当に可愛かった。わたし、赤ちゃんを抱っこする機会がそれまでなくって、その子が生まれて初めて抱っこした赤ちゃんでね。感動したなあ。あの子が困ってるっていうのなら、助けてあげたい」

子どもを助けたい。それならば、忠清にも反対する理由はない。君の好きにすればいいよと言った。

「ありがとう」

蝶子が微笑んで、髪を掻き上げる。その手首に不恰好なブレスレットを見つけて、忠清も笑う。新しい糸を編んでいこう、これから。胸の中で誓って、その手を取った。

第五章　しあわせの家

真尋《まひろ》は料理があまり得意ではない。

厳密に言えば、ひとに食べさせる料理が苦手なのだ。料理というのは常に自分の腹を満たすためだけのもので、誰かを満足させるために作ったことはほとんどなかった。だから、数ヶ月前から急に始まった「他人の食事を作る」行為にまだ慣れないでいる。だから黙々とスクランブルエッグを食べていた惣一《そういち》が「うあ」と素《す》っ頓狂《とんきょう》な声を洩《も》らしたとき、自分でもびっくりするくらい大きな声を出してしまった。

「ごめん、卵の殻《から》でも入ってた⁉」

「ちがうちがう。歯が抜けた」

口に指を突っ込んだ惣一がゆっくりと探り当てたのは、鮮やかな黄色と赤に包まれた、小さな白い歯だった。

「ぐらついて気持ち悪かったんだ。やっと抜けた」

惣一はにっと笑った。犬歯のあった右上の箇所がぽかりと空いている。

「ちょっと、洗ってくる」

キッチンに向かい、歯を洗う惣一に、「上の歯だから、縁の下に放り込まないといけないね」と真尋が声をかけると、振り返った惣一は首を傾《かし》げた。「どういう意味？」と心底不思議そうに訊く。話をしてみれば、今の子どもたちは抜けた乳歯を保存しておくのだと惣一が教えてくれた。専用のケースもあるという。

「ほら、これがトゥースケース」

惣一が持ってきたのは小ぶりな桐箱で、蓋を開けると間仕切りされた中に小さな白い歯がいくつか並んでいた。御丁寧《ごていねい》に、底には抜けた日付が書かれたシールがそれぞれ貼られている。さながら、化石の標本のようだ。

「ふうん。こんなものがあるの。すごいね」

ケースを眺める真尋に、惣一は「誰でも持ってるでしょ」と言う。真尋が首を横に振ると、「真尋さんのはないの？」と驚いたように訊いてくる。ないない、と真尋は苦笑して片手を振った。

「上の歯が抜けたら縁の下に、下の歯が抜けたら屋根の上に投げるの。そうしたら、丈夫な歯が生えてくるんだって」

言いながら、真尋の胸が小さく痛んだ。すっかり忘れていた過去が、ふっと蘇《よみがえ》る。

「何それ。ちょう迷信じゃん。あ、でも真尋さんの歯ってすごくきれいだから、少しは効果あったのかもね」

惣一の言葉に、真尋は「ありがと」と笑う。真尋の歯は白く、とてもうつくしく並んでいるのだ。と、来客を告げるチャイムが鳴った。「そーちゃん、遊べるぅ？」と遠慮がちな声が続く。

「あ、来た。すぐ行くーっ！」

惣一の顔が嬉しそうに輝いた。

「ユズくん？」

最近惣一と仲良くなった、同い年の男の子の名前を挙げる。母親と弟の三人で親戚の家に来ていて、この夏休みの間だけ滞在するらしい。住人の少ないうつくしが丘は小学生の数も多くなく、休日はいつも退屈している惣一には恰好の遊び相手となっている。

「そう、ユズ。あいつ、ちょういい奴なんだ。ずっとここにいて欲しいくらい」

惣一は急いでテーブルに置いていたキャップを被《かぶ》り、ウエストポーチを腰に巻く。ポーチの中にポータブルゲーム機がきちんと入っているかを確認し、「お昼のサイレンが鳴ったら帰るから」と真尋に言ったときにはもう階段を駆け下りていた。

「気を付けてねー」

真尋は大きな声で言ったけれど、果たして惣一の耳に届いただろうか。乱暴に玄関のドアを閉める音がした。

「あ、そうだ。歯を仕舞わなくちゃ」

手にしていたトゥースケースの底に日付を書き、惣一の歯を入れる。何だかとても良いものが増えた気がして、真尋はそれをぼんやり眺めていた。抜けた歯も、こんな風にしておけばうつくしい思い出になるのだなと思う。

『抜けた歯なんて、捨てなさい』

あのひとは真尋の手のひらに載った歯を見つめたあと、嫌なニュースを見たときと同じような口ぶりで言った。そんなもの、わざわざ見せに来なくっていいよ。子どもなら誰だって当たり前に抜けるものじゃないか。

手のひらに載った小さな歯には、まだ赤い血がついていた。数日前からの不快感から解放されたことと、初めて歯が抜け落ちたことの興奮で幼い真尋はどきどきしていた。そんな、はちきれそうになっていた感情が、しゅうしゅうと萎《しぼ》んでゆくのが分かった。

クラスメイトの理沙《りさ》ちゃんは、上の歯だからお父さんと一緒にお庭に歯を埋めて、「立派な歯が生えますように」とお祈りをしたって言ってたよ。その日の夕飯は、お祝いに理沙ちゃんの大好きなハンバーグ。成長の過程は大事にして喜ぶべきなんだって。

そんな言葉が、喉奥《のどおく》で固まったまま動かなくなる。あのひとは立ち尽くした真尋に目をやり眉根を寄せて、『ほら、早くそれを外に捨ててきなさい。汚いだろ』と言う。その突き放すような言い方に、真尋の目から涙が一粒、ぽろりと零《こぼ》れた。それを見て、あのひとは『泣くほどのことじゃ、ないだろ』と重たいため息を吐《つ》いた。真尋は手のひらをぎゅっと握りしめて、家を飛び出した。それが、あのひととの最後の思い出だったように思う。

あのときの歯は、結局どうしたんだったか。上の歯だったから、埋めたのだろうか。覚えていない。

玄関ドアが開き、誰かが階段をゆっくり上ってくる気配がした。惣一が忘れ物でもしたのかもしれない。蓋を閉め、「そーちゃん？」と声をかける。ドアを開けて姿を現したのは健斗《けんと》だった。無精髭《ぶしょうひげ》の生えた顔でぶっきらぼうに「ただいま」と言う。

「けんちゃん。あれ？　明日の朝帰ってくる予定じゃなかった？」

急な仕事が入ってしばらく帰れそうにないと連絡があったのは一昨日《おととい》の夕方のことだ。依頼先の仮眠室で休みながら長距離の仕事をこなすと言っていたけれど、どうしたのだろう。

「とにかくお風呂ね。すぐ支度する。ご飯は……やだ、けんちゃん」

駆け寄り、汚れた作業着の入った紙袋を受け取ろうとした真尋を、健斗が抱き寄せる。砂埃《すなぼこり》と汗、饐《す》えた臭いがした。

「あんなクソみたいな条件で東京二往復なんてできるかよ。仕事なんざ放ってきた」

「え。だって昔からお世話になってるひとからのお願いだって……」

「縁切りだ、あいつとは」

吐き捨てるように言って、健斗は乱暴に唇《くちびる》を合わせてくる。煙草とコーヒーの混じりあった吐息と舌が押し入ってくる。

「ちょっと、待っ……そーちゃんが帰ってくるかも」

「玄関の鍵はかけた」

タンクトップの裾《すそ》から手が入り込んできて、力任せに乳房を掴む。下腹部に、固くなったものが押し付けられた。

こうなった健斗を拒《こば》めば、数日は機嫌が悪くなる。前回は真尋の化粧水の瓶を床に叩きつけて割り、一週間近く惣一に当たり散らした。真尋は心の奥底でため息をひとつ吐いてから、体の力を抜いた。

＊

須崎《すざき》健斗と真尋が出会ったのは二年ほど前のこと。真尋が勤めていた居酒屋に健斗が客としてやって来て、真尋を気に入ったのがきっかけだった。

若さだけが売りで、取り立ててうつくしいわけではない。目立たず、さしたる特徴もない真尋を健斗が見初めたのは『オーダーを取りに来たとき、旨そうな出汁《だし》の匂いがしたから』で、それは真尋が昼間は立ち食いうどん屋で働いていたからだった。今まで誰もそんなこと気付かなかったのに、と驚く真尋に健斗は『煮干し出汁の店だろ？　オレも、好きなんだ』とにっかり笑いながら言い、その屈託のない様子に真尋はくらりときて微笑《ほほえ》み返した。それが、ふたりのはじまりだった。

健斗は、運送会社の社長をやっているという話だった。週に二度ほど来ては、羽振りよく飲んで帰った。年は三十五、周囲を気にせず大声で話すことと少し喧嘩《けんか》っ早いことさえ除けば爽やかな容姿をしていて、『けっこういい男だよね』と店員の間で話題にもなった。すぐに店の外で会うようになり、深い仲になるまで大した時間はかからなかった。

付き合いだすと、健斗の纏《まと》っていたものが、薄皮がゆっくりと剝《は》がれるように落ちていった。真実の姿は、聞いていたものと全く違った。仕事が全てで、そのせいで結婚のチャンスを逸していたと言っていたのに、バツイチでしかも子持ち。真尋と出会う一年前に嫁に逃げられてからは、糖尿病を患《わずら》う老いた実母に小学生の一人息子を任せきりにしていた。そして社員を何人も抱える社長ではなく、大型トラック一台だけを所有していて、車両持ち込みで運送会社から仕事を請け負っている個人事業主だった。気分によっては働かない。依頼主と喧嘩して途中で帰ってくるなんてことはザラ。自分の稼ぎはすべて飲み代に回し、生活費は老母の年金や貯金に依存していた。おまけに年も、五つもサバを読んでいた。

何もかも違うじゃない、と真尋が気付いたときは遅かった。嘘つきと罵《ののし》って捨てるには情が湧きすぎていて、短気を隠そうとしなくなった健斗と言い争っても事態の改善に繫《つな》がるわけはなかった。

『まあ、わたしの人生なんてこんなもんなのかもなぁ』

元々、諦《あきら》めがよい性格でもあったので、真尋は健斗の全てを赦《ゆる》した。頼れる実家もなく、ひとりきりで生きていくしかないわたしを必要だと言ってくれる男がいるだけで、充分だと思うべきなのだ。身の丈に合ってる、そんな言葉で自分を納得させた。

八ヶ月ほど前、健斗の母トシ子が急逝《きゆうせい》した。小学二年生の惣一の面倒を見てくれるひとがいないから、居酒屋を辞めて家に来て欲しい。いずれはお前との結婚も考えている。真尋は健斗にそう言われて、同居を開始した。結婚は真尋の幼いころからの夢で、睦言《むつごと》の中で何度か洩らしたことがあったのを、健斗は覚えていたのだろう。

健斗の虚言は数あれど、『築浅の割と大きな持ち家がある』ということだけは本当だった。開発途中の新興住宅地の中心に、三階建ての真っ白な壁の家が建っているのを見たとき、真尋の胸は躍った。汚れひとつない壁にカーポート。トシ子が育てていたのか、玄関先には花が咲き乱れていた。わたし、こんな家に住んでみたかったの。感動のあまり泣きだしそうになりながら言う真尋に、健斗は誇らしげに言った。この家はこれからお前の好きにしていいぞ。ここはもう、お前の家なんだからな。それはどんな甘い愛の言葉よりも、真尋の頭を痺《しび》れさせた。

新生活は、夢のように楽しかった。家周辺は、うつくしが丘という名前で売り出されていたが、世帯数はまだ多くなかったので近所付き合いに悩まされることはない。整地が進んで日々拓《ひら》けていく土地は『何かが始まる予感』に満ちていて真尋をワクワクさせた。散歩に出ては、組まれた足場を眺めて回った。昔によくやった遊び——一体この家にはどんな家族が住むのだろう、こっちの家にはどんなひとたちが生活を営んでいるのだろうという想像を、時間が許す限り繰り返し続けた。

山が近く海が見える環境も、素敵だ。すぐに自然に触れられるのは、田舎で育った真尋にはどこか安心感があっていい。上手《うま》くやっていけるか不安だった惣一とも、良好な関係を築けている。

生まれついての気質なのかトシ子の教育の賜物《たまもの》なのか、惣一は優しくて聡《さと》く、気の回る子どもだった。子どもというのは我儘《わがまま》で手がかかるというイメージを漠然と抱いていた真尋だったけれど、惣一によって覆《くつがえ》された。ひとりで何でもできるし、手間をかけさせることもない。母親代わりなんてわたしには到底できないと案じていたが、惣一なら勝手に大きくなってくれそうな気がしている。食事や洗濯などを最低限世話してあげるだけで、後は全部自分でできるのだから。

そんな生活だったが問題はしょっちゅう起きて、それはいつだって健斗のせいだった。仕事がない日は深酒をする。トラック仲間を呼んで一晩中騒ぎ明かし、暴れて警察沙汰《ざた》になったこともあった。金が入ればなかなか帰ってこない。戻ってきたときは財布の中に現金はなく、代わりにキャバクラのキャストの名刺が入っている。ポケットに女物の下着を入れて朝帰りしたこともあり、それにはさすがの真尋も腹に据えかねて詰問《きつもん》したら、健斗は激高《げっこう》して食器棚のガラス戸を割った。ガラスの嵌《は》まっていない食器棚には今、惣一の好きなアニメのポスターが貼られている。

『この家がなけりゃ、ストレスも減るんだけどな』

二日酔いの朝は決まって弱気になる健斗は、時々小さな声でそう呟《つぶや》いた。家のローンを考えると、憂鬱《ゆううつ》になって酒が飲みたくなるんだよな。こんなの、俺には必要なかったんだ。

元々、出て行った元妻にどうしてもと強くせがまれ買った家だったらしい。一生住む家だから中古ではなく新築がいいと主張され、高いローンを組んだという。私も働くって言うから無理したのに、二年も経たずに逃げやがった。健斗は悔しそうにするけれど、妻の収入をアテにして仕事をさぼりがちになったことが原因で捨てられたのだから——トラック仲間のひとりがそっと真尋に教えてくれた——、健斗の責任でもあるだろう。
『安いアパートか団地にでも、引っ越すかな』
そんな健斗の呟きを真尋は聞かないふりをした。家を手放せば多少楽になるのかもしれない。しかし浮いた金の分だけ健斗は働かなくなるだろうし、遊ぶ金を増やすだけだ。それならばこの家を手放す意味はないし、真尋はできれば、いや、是が非でもこの家に住み続けたかった。健斗の機嫌をとって働いてもらい、自分も仕事を増やせばいい、そう考えた。

だけど、長くは続かないかもしれないな。

リビングのソファに横たわり、まどろみはじめた健斗からそっと身を離して、真尋はため息を吐いた。散らばった衣服を掻《か》き集め、身に付ける。フローリングに放り捨てられたコンドームの口から中身が零れているのに気付き、健斗のトランクスで拭《ぬぐ》い取った。綿の下着にねっとりとした液体がついているのを見下ろしながら、もう一度ため息を吐く。

家のローン返済が滞《とどこお》っていると銀行から連絡があったのは昨日のことだった。家だけではない。ガス代、電気代も毎月のように督促状《とくそくじょう》が舞い込んでいた。健斗はお金の管理を自分でしていて、支払い関係は全部健斗が済ませていた。真尋は健斗の収入があるたびに纏まった金を貰《もら》い、生活費として使ってきた。けれど、そのお金もだんだん少なくなってきている。先月は、惣一の給食費を払うとなくなってしまう額しか健斗はくれなかった。真尋のうどん屋のパート代金と貯金でどうにか補塡《ほてん》しているけれど、こんなことを数ヶ月も繰り返せば生活できなくなってしまうだろう。

近い未来、この家を出て行くことになる。

泣きだしそうになるくらい、嬉しかった家。昔に描いた理想が形になって真尋の前に現れたようだった。でも、それはハリボテのようなものだったのだろう。わたしが住んでいたのはテーマパークのお城で、時間が来たら退出しなくてはいけない場所だったのだ。

携帯電話が震える音がする。ダイニングテーブルに置いた自分のものからだと気付き、真尋は慌てて電話を手に取る。ディスプレイに表示されていたのは、見知らぬ固定電話の番号だった。健斗を起こさないように部屋を出てから、通話ボタンを押す。

「あのう、もしもし」

遠慮がちな女の声が、ゆっくりと流れ込んできた。

＊

初めて降り立つ駅は、鄙《ひな》びた場所にあった。

改札はひとつきり。小ぢんまりした駅舎には古びたベンチがふたつ並んでいたけれど、ひとの気配はない。外に出てみれば、寂れきった店が申し訳程度に並び、その前にタクシーが二台停まっていた。運転手は窓を全開にして、退屈そうにスポーツ新聞を読んでいる。

「すごい田舎だ！」

あまりに閑散としていることに驚いて周囲を見回している真尋の横で、惣一が何故《なぜ》だか嬉しそうな声を上げた。

「すげーセミの声。これなら虫とりアミなしでもセミがとれるんじゃないかな」

バスと電車を乗り継いで三時間、観光地でもないただの辺鄙《へんぴ》な土地に辿り着いたというのに、惣一の顔は明るい。こんなとこ全然面白くないじゃない、と真尋が言うと惣一はもげるんじゃないかという勢いで首を横に振った。

「オレ、旅行って初めてなんだ。すっげえ楽しい!」

考えてみれば、健斗は家族サービスなど一切しない男だ。外食ですら嫌がるのだから、旅などするわけがない。

そういえばわたしも、旅行なんてしたことなかったな。真尋は惣一のはしゃいだ顔を見ながら思いだす。まともに旅行と呼べる経験は、修学旅行だけだった。長期休暇明けにクラスメイトたちが楽しそうに思い出を披露しあうのを、いつも曖昧《あいまい》な笑顔をつくって聞いていた。

「帰りには、どこか観光地に寄ろうね。お土産《みやげ》たくさん買おうよ」

いいの? と惣一が大きな口を開けて笑う。歯の一本足りない顔が興奮で赤くなっていく。

その顔に、真尋は笑いかけた。

「こんなとこまで付き合ってくれたお礼。仏壇参りなんて楽しくないしさ」

電話は、真尋の父大祐《だいすけ》の訃報だった。先月に長い闘病の果てに亡くなった、と伝えてきたのは大祐の後妻で、ようやく娘さんと連絡がついたと涙ながらに言った。

『生前は、真尋さんのことをとても気にかけていて』

そんなわけがない、と思う。小学一年生の真尋を置いていなくなった父は、健斗以上に家族を顧《かえり》みないひとだった。真尋はどんなに記憶を浚《さら》っても、父との親子らしい思い出を見つけ出せない。いつだって背中を向け、真尋という存在を持て余していた。

真尋の母とは親から押し付けられた結婚で、父は本当に結婚したかった女性と泣く泣く別れざるを得なかった。しかしどうしても別れた女性のことが忘れられず、妻子を置いて全てを捨てて出奔した。そんな、安っぽいドラマのような話を教えてもらったのは真尋が高校生のころだ。真尋の母が病気で亡くなった葬式でのことだった。あの男は香典だけ送ってきたけど、それで許されると思ってんのかね。こちらも大変なんです、なんてよくもまあ自分の事情をあけすけに言ってこられるもんだよ。自分の捨てた妻子のことも考えろってんだ。親戚たちは口ぐちに大祐を罵り、その中で真尋はいくつもの真実を聞いたのだった。

そんな人が、いくら自分が死ぬからといって真尋を思いだすわけがない。ましてや、会いたいと言うはずがない。

電話口の女性があまりにも悲痛な口調で話すので、つい『線香をあげるくらいなら』と言ってしまったものの、通話を切ってすぐに後悔した。行く必要などない。娘として義理を果たせというのなら、かつて父がしたように幾らかの金を包んで郵送しておけばいいのだ。なのに、断りの電話もせずに、こうしてこんな辺鄙な土地まで来てしまったのはどうしてなのだろう。自分の心理が、わからない。

タクシーに近づいて声をかける。壮年の運転手に行先を告げると、「ああ」と頷いてドアを開けてくれた。惣一とふたりで乗り込む。

「お客さん、樋川《ひかわ》さんのお知り合い?」

バックミラー越しに言われて、ぽかんとする。運転手はひとの良さそうな丸顔をくしゃりと歪《ゆが》め、「僕ね、同僚だったんですよ。彼とは仲が良くて」と寂しそうに言う。

「まだ五十前なのにねぇ。彼、小さい娘さんがいるでしょう。あの子のためにも、って健康には殊《こと》の外《ほか》気を遣っていて、酒も煙草もやんなかったのにな」

運転手は首を横に振り、真尋はそれに曖昧に相槌《あいづち》を打った。

「真尋さん、きょうだいがいるの」

運転席を気にしながらそっと惣一が訊く。小さくとも聡い同伴者には、誰の家に行くのかどんな事情があるのか、説明していた。しかし、腹違いの姉妹がいることまでは、伝えていなかった。

そうみたいね、と真尋は応えて車窓の向こうに視線を投げる。緑豊かな山を背に、青々とした稲が風に揺れている。代わり映えのしない景色はまるで、ループしているようだった。すれ違う車も、人影も少ない。時折、間違い探しのようにくたびれた商店やバス停が現れる。こんな場所で、タクシー運転手など果たしてやっていけるのだろうか。駅前の様子を見ただけでも、利用者が少ないだろうことは想像できた。

「しっかし、暑いねえ。今年の暑さは異常だよ。お客さん、ごめんね。エアコン、もう少ししたら効いてくると思うからさ」

客待ちの間は、エンジンを切っているらしかった。送風口からは生温《なまぬる》い風が吹きだし、運転手の白いポロシャツのそでから伸びた腕には汗が滲《にじ》んでいる。真尋の背中にも、服がじっとりと張り付いていた。

ハンカチでこめかみを拭いながら、どこか懐かしいと真尋は思う。かつて親子三人で暮らした町はもう少し栄えていたけれど、牧歌的なところがよく似ている。

二十分ほど同じような場所を走り続けていると、住宅地のような場所に着いた。学校らしき建物やアパート、田舎ならではの大きな日本家屋などが立ち並んでいる。さすがに飽き気味で背もたれに身を預けていた惣一も、「あ、初のコンビニ発見!」と嬉しそうに声を上げた。

「もう少しで着きますよ」

タクシーがゆるやかに停まったのは、一軒の古い家の前だった。

築何年だろう、赤茶色の瓦の隙間から草や苔《こけ》が生え、玄関の引き戸のガラスは黄ばんでくすんでいた。

こんなところまで似ている、と真尋は思う。今は跡形もなくなった生家も、こんな風だった。風が吹けば飛ばされてしまいそうなぼろ家で、夏は虫が、冬は雪が舞い込んできた。風呂場のタイルの隙間からはしょっちゅう雑草が生え、それを抜くのが真尋の仕事だった。

そんな家で、いつもむすっと顰《しか》めっ面《つら》で、茶の間の座椅子に座っていた父。家族と最低限の会話しかせず、母や真尋が声を上げて笑えば嫌な顔をした。テレビの中の団欒《だんらん》や幸福そうな空気は、真尋の中では作り物でしかなかった。

「真尋さん?」

錆《さび》の浮いた引き戸の取っ手をぼんやり眺めていると、惣一が顔を覗き込んできた。ごめんごめん、と笑いかけて戸を叩こうとすると、その前に勢いよく音を立てて戸が開かれた。現れたのは、女の子だった。惣一より少し年下だろうか。癖のある栗色の髪をふたつに結《ゆ》わえ、ノースリーブのワンピースを着ている。いらっしゃいませ！ と大きな声で言って頭を下げると、パステルブルーの薄い布がふわりと揺れた。ぱっと顔を上げて満面に笑みを浮かべると、前歯が一本抜けているのが分かった。間が抜けた無邪気な笑顔を前にして、真尋は無意識に息を呑んでいた。

「おねえちゃんでしょう? 待ってたの。あたし、舞子《まいこ》だよ」

屈託なく言い、迷いなく真尋の手を取った。見上げてくる黒目がちの瞳《ひとみ》に己が映っている。しっとりした小さな手を思わず振り払いそうになった真尋を止めたのは、「やめなさい」という強い声だった。

「お客様に失礼でしょう、舞子。――わざわざいらしていただいて、ありがとうございます。お電話を差し上げた、敦子《あつこ》と言います」

昼下がりだというのに、薄暗い室内。湿気を含んだ廊下の奥から現れたのは、ふくよかな体格をした女――大祐の妻、敦子だった。

「真尋です。初めまして」

軽く頭を下げて、敦子を見る。大祐が亡くなって、まだ四十九日も終わっていないからだろうか。黒のポロシャツに、同色のチノパン姿。長い黒髪を後ろで一纏《ひとまと》めにしている。ひとのよさそうな顔をした敦子は「初めまして」と深く頭を下げた。

これが、父の選んだ人なのか。真尋はつい、まじまじと見つめてしまう。美醜《びしゅう》でいえば、亡き母のほうがよほどうつくしかったと思う。父は、彼女の何がよくて母を捨てたのだろう。

「こんなところで立ち話もなんですから、どうぞ」

促されて、はっとする。舞子はとっくの昔に手を離していて、真尋の脇に立っていた。何かを期待するように見上げてくる目を避けるようにして、頷き返した。

小さな庭に面した六畳の和室が、樋川家の仏間であるらしかった。いくつかの盛籠が並べられ、その奥に簡易祭壇がある。白布で包まれた骨壺の横には遺影があって、額縁の中で穏やかに微笑んでいるひとは、真尋の記憶の中の人物と同じはずで、どこか違った。

母に叱られた手前、我慢しているのだろう。先程のように迫ってはこないものの、目を輝かせた舞子に案内されて、真尋は祭壇の前に座る。惣一は真尋の少し後ろに遠慮がちに座った。

「パパ、おねえちゃん来たよ」

舞子がりんを鳴らし、遺影に向かって話しかける。その幼い横顔を少し見つめてから、真尋は線香に火をともした。たなびく細長い煙の向こうにある父の顔を見る。

こんな顔だったっけ、と真尋は思う。眉間《みけん》の皺《しわ》もないし、への字に曲がった口でもない。銀縁の眼鏡の奥で細められた目はやわらかく、冷ややかな光など宿したことなどなかったかのように見える。これは父ではなく、少しだけ似た別人ではないのだろうか。

観察するように見つめていると、遺影の下に、小さな写真立てが置かれていることに気が付いた。それは、大祐と敦子、舞子の家族写真だった。一面のチューリップ畑を背に、三人で頬を寄せ合っている。今より幼い舞子を抱いた大祐は、奥歯まで見えるんじゃないかというくらい大きな口を開けて笑っていた。

「これはね、長崎旅行に行ったときの写真なの。マイがチューリップ好きだからって、パパが連れていってくれたんだ。初めて、飛行機に乗ったんだよ」

凝視《ぎょうし》している真尋をどう勘違いしたのか、写真立てを手にして舞子が説明し始める。旅行、好きだからって、そんな言葉がぶつ切れに頭に流れ込んでくる。

「舞子、さっきからお行儀が悪い。ごめんなさい、聞き分けがなくて」

お茶の支度をしてきた敦子が申し訳なさそうに言い、舞子は不満げに唇を尖《とが》らした。

「だって、マイのおねえちゃんでしょう？　どうしてダメなのよう」

おねえちゃん。当たり前そうに舞子が口にするたび、真尋の顔が強張《こわば》っていく。引《ひ》き攣《つ》った顔を隠せないでいると急に、「あのさ」と惣一が大きな声を張った。

「オレ、少し外を見てきていいかな。大人の話って、おもしろくないし」

惣一がちらりと舞子を見ると、舞子の顔がぱっと明るくなった。

「マイ、あんないしてあげる。ママ、この辺りだったらいい？」

敦子が真尋の顔を見る。真尋は頷いた。「いいわよ」と敦子が言うと舞子は嬉しそうに立ち上がった。

「真尋さん。三十分くらいで、帰ってくるね」

それからふたりは、連れ立って家を出て行った。舞子の甲高い声が遠ざかっていく。

「気を遣ってくれたのね。舞子とあまり変わらないだろうに、しっかりした子だわ。ええと……？」

「夫の連れ子です。わたし、ずっと育ててるんです」

言いながら、どうしてそんな嘘を吐いてしまったのだろうかと思う。しかし敦子が顔を歪めたのを見て、これかと自身の心の奥を知った。くだらないことを、と悔やむ。

敦子が居住まいを正した。真尋に向かって、深く頭を下げる。

「申し訳、ありませんでした」

「やめて、ください。今更」

畳に額を擦《す》りつけんばかりの敦子に、真尋は腰を浮かして止めた。

「それは父がすべきことですし、あなたがどうしてもやりたいというのならそれは、わたしの母へだったと思います」

わたしが困るだけなので顔を上げてください、そう言うと、敦子はのろりと顔を上げた。涙の浮かんだ顔は、さっきの舞子の顔に少し似ている。

「わたしは線香をあげに来たのでも、ましてや謝罪を貰いに来たのでもありません。どうしてここまで来たのか、自分でも不思議なくらいです」

真尋は部屋をぐるりと見回す。手入れこそ行き届いているものの、とても古い。色あせた襖《ふすま》はガムテープで修繕された跡があり、砂壁にはいくつもヒビが走っていた。うつくしが丘の家の半分にも満たないような狭い庭にはプラスチックのプランターがひとつ。緑色の支柱に朝顔が蔓《つる》を這わせていた。その横に、元の色を失いかけたゾウさんジョウロが転がっている。薄れているものの、マジックで「ひかわまいこ」と書かれているのが見てとれた。

「敦子さん、でしたっけ。舞子ちゃんのお部屋って、あるんですか？」

敦子が眉間に僅《わず》かに皺を寄せ、「いちおう、ありますけど」と言う。不審げなその顔に、真尋は少しだけ笑ってみせた。

「ちょっとだけ、見せてもらえませんか」

敦子は戸惑った様子のまま、「隣です」と言って立ち上がった。ガムテープがいちばん多く貼られた襖を引く。

女児に人気の変身魔法少女のポスターが目に飛び込んできた。ピンクの学習机に、白いパイプベッド。リボン模様のかわいらしいタオルケットがきれいに畳まれて置かれていた。簞笥《たんす》の上にはたくさんのぬいぐるみが飾られ、床にはソフトバレーのボールが転がっている。名前の書かれたそれを真尋が拾い上げると、敦子が「習ってるんです」と言う。

「体を動かすのが、好きみたいで」

「へぇ。可愛らしい、女の子らしい部屋ですね」

ボールを手の中で回しながら少しだけ中に入り、学習机に近づく。学校の時間割表や、友達との写真が貼られているのを眺めていた真尋の目が止まる。手が滑って、ボールが転がり落ちた。背中にいる敦子が、「どうかしましたか」と訊く。

「あ、ええと……。どれにも、父の字で名前が書かれてるなと思って。父は、舞子ちゃんを可愛がっていたんですね」

振り返り、背後に立っていた敦子に真尋は明るく言う。敦子は曖昧に眉を下げて、笑顔のようなものを作った。

「あ、それは、ええと」

「そうじゃなきゃ、おかしいですよね。『一目《ひとめ》会いたい』っていう母の最後の願いさえ無視して選んだ子どもですもんね」

敦子の顔がはっきりと強張った。

真尋の母の直美《なおみ》は、夫である大祐のことを深く愛していた。夫がいくら己に冷たく当たろうと、他の女のところに去っていこうと、いつか自分の元に帰ってきてくれると信じて、夫を待ち続けた。死の床についたときでさえ。

「あ、のときは……その」

「知ってます。あなたが長い陣痛に苦しんでいる最中だったんですよね。一時は母子《おやこ》ともに命が危ういと言われていたって」

理不尽に捨てた女の最後の願いくらい、聞いてやってくれ。親戚や友人たちが何度となく電話をして頼んだけれど、大祐は来なかった。生まれてくる命のほうが大切なんだと言って。直美は、己の元に大祐が駆け込んでくるのを待ちながら死んだ。

「可愛がっていて、当然ですよね。やっぱり、好きになった女の産んだ子どもって格別なんでしょうね」

好きでもない女が産んだ子どもなんて、可愛くないんだろうさ。

母の葬儀のとき、そうやって皆がこそこそと話していたのを真尋は知っていた。そして、そんなことは誰に言われなくても自分が一番よく知っていた。

抱きしめてくれなかった父。笑いかけてくれなかった父。どうしたら、テレビの中の家族のように優しくしてくれるんだろう。子どものころはいつもそんなことを考えていた。その果てに得たのは、『可愛がれないだけ』というシンプルな答えだった。わたしは父にとって、重荷でしかなかった。それだけのことだ。

「いいえ、あの、大祐さんは本当に真尋さんのことを気にかけていて、申し訳なかったって言って」

「死ぬ前にちょっと罪悪感を覚えたってだけのことでしょう。本当に会いたいと思えば、いくらでも会いに来る時間があったはずだもの」

「何年も探していたんです。でも、誰も真尋さんの行方を教えてくれなくて」

「そりゃあそうでしょうね。母を見捨てたとき、ほとんどのひとの信用を失ったはずだし」

今回真尋と連絡がついたのは、大祐が死んだということで、母方の親戚が教えたらしい。そうでなくてはきっと誰もが、固く口を閉ざしていたままだったに違いない。

敦子が押し黙る。真尋は足元に転がっていたボールを再び拾い上げ、学習机の上に置いた。

まだ傷のついていないボールを撫《な》でる。

「何で、来ちゃったんだろう」

真尋は独《ひと》りごちるように呟く。何をしに、わたしはここへ来たんだろう。いや、本当は少し、気付いていた。『確認』だ。わたしは知りたいことがあって、ここに来た。でも、その答えがこれだとしたら、わたしがいままで夢見ていたものは、何だったのだろう。

「あの、これ、大祐さんからあなたにって預かっていたんです」

立ち尽くしていると、おずおずと敦子が封筒を差し出してきた。A4の茶封筒を二つ折りにしたそれには、大祐の字で『真尋へ』と書かれている。黒マジックの字を、真尋は珍しいものを見た思いで眺めた。

「会えたときには必ず渡してくれ、と言われていました。あの、受け取ってもらえませんか」

のろりと手を動かす。少し躊躇《ためら》ったのち、真尋はそれを受け取った。目で問うと、敦子は「中身は分かりません」と首を横に振る。私が見ていいものではないと思ったので。

十数年も会わなかった娘に、何を残すものがあるだろう。謝罪の言葉を重ねた手紙か一緒に撮った写真、そんなものだろうか。それを今更貰って、一体何になるというのだろう。開ける気にはなれなくて、「どうも」とだけ答えた。封筒が、やけに重たく感じた。

家から少し歩いたところに、滑り台と鉄棒しかないような小さな公園があった。子どもたちはそこで、虫とりアミとカゴを手にして虫とりに興じていた。真尋がふたりの姿を見つけたとき、ちょうど惣一が何か捕まえたところだったらしい。舞子が甲高い声を上げてジャンプしていた。

「そーちゃん、何を捕まえたの?」

「あ、真尋さん。すげえんだ」

上気した顔で惣一が突き出したのは、大きなカブトムシだった。自然豊かなうつくしが丘でも、ここまでの大きさのものは珍しい。自宅の玄関に置いた虫カゴの中にいる惣一自慢の虫たちと比べても、群を抜いているだろう。

「わあ、ほんとね。こんなに大きなのをとったの、初めてじゃないの」

「へっへ。そうだと思う」

惣一が誇《ほこ》らしそうに胸を張る。その惣一の腕に抱きついたのは、舞子だった。

「すごい。すごいねえ。マイ、それほしい。ちょうだい」

おともだちに、見せるんだぁ。その無邪気な顔に、惣一が困ったように眉を下げる。惣一が口を開く前に、真尋が「だめだよ」と答えた。それは、そーちゃんが捕まえたものでしょ。欲しいって言えば何でも貰えるわけじゃないんだよ。

「ええー。でもぉ」

舞子が顔を曇らせて惣一を見る。惣一はその不満げな顔と真尋を見比べて、少し考えるように自身の手元を見た。それから舞子が首から提《さ》げたカゴにそっと、初めての大きな獲物を入れた。

「持って帰れないし、ね」

舞子が顔をぱっと明るくして「ありがとう！」と笑う。「それでいいの？」と問うた真尋の声は、自分でも分かるくらいに棘《とげ》があった。惣一が戸惑ったように真尋を見る。

「えっと……、あー、真尋さん。お話は、終わったの？」

「うん、そうなの。帰ろう、そーちゃん」

タクシー、呼んだから。真尋の淡々とした声を遮《さえぎ》るようにして、やだぁ！と舞子が叫ぶ。

マイ、まだおねえちゃんとお話ししてないもん。

「わたしは、あなたのおかあさんとの用事が済んだの。ええと、じゃあね」

言葉を選びながら言う真尋に、舞子が泣き出しそうになりながら駄々をこねる。マイ、すごくたのしみにしてたんだよ。おねえちゃんに、会いたかったのに。

「わたしは、会いたくなかったよ」

ふと零れた小さな呟きに驚いたのは、真尋本人だった。舞子は聞き取れなかったのか、小首を傾げる。結った髪がさらりと揺れた。

「ほら、そーちゃん、行こう。この先のコンビニに来てもらうようにしたから」

惣一の手を取って、「じゃあね」と舞子に言う。また来てくれる？という問いを、真尋は聞こえないふりをした。

足早に歩く真尋に、惣一は小走りでついてくる。「あ」と惣一が短く呟き、その声に我に返った真尋が立ち止まる。惣一は「あれ」と後ろを指差した。振り返れば、公園の入り口に、舞子と敦子が手を繋いで立っていた。不機嫌そうに頬を膨《ふく》らませたまま手を振る舞子の横で、敦子が深く頭を下げている。真尋が何の反応も示さないのを見て、惣一がそっと手を振り返した。

「真尋さんが怒ってるとこ、初めて見た」

小さな声で言う惣一に、真尋ははっとする。怒ってた？　と訊くと、惣一が頷いた。

「イラついてる、でもいいけど」

「ごめん、そーちゃんに気を遣わせたよね」

「いいよ、別に。さ、行こう」

見送る二人に背を向けて、惣一が先を歩き出す。今度は真尋が背中を追う番になった。

コンビニに着くとタクシーは既にふたりを待っていて、慌てて乗り込む。駅に戻るまで、ふたりはただ車窓の向こうを眺めていた。

電車が来るまで、あと四十分あるらしい。人のいないホームの、色あせたベンチに真尋たちは並んで腰かけた。

「しずかだね、真尋さん」

「そうね」

「喉渇いちゃった。オレ、そこの自販機でジュース買ってくる。真尋さんは何がいい？」

「そうね」

惣一がため息を吐いて、席を立つ。戻ってきた惣一は、真尋の膝《ひざ》の上に冷えた緑茶のペットボトルを一本置いた。その冷たさに驚いた真尋に、「ぼんやりしてる」と惣一が笑う。

「ごめん、そんなつもりなかったんだけど。ありがとう」

「暑いし熱中症になっちゃうかもしんない。飲んだ方がいいよ」

気付いていなかったけれど、喉が渇いていたらしい。申し訳程度に口をつけるはずが、半分ほどを一息に飲んでしまった。肩で息を吐いている真尋を見て、惣一がまた笑う。

落ち着いた真尋は、ふと空を仰いだ。駅舎の屋根の向こうには青空が広がり、入道雲が大きく膨らんでいる。ゆっくりと形を変えていく白をしばらく眺めていた真尋は、ぽつんと呟いた。

「おっきくてきれいな家に住まないと幸せな家族になれない。昔ね、わたしはそう思ってたの」

家族団欒は、ぼろ家ではできないものだ。汲み取り式の和式トイレや、崩れかけた砂壁の家では叶わない。子どものころから、そう信じて疑わなかった。大人になって、そんなはずがないと知ったけれど、でも、その考えを捨て去ることはどうしてもできなかった。少なくとも我が家においては、家さえちゃんとしていれば幸せになれたのではないか、そう思えてならなかった。

ちらりと見れば、惣一がじっと真尋を見上げている。話を聞いてくれようとしている優しさに感謝しながら、「さっきの家ね、わたしの生家とよく似てるの」と言う。古くてぼろぼろのところが、そっくり。わたしは子どものころ、そんな家が大嫌いだった。陰気くさくていつもじめっとしていて、家にいるだけで気が滅入《めい》ってた。こんなお化け屋敷みたいな家は嫌い、もっときれいなお家《うち》に住みたいって文句を言って、母にぶたれたこともある。わあわあ泣くわたしを、父は叱ることも慰めることもせず黙って見てた。だからね、わたしはこう思ってた。きっとお父さんもこんな家が嫌いなんだ。家のせいで機嫌が悪くて、わたしにもお母さんにも冷たくしてしまうんだ、そう思ってた。

父が家を出て行ったときですら、真尋はそう考えた。この家が本当に嫌になって、とうとう出て行ってしまったんだ。それなら、わたしたちも連れていってくればいいのに、と。

「馬鹿だよねえ」

真尋は小さく笑う。全く、愚かだ。そんな馬鹿げた考えを、未《いま》だに捨て去ることができていなかった。

「今日、あの家に行った理由はね。どれだけ素敵な家に住んでいるんだろうっていう、確認だったんだ。きっとすごく綺麗に違いない、そう思っていたんだよね」

わたしと母を捨ててまで得た家族と、素晴らしい家に住んでいるに違いない。

それなのに、目の前にあったのは生家と同じような貧相な家だった。

「あとさ、舞子ちゃん。あの子ね、わたしの小さいころによく似てた」

最初は、昔の自分が飛び出してきたのかと思った。ちょうど、歯が初めて抜けたころの自分にそっくりだった。

「でも、わたしはあんなに素直に、笑えなかった」

愛されて当たり前だと信じて疑わない笑顔だった。あんな顔、わたしにはできない。

「そこから、もうわけが分かんなくなっちゃった」

ぼろ家の中で無邪気に笑う、自分によく似た少女。自分を愛してくれなかった父に愛された少女。人の顔色を窺《うかが》うことを知らない、しあわせな少女。

わたしが父に愛されなかったのは仕方のないことだった。愛していない女が産んだ子だから。でも、なにもそんなわたしに似なくったっていいじゃない。

「あの子、あれを持ってた」

惣一が首を傾げる。何を、と問われる前に真尋は言う。

「トゥースケース」

先日惣一に見せてもらったものと同じ桐箱が、舞子の机に置かれていた。父は、かつて自分には『捨てろ』と言ったことを、覚えていただろうか。覚えていて、あの子には与えたのだろうか。抜け落ちた歯さえ、宝物だというように。

目の奥が熱くなり、鼻の奥がつんと痛む。この家でさえなければと恨んだ家と変わらない場に、たくさんの愛と幸せがあった。なんて、残酷な現実だろう。

「それが、何だっていうのさ。歯は、ただの歯じゃん」

たいしたものじゃないじゃん。惣一の小さな声に、真尋はそっと、指先を口元に運ぶ。歯を、ゆっくりと辿っていく。

「これ、全部にせものなの」

本当の真尋の歯は、ひどい虫歯に侵食されてぼろぼろだった。高校を卒業して就職したあと、全てインプラントにしたおかげできれいになったけれど、それまではずっと、痛みに悩まされてきた。

「歯は、ただの歯。わたしは、そう思えなかった。自分の歯が汚らしいものに思えた時期があったんだ。これは、あまりにもみっともないってお客さんに言われたから仕方なく治療しただけ。酷《ひど》い話でしょ」

初めて抜けた歯を『汚い』と言われたときから、自分の歯が嫌になった。全部抜け落ちてしまえばいいとさえ思った。歯を磨かず、虫歯が進行しても歯医者に通わない。そんな真尋を諫《いさ》めるひともいなかった。

大祐に捨てられた直美は、真尋を可愛がりはしなかった。直美にとって真尋は、愛する男を繋ぎとめるだけのものだったのかもしれない。子どもがいればどうにかなると思ったのにと嘆くばかりで、何もかも——育児すらも放棄したのだった。成人するまで健在だった祖父が最低限の金銭を与えてくれたおかげで生活はできたけれど、祖父は真尋の細々とした面倒まではみられなかった。父のいなくなったぼろ家で、真尋はずっと孤独だった。

「わたしには、幸せな記憶も、愛されたところもない。だけど家がきれいでさえあれば、それを全部手に入れられていたはず。そう思うことで、自分が何も持っていないことを諦めてきたの。でも今日、ごまかしがきかないくらい現実を見ちゃった」

愛されないことに、何の理由もない。ただ、『愛せない』存在だった。分かっていたのに、わざわざここまで来たわたしは大馬鹿者だ。

「……家なんて、ただのいれものだよ」

ぽつりと呟いた惣一の声にはっとする。視線をやれば、惣一は自分の小さな膝小僧をじっと見つめていた。日に焼けて真っ黒な膝は、綺麗に揃えられている。

「家、家って、大人はばかみたいだ。家が何だっていうんだよ」

滅多に聞くことのない弱々しい声だった。ペットボトルを握る手に、強く力が込められている。そうだ、家によってこの子は母親を失ったのだった。真尋はごめん、と慌てて言ったけれど、惣一の視線は動かない。

「どこだって、いいじゃん。どんなところでも、だいすきなひとと笑っていられたら、それでいいじゃん。家族がいなくなるくらいなら」

真尋は言葉を失う。この子もきっと、わたしには計り知れない寂しさを抱えて生きてきた。賢いばかりに上手く甘えることもできなくて辛《つら》さを隠して、ひとりで耐えていた……。

何も言えなくて、真尋はただ、惣一の俯《うつむ》いた頭を見つめた。

誰もいない駅のホームは、静かだった。遠くから、セミの鳴き声だけが聞こえてくる。

長い時間が過ぎた。惣一のこめかみからいく筋もの汗が流れ、顎《あご》先から落ちていった。ふいに、惣一は滴り落ちる寸前の汗を手の甲で乱暴に拭った。全身でため息を吐いてから、真尋の方を向く。ぎこちなく、笑いかけてくる。

「真尋さんは、もう大人だよね。歯だって、自分の力できれいにできたわけでしょ」

ふいに言われ、真尋は驚きながらも頷いた。惣一は続ける。

「じゃあさ、家族だってもう自分で作れるじゃん。真尋さんのすきなひとと、しあわせがいっぱいの場所を作ることだってできるよね」

真尋さんは、何だってできる大人なんだよ。子どもにはできないこともできる、大人なんだ。言葉を探しながら、一所懸命言った惣一は笑う。

「ごめん、そーちゃん」

真尋は思わず惣一を抱きしめた。細くて薄い体は、腕の中にすっぽりと納まる。お日さまと甘い汗の匂い——子どもの匂いがして、真尋の方が泣きそうになった。

「ごめんね。わたし、そーちゃんがしっかりしてるから何でも平気だと思ってしまってた。そんなわけ、ないのにね。そーちゃんだって、寂しいよね。辛いよね。本当にごめん」

過去の自分を思い返せば、分かることだった。甘えられる相手がいなくて、寂しくてもそれを口には出せなかった。

わたしは、あのきれいな家に住んでいるっていうそれだけで、幸せになれると思っていた。けれど、幸せになるために一体何をしていただろう。この小さな子どもの幸せすら、考えられていなかったというのに。

「ごめんね」

ホームに電車が滑り込んでくるまで、真尋は惣一を抱きしめ続けた。

＊

健斗がいなくなったのは、ふたりがたくさんのお土産を買って帰った三日後のことだった。

先月の仕事分の金を貰ってくると言って出掛けたまま、行方知れずとなった。

「はあ、そちらにもいないですか。……ええ、もう一週間も帰ってきてなくて、連絡もつかないんです。もし居所が分かるようなことがあれば、ご連絡いただけますか。すみません、お願い致します」

もう何件目とも知れないやり取りを繰り返して、通話を終える。携帯電話をテーブルに置いて、真尋は肩で息を吐いた。

「おとうさん、どこ行ったんだろう」

ソファで体育座りをしていた惣一が呟き、真尋は「大丈夫だよ。すぐ、戻ってくるよ」とわざと明るい声を出す。しかし本当は、途方に暮れていた。

運転手仲間のひとりが「やっぱり逃げたか」と呆れたように笑った。あいつ、仲間たちからずいぶん金借りてたんだ。前にも同じようなことしてさ、そのときは前の奥さんと母親が頭下げて返金して回って、どうにか丸く収めたんだ。二度目ともなると、もう信用なしだな。あんたもさあ、さっさと逃げな。あんな奴の尻拭いなんかしてやることないよ。

その男は、健斗はもう戻ってこないだろうとも言った。トラックもないんだろ？　俺たちはあれさえありゃどこでだって生きていけるからな。

そんな話を、どうして惣一に聞かせられるだろう。

「そーちゃん、今日は、遊べるぅ？」

チャイムが鳴り、声がする。これまでならすぐにも立ち上がっていた惣一だけれど、ここ数日はずっと断ってばかりだった。

「そーちゃん、たまには出掛けてきたら？　気晴らしになるかもしれない」

「うー……ん。うん。じゃあ、そうする」

気乗りがしない風だったけれど、ユズが「そーちゃぁん」ともう一度呼んだことで、惣一は立ち上がった。すぐ行くー、と声を張る。

「真尋さん、もし何かあったら教えて。オレ、展望公園でユズと遊んでるから」

支度をしながらも、顔が晴れない惣一に笑って頷いてみせた。

惣一が出て行ったあと、真尋はまだ惣一の温もりの残っているソファに倒れ込んだ。天井をぼんやりと見つめ、「どうしよう」と声に出す。健斗が帰ってこないとしたら、これからどうすればいい？　惣一に、何と説明すればいい？

「最低男……」

健斗の顔を思いだし、唇を噛む。真尋が幼いころに父に捨てられた話は、健斗も知っている。大事な人間を置いていくなんて、俺はそんな非情なこと絶対にできないと憤ってみせたのに、あれすらも嘘だったのか。いや、自分のことなんてどうでもいい。どうして、惣一を捨てた。あの子のこれからをどうして考えない。せめて惣一だけは、裏切らないで欲しかった。

「そうだ。母親……」

惣一の母親と連絡がつけば、どうにかなるかもしれない。我が子が困っていると知れば、引き取りたいと言うかもしれない。しかし、逃げるようにして出て行ったというひとに、どうしたら連絡がつくだろう。

「あ」

思いだしたのは、隣家の荒木《あらき》家の奥さんだった。真尋が移住してきて数日たったころ、挨拶を交わしたことがある。トシ子と仲が良かったというそのひとは、確か健斗がこの家を買う前からここに住んでいると言ったはずだ。もしかしたら、惣一の母とも親しかったかもしれない。勢いよく身を起こした真尋は、そのまま階下へ降りた。サンダルを履き、家を出る。悩んでいる暇はない。どうにかしなきゃ。真尋は迷わずに、荒木家の門を叩いた。

「あらあら、こんにちは」

荒木家の妻――信子《のぶこ》は真尋の突然の訪問を笑顔で出迎えた。

「嬉しいわ、わざわざ遊びに来てくださったの？」

「いえ、あの、お尋ねしたいことがあるんです」

品の良い、穏やかな笑みに少しだけ気後れしてしまう。情けない事情を伝えていいものだろうか。しかし、すぐに惣一の顔が思いだされて、真尋は口を開いた。

「けんちゃ……須崎の前の奥さんと、大至急連絡をとりたいんです。連絡先など、ご存じではありませんか」

まあ、と信子が目を見開いた。

信子は健斗の元妻――千映《ちあき》の居所も電話番号も知っていた。

「出て行かれるときにね、惣一ちゃんに何かあったら連絡をお願いしますって言われていたの。

申し訳ないんだけどね、あなたがあの家に来たときも、千映ちゃんに連絡していたの」

千映は元々、惣一を連れて出て行くつもりだったらしい。しかし、健斗がそれを許さなかったそうだ。健斗は、離婚して欲しけりゃ惣一を置いてさっさと出て行けと暴れ、命の危険すら感じた千映はひとりで家を出て行かざるを得なかったという。ここでもまた健斗の嘘がひとつ増えたが、真尋にはもはやそれを哀しいとすら思えなくなっていた。どうしてそんな酷い男の傍《そば》にいたのかと、悔やむほどだった。

「元奥さん、養育費まで払ってたんですか?」

「それも、条件のひとつだったんですって。きっといつかご主人が惣一ちゃんを渡してくれるって信じて、ずっとひとりで頑張ってるのよ」

千映は今、隣の県に住んでいるという。信子が電話をかけて事情を話すと、明日こちらに来ると即答したと聞いて、真尋は全身でため息を吐いた。

「あなたも、大変だったでしょう」

一通りのやり取りを終えると、信子が労《いたわ》るように真尋に言った。よければ召し上がって、と冷茶と桃ゼリーを供してくれる。健斗がいなくなってからまともに食事を取っていなかった真尋は、それらを有難くいただいた。滋養ある甘みが優しく喉を通り過ぎていく。「美味《おい》しい」と、無意識に呟いていた。

「よかった。わたしね、お菓子を作るのが好きなのよ。でも夫は甘い物が苦手でね。よかったらたくさん召し上がって」

「嬉しい。わたし、今まで手作りのお菓子を食べる機会なんてなかったんです。遠慮なくいただきます」

千映やトシ子がいたときは、しょっちゅう手作りのお菓子を持っていっていたらしい。惣一は、信子の作った枇杷《びわ》ゼリーが大好物なのだという。知らなかった、と真尋が零すと、「須崎さんは手作りのお菓子なんかを嫌がるってトシ子さんから聞いてたものだから、トシ子さんが亡くなったあとは遠慮してたの」と信子は残念そうに笑った。健斗は他人の干渉を嫌う。そのことを言っているのだろう。

「こんなことになったのは残念ですけど、そーちゃんのことを考えたらよかったのかもしれないですね」

しみじみと、真尋は言った。信子の話を聞く限り、惣一は母親の元に行った方が間違いなくしあわせになれるだろう。あの子が、ようやく子どもらしく甘えられる場所に行けるのだと思うと、嬉しくてならない。

「でも、あなたはどうなさるの？　須崎さんとご結婚は」

「幸い籍は入れていません。取り返しがつかなくなる前に、どんな男か分かったのでよしとします」

真尋はすっきりと笑う。惣一の問題は、ひとまず落ち着きそうだ。明日やって来る千映に渡せば、自分の役割は終わりだろう。次は己の今後の身の振り方だけれど、元々ずっとひとりで生きてきたようなものだ。どうにだってなる。しかし信子は、若い真尋の今後を気にかけてくれているようだった。いくつかの質問に答えていると、信子の顔がだんだんと険しくなっていく。

「実家もない、仕事はうどん屋さんのパートのみってわけね。ふうん、それを知ったら無視はできないわ。わたし、あなたがちゃんとひとりで生きていけるように手伝います。さしあたっては、我が家に住めばいいわ」

「え、そんな。そこまで甘えるわけにはいきません」

慌てた真尋だったが、信子はそうと決めてしまったら梃子《てこ》でも動かない、という勢いで「だめよ」と首を横に振った。

「あなた、うちの息子よりもいくつか若いくらいだと思うわ。年長者として、そんな子を放り出しておくわけにはいかないの。お世話させてもらうわね」

きっぱりと言われ、真尋は言葉に詰まる。子ども扱いされるなど、いつ以来のことだろう。押し黙った真尋を、信子は不服と捉えたのだろう、硬くなっていた表情を和らげて微笑んだ。

「大丈夫、悪いようにはしないから。息子は家を出ているから、夫とふたり暮らしなの。若い子がいたら華やかになって嬉しいわ」

信子の手が、真尋の手に重なる。しっとりした優しい温もりに、真尋は無性に泣きたくなった。こみ上げてくるものを堪《こら》えながらようやく、自分が酷く不安だったことに気が付いた。

「お言葉に甘えて、いいんでしょうか」

どうしても震えてしまう声で問うと、信子は深く頷いて、それから「あら、いけない」と明るい声を上げた。

「ふたり暮らしじゃなかったわ。もうひとり、同居人がいるの。とってもかわいい亀よ。名前は、ガンちゃん」

＊

うつくしが丘から最初に去ったのは、ユズだった。

「もう、帰らなくちゃいけないんだって。また来るから、きっと僕のことおぼえていてね」

体に似つかわしくない大きなリュックを背負ったユズは、泣き出しそうな顔をしながら別れを告げに来た。

「……うん。また、遊ぼうな」

寂しそうに、惣一が言う。子どもたちの涙の別れを、真尋は後ろから見つめていた。明後日《あさって》には、惣一もまた、うつくしが丘を出て行く。千映の住んでいる隣県の町に越すから、ふたりが再び出会うことは難しいだろう。

「あのね、これ、ぼくからそーちゃんに、プレゼント」

ユズが、手にしていたビニール袋をぐいと突き出す。袋を受け取って中を見た惣一が、「何これ」と不思議そうに呟いた。

「花……木の苗?」

「びわだよ！　そーちゃんも好きだって言ってたから、僕のおこづかいで買ったの」

これが大きくなったら、そーちゃんはびわがたくさん食べられるでしょ。目元を赤くしたユズは、誇らしげに笑った。どうやら、枇杷が大好物の惣一のために、枇杷の苗を買ってきたらしい。

「すごい、そんなのわざわざ探してきたの」

真尋が思わず声を挟んでしまうと、ユズは「わざわざではないんだけど」と照れたように頬を掻いた。母親と共に出かけたホームセンターで偶然見つけたのだという。

「でもね、ぼくたちが大きくなるまで実がならないんだって。だから、しばらくはガマンしないといけないんだ」

ユズが残念そうに眉を下げるが、惣一は「いいじゃん」と苗の入った袋を大事そうに抱える。

大きくなったらさ、一緒に食べようよ。惣一がそう言うと、ユズの顔がぱっと輝いた。

「うん！　約束だよ。じゃあそーちゃん、またね」

手を振って去ってゆくユズを見送ったあと、惣一が「どうしよう」と呟いた。

「お母さんの住んでいるところ、アパートらしいんだ。枇杷の木なんて、植えられない」

「え、そうなの。うーん、どうしようね」

袋の中を覗き込んで真尋も考える。枇杷がどれだけ大きく育つのか想像もつかないが、アパートで育てられないことくらいは分かった。

「お母さんに、相談してみる」

「そうだね。それが一番いいよ」

信子が電話をかけた翌日にやって来た千映は、大人しそうな女性だった。しかしそれは見た目だけで、てきぱきとした性格をしていた。来たその日から、いなくなった健斗の後始末にかかり、問題の大半はカタがつきそうだという。新学期から惣一が新しい学校に通える手続きも済んでいるらしい。惣一も、母親が戻ってきたことですっかり落ち着きを取り戻した。

「惣一、ちょっと」

空から声が降ってきて、真尋と惣一は顔を上げる。二階の窓から、千映が顔を出していた。

「引っ越しの荷物、纏めてしまいたいの。どれを捨てていいのか、選んでちょうだい」

「あ、はーい！　真尋さん、またね」

家の中に入っていく惣一を見送り、真尋は歩き出した。荒木家の前を通り過ぎ、ゆっくりと周囲を見回しながら進む。

ついこの間まではしょっちゅうやっていた、想像の遊び。わくわくしてやまなかったことが、少しだけ色あせて感じる。どんな家も、容器にすぎない。大事なのは、そこじゃない。そのことに、ちゃんと気付けた。

いずれ、わたしも家族を作る日が来るだろうか。幸せが詰まった家をつくることができるだろうか。考えてみるけれど、想像もつかない。永遠に夢を描いて生きていくのかもしれないとすら思う。

海の見える展望公園まで歩いた真尋は、木陰のベンチに腰かけた。汗ばんだ肌を、海風がやさしく撫でていく。目を閉じてしばし涼んだ真尋は、ずっと手にしていた封筒に視線を落とした。

『真尋へ』

それは、敦子から渡された、大祐からの封筒だった。どうしても開けてみる気になれないでいるうちに健斗がいなくなり、バタバタしてすっかり忘れてしまっていた。ようやく落ち着いてきたので開けてみようかと思ったものの、躊躇《ためら》ってしまう。

少しの間考えて、真尋は封筒の封を切った。

中から出てきたのは、通帳と印鑑だった。通帳は真尋の名義になっている。開いてみれば、毎月決まった金額が積みたてられていた。

「わたしに?」

いつから始めていたのか、目を瞠《みは》るほどの金額になっている。まさかと驚いていると、通帳の間に折りたたまれた便箋が入っていた。広げてみれば、父の字があった。

『非道なことをした私を恨んでいるだろう。どんな言葉を以《もっ》てしても許されないと思う。しかし、これだけは受け取って欲しい。精一杯の気持ちです』

父は、自分のことなどすっかり忘れて生きていたと思っていた。でも少なくとも毎月一回は、自分のことを思いだしていたのだ。

ぼうっと、通帳の数字の羅列を眺める。祭壇で見た遺影の顔が蘇った。長い時間そうしていた真尋だったが、頭を軽く振って通帳を閉じた。仕舞おうとして封筒の口を開ける。底に、まだ何か入っているのに気が付いた。

翌日、惣一が荒木家を訪ねてきた。出迎えた真尋の顔を見るなり「枇杷の場所、決まったよ」と言う。

「お母さんと決めたんだ。真尋さん、一緒に植えよ」

「それならお母さんと一緒に植えた方がいいんじゃないの？」

「ううん、真尋さんがいいんだ。ね、一緒に植えようよ」

千映が忙しいのか、それともユズがいなくなって寂しいのか。いつもは聞き分けのよい惣一が珍しく、真尋の手を取ってせがんだ。

そうして連れていかれたのは、須崎家の裏庭だった。塀の向こうは、荒木家である。

「え、ここ？」

「そう。ユズがここに来たときに枇杷の木があったら嬉しいだろうから、この家に植えていく。裏庭なら、邪魔だって引っこ抜かれそうにないじゃん？」

惣一はすでにスコップをふたつ用意していた。ふたりで並んで、穴を掘る。

「あと、これを目印にしたらってお母さんが」

「目印？」

「うん。こないだ、真尋さんにはあんなこと言ったけど、オレもこの家に住むって分かったとき、すっげえうれしかったんだ」

スコップを動かしながら、惣一は続ける。最初はさ、お母さんもばあちゃんもいて、お父さんもにこにこしてて、毎日めっちゃ楽しかった。きれいな家ってしあわせなんだなって思った。お母さんも、そうだったんだって。

うん、と真尋は頷く。ふたりは己の手元に視線を落とし、穴を掘る。

「そんな家だったのに、出て行かなきゃいけないだろ。だからお母さんが、ここのことを忘れないように目印にしたらって言ったんだ。オレが大人になって、自分の『しあわせの家』を作れるようになったら見に来るといい。そしたら、どうしたらしあわせになれるか、どうしたらいけないか、きっと分かるようになるからって」

「ふうん」

しあわせの家の、目印。なるほどと思いながら、真尋は手を動かし続けた。土をかぶせているとき、ふっと思いついた。

「そーちゃん、ちょっと、待ってて」

そう言って、真尋は荒木家へ駆け戻った。真尋の部屋のテーブルに、目当てのものが置いてある。それを摑んで、すぐに惣一の元へ帰った。どうしたの？　と不思議そうに訊く惣一に、

「ひとつ、一緒に埋めてもいいかな」と訊く。

「いいけど、何？」

真尋が手を開く。手のひらに載っていたのは、黄ばんだ歯だった。

「何、それ」

「わたしの、歯」

それは、かつて『捨てなさい』と言われた歯だった。大祐の封筒の底にあったのは小さな桐箱で、中を開けると歯がひとつだけ入っていた。蓋の裏には父の字で『真尋の初めての歯』と書かれていた。

あの日、真尋は泣きながら『歯のお墓』を作ったのだ。大事にされなかった己の歯のために、狭い庭の端っこにそっとお墓を作って、弔《とむら》った。そのあとすぐに父の出奔騒動があってすっかり忘れていたけれど、父がそれを掘り返して持ち去ったのだろうと思う。

どうして、父がそんなことをしたのか分からない。父が本当は自分に愛情のようなものを抱いていたというのか。いや、そんなことがあるわけがない。では、どうして死ぬまで持っていたのだろう。考えても、答えはでない。

「埋めていいの？」

「うん。持ってても、どうしていいのか分かんないと思ってたの。それに」

苗の横に歯をぽとりと落とし、土をかける。あの日の思い出は、すぐに見えなくなった。

「わたしの『しあわせの家の目印』も、ここにする。いつか自分の『しあわせの家』を作るとき、わたしもここに来る。そのときは、子どもがいてもいいな」

そうだ、子どもを持ったとき。そのときは、父の気持ちが少しくらい分かるかもしれない。父が何を思ってあの歯を持ち続けていたのか。わたしのことを、どう思っていたのか。

そんな日が、きっと来ますように。

「次に、この家にはどんな家族が住むのかなあ」

惣一が呟く。どんなひとたちだろうね、と真尋は返す。どんなひとたちか分かんないけど、でも、きっとしあわせになるよ。しあわせの目印の家だもん。

土をぎゅ、ぎゅ、と両手で押さえていた惣一は、頷いた。そうだね。きっと、しあわせになるよね。きっと。

「惣一ちゃん、真尋ちゃん。スイカを切ったからおいで。よーく、冷えてるわよ」

塀の向こうから、信子の声がする。

「惣一ちゃん、お母さんも呼んでらっしゃいな。みんなで、食べましょう」

はーい、とふたりの返事が重なった。目を見合わせて笑うふたりの間には、まだ若い枇杷の苗木がある。やわらかに風が吹き、苗木は青々とした葉をそっと揺らした。

エピローグ

『髪工房つむぐ』がオープンして、三年の月日が経った。

長梅雨《ながつゆ》がもうすぐ明けようとしている、初夏の昼下がり。朝からお客もなく、美保理《みほり》は受付カウンターの内側でチラシを折っていた。

『うつくしが丘祭り、開催！』

大きく躍った文字が目立つこれはポスターにもなっていて、うつくしが丘の至るところに貼られている。うつくしが丘の自慢である、海の見える展望公園で祭りを開催するのだ。露店を出し、特設ステージを設けて様々なイベントを行う。目玉は豪華賞品を出すカラオケ大会と、子ども限定の宝さがし大会だ。

三十年ほどにもなるうつくしが丘の歴史において、初のイベントだ。

祭りの運営委員はうつくしが丘内の小売店や介護施設の関係者で構成されていて、その中には美保理の夫である譲《ゆずる》の名前もあった。顔見知りになった、バス停留所近くのカフェの店長である堤下《つつみした》が、地域の活性化のために共に頑張ろうと熱心に誘ってきたからだ。

積極的な性格ではない譲には荷が重いのではないかと美保理は危惧していて、最初は譲も大して乗り気ではなかった。しかし、やってみると面白かったのだろう。数ヶ月ほど前から急に活動に前向きになり、精力的に参加している。今も、話しあいに行ってくると出かけていた。

三つ折りにしたチラシを輪ゴムでまとめて、紙袋に入れる。離れた地区までポスティングに行くのだと譲が言っていた。山になったチラシを一瞥《いちべつ》して、美保理はため息をひとつ吐《つ》いた。

「上手《うま》くいくと、いいけど……」

思わず洩《も》れた声は小さかった。

『本当に迷惑よねえ』

『こんなの、失敗すりゃいいんだよ』

数日前、仕事の空き時間を使って駅前でチラシを配っているとき、大きな声が飛んできた。間違いなく自分に向けられた、敵意の滲《にじ》んでいる声音に驚いて、すぐに声のした方を見たけれど、誰が言ったのかは分からなかった。ただ、配ったチラシが握りつぶされてアスファルトに転がっていた。

『みんなが諸手《もろて》を挙げて賛成してくれてるわけじゃないから』

投げつけられた言葉を譲に伝えたら、準備に奔走している夫は哀しそうにため息を吐いた。準備に一年以上の時間をかけ、その間何度も話しあいの場を設けた。そうして一定数の賛成を得たうえで今回のイベントを行うことになったけれど、未《いま》だに快く思っていないひとたちはいるのだという。

『長く住んでいるひとや、閑静な住宅地を希望して移り住んできたひととか……ね。まあ、美保理は気にしなくっていいよ。ごく一部のひとだけだし、俺たち運営が折り合いをつけていくから大丈夫』

新しいものを持ち込まれることを好まないひとはいるだろう。それくらいは、美保理も分かっているつもりだった。けれど実際に自分が直面すると、気が塞《ふさ》いでしまう。譲が言うよりも、もっと多くの反対を受けているのではないだろうか。

だから、お客さんが減ったのかもしれない。

ひと月ほど、客数が減っていた。たまたまだろうとのんびり構えていたけれど、もしかしたら譲が運営委員をやっていることで、近隣の不興を買ってしまったのではないのか。

地域に根付いた商売をしているのに、どうしよう。うつくしが丘の活性化を図るのが目的の活動のせいで商売しづらくなるなんて、本末転倒だ。譲は大丈夫だと言うけれど、素直に安心できない。現に今日は誰ひとり、客が来ないではないか。

チラシを折る手は幾度となく止まり、ドアの外に目がいく。人通りはあれど、誰も店に足を向けることはない。期待と失望を何度も繰り返し、美保理はため息を吐いた。土地に馴染《なじ》み、顧客も順調に増え、ようやく生活にも余裕ができたというのに、どうしてこんな不安を抱えなくてはいけないのだ。けれど、譲に運営委員を辞めて、などとどうして言えるだろう。祭りの運営について語るときの譲は、こんなにも情熱的な部分があったのかと驚くほどだ。かなりの遣り甲斐を見出しているのだと思うと、「頑張って」としか言えない。

ぽこん、とお腹にやわらかな衝撃があった。はっとした美保理は、ふくらんだお腹を撫《な》でて

「ごめんね。心配かけちゃった？」と話しかける。

結婚生活三年を経て授かった子どもは、あと三ヶ月ほどで生まれる。この子ができたから慎重になるのだと、美保理は分かっている。夫婦ふたりでならがむしゃらに突き進めたのに、子どもができたと分かった途端、美保理は気弱になった。些細《ささい》な障害も、目の前に置きたくないと思う。

「お母さんは、こんなに怖がりじゃなかったんだけどねえ」

お腹に向かって語りかける。まだ顔も見ない子どものことでこんなにも自分が変わってしまうなんて、不思議で仕方ない。本来の自分の性格であったら、少しの反対を気にしてたら何もできやしない、成功させればいいことでしょう、と腹をくくって譲の活動を応援しただろうに。

「あなたのしあわせを、今から考えすぎてしまうのよねえ」

疵《きず》ひとつないしあわせを、あなたに。そう願って、神経質になってしまうのだ。

「……しあわせ」

自分の言葉に、ふっと手が止まる。数年前のことを思いだした。

頑張っても報われないと嘆いていた自分。しあわせになれないと泣いていた自分。しかし、ひとりの女性と出会ったことで、がらりと世界が変わった。あの日から、自分なりにしあわせを築いてきたつもりだ。

お腹に手をあててぼうっとしていると、ドアチャイムが鳴った。「いらっしゃいませ！」と反射的に声を出して顔を向ける。入ってきたのは譲だった。満面に笑みを浮かべて、「ただいま！」と片手をあげてみせる。

「おかえり……ずいぶんニコニコしてる。いいことでもあったの？」

美保理の問いに嬉しそうに譲は頷いて、「安武《やすたけ》さんがさあ」と、うつくしが丘で長年寄合長をしている老人の名前をだした。昔は中学校の校長だったという安武は正義感の強いひとで、人びとの信頼も厚い。うつくしが丘の住人の中には、彼の教え子が何人もいる。

そんな安武は、はっきりと祭りの開催を反対していた。不特定多数の人間の出入りを許すことで治安が悪化する、というのがその理由だった。

「安武さんが、どうしたの」

いつもはその名が出ると、譲の顔は曇った。しかし今、譲は「運営委員に名を連ねてもいいって言ってくれたんだ」と口角《こうかく》を持ち上げる。

「前々から、相談役として是非ってお願いしてたのは知ってるだろう？　ずっと渋られてたんだけど、今日、とうとう折れてくれた。あのひとが加わってくれることでどれだけ話が進みやすくなることか」

「よかったじゃない！」

大きな一歩だ。両手を叩いて美保理が喜ぶと、譲が「美保理のお蔭だよ」と言った。安武さんと会ってもいないわたしが何で？　と首を傾《かし》げると、「その子のお蔭と言った方がいいかもしれないな」と譲が美保理のお腹を指し示す。ますます、分からない。

「これからここで生まれて育つ子どもたちに、うつくしが丘で生まれてよかったと思って欲しい。ひとつでも多くのしあわせな思い出を摑んで欲しい。先を生きる大人としてできることをしたいんです、って言ったんだ」

いつか故郷を思い返すとき、しあわせな気持ちになれるように。どこにいても、思いだすだけで支えとなれるような、そんな場所にしたい。

「前にも話したけど、俺は子どものころ、このうつくしが丘で過ごしたことがある。あの一ヶ月がね、すごく楽しかったんだ。本当にいい思い出だよ。だから、これから生まれてくるその子にも、同じように感じて欲しいんだよ」

譲は熱のこもった口調で言って、それから我に返ったように笑って頭を搔《か》いた。

「美保理や、お腹の子のことを思うとつい熱くなっちゃってね。でも、それで安武さんの心を動かせたのかな。協力しようって言ってくれたんだ。祭りを成功させて、みんなに良い思い出が残るようにしましょう、って」

「そうなの……」

お腹の子が動く。手で撫でながら、美保理は胸がほんのりと温かくなるのを感じていた。悩みなんて、見方を変えればしあわせに変わる。譲の思いはきっと、この子を幸福にこそすれ、不幸にはしない。

「子どものためにやってるとはいえ、お腹の大きな美保理にいろいろ押し付けすぎてるよね。今も、チラシ折りをしてくれてたんだろう？　休憩しなよ。俺、お茶でも淹《い》れてくるから」

ルイボスティーでいいかな。そう言いながら、譲は小走りで二階に行った。足音を聞きながら美保理は、頑張ろうと思う。今は不幸の中にいるのではない。しあわせになるための途中に過ぎないのだ。

「とりあえず、チラシを全部折ってしまわなくっちゃ」

目先の仕事から終わらせようと張り切って作業を再開した途端、ドアチャイムが鳴った。

「いらっしゃいませ」と顔を向けると、背の高い男性が入ってきた。見慣れない顔だった。

「初めてのお客さまですね。今日はどうなさいますか？」

「あ、すみません。ここ、ヘアサロンなんですね」

穏やかな声の中に、どこか楽しそうな響きがある。そうですけど、と美保理が答えると、男は興味深そうに店内を見回して目を細めた。

「やあ、こんな風に変わるなんて驚いたな。上は、お住まいですか」

男の意図が分からず、美保理は首を傾げる。譲を呼んで対応してもらおうかと思っていると、男がはっとした顔をした。

「すみません、怪しいですよね。実はオレ、以前ここに住んでいたんです」

男は頭を下げ、昔住んでいた家を見てみたくて来ました、と微笑む。

「外からも見えましたが、裏庭の枇杷《びわ》の木、驚くほど大きくなりましたね。嬉しいなあ」

美保理は笑みを作って、「いつごろ、ここに？」と訊く。

「二十四年前です。まだこのあたりは開発途中で、空き地ばかりでしたよ。バス停留所の前は畑しかなかったのに、コンビニやカフェができていて驚きました。ずいぶんお洒落になったもんだ」

「そんなに前なんですか。あ、もしかして、一番最初の居住者さんかしら」

男は「たぶん」とはにかむ。

「実は枇杷を植えたのも、オレなんです。あの当時友達だった奴が苗をくれたんですよ。大きくなったら一緒に実を食べような、って話をして」

「へえ。枇杷」

譲も、枇杷が好物だ。そして二十四年前あたり、譲もここにいたはずだ。確か、夏休みだけだと言ってたっけ。

「少し裏庭を見せてもらっても構いませんか？　あの枇杷には、思い入れがあって」

美保理が頷くと、「ありがとうございます」と頭を下げて店を出て行った。

やっぱりあれ、嘘だったのね。しみじみと、美保理は思う。この家に住み始めたとき、ここは『不幸の家』と呼ばれていると聞いた。信子《のぶこ》がそんなことはないと断言してくれたお蔭で気にしないようにしてこられたが、やはりあれは嘘だったようだ。今の男性は嬉しそうに笑っていたではないか。不幸になる家であれば、笑って戻ってくる住人がいるはずがない。

「お待たせ。お茶請けはパウンドケーキでいいよね……どうかしたの？」

降りてきた譲が、ぼうっと立っている美保理を見て首を傾げる。美保理は譲に、今、裏庭にいるはずの男の話をした。

「あの枇杷の木を植えた？」

譲は驚いた声を上げつつ、何だか微妙な顔をしている。どうかしたのと訊けば、「何か、このへんがもやっとしたんだよね」と胸のあたりを撫でて曖昧《あいまい》に言う。

「というより、枇杷の苗っていうのにひっかかるものがあったっていうか」

まあいいや、と譲は頭を掻き、「裏庭にいるんだね。様子を見てくるよ」と言った。

「変な感じの人じゃなかったけど、念のためにお願い」

譲が外に出て行くのを、見送った。

数分後、裏庭で笑い声がおきた。

解説

瀧井朝世

町田《まちだ》そのこは主人公たちが暮らす場所を、丁寧に描く作家だという印象がある。

二〇一六年に第十五回女による女のためのR‐18文学賞の大賞を受賞した「カメルーンの青い魚」を含めた初単行本『夜空に泳ぐチョコレートグラミー』は、地方の町に暮らす人々を主人公にした連作短編集で、そのなかの数編では町から出ていくかどうかの選択問題に直面する人々がいた。第二作『ぎょらん』は葬儀会社に勤務しはじめた元引きこもりの青年を中心人物にした連作集で、こちらも小さな町を舞台にした、そこで暮らす人たちの話だった。三作目となる本作を挟み、四作目の『52ヘルツのクジラたち』は、心の傷を抱えて大分県の小さな町に一人で移り住んだ女性が、親から虐待されている少年と出会う内容だ。シリーズ作品『コンビニ兄弟―テンダネス門司港こがね村店―』と続編『コンビニ兄弟2』は福岡県北九州市の門司《もじ》港《こう》にあるコンビニ店を舞台に、町の住民たちの人間模様が描かれていく。そして『星を掬う』は、元夫の虐待に苦しむ女性が、長年音信不通だった母親をはじめ複数の女性たちが共同生活を送る家に移り住み、ゆっくり再生していく話である。

本作『うつくしが丘の不幸の家』の舞台は、海を見下ろす丘に広がる住宅地にある、三階建ての一軒家。連作短編集で、章が移るごとに主人公が前章の一代前の入居者となり、時間を遡《さかのぼ》る形で歴代の住人たちの物語が編まれていく。それぞれ異なる事情があり、家族構成もばらばらで、自分たちで選んでここに引っ越してきた人もいれば、他に居場所がなくてやってきた人もいる。

第一章「おわりの家」の住人は、築二十五年のこの家を購入し、一階をリフォームしてヘアサロン『髪工房つむぐ』をオープンさせた美保理《みほり》と譲《ゆずる》の夫婦。譲の実家の理容店を継ぐ話が流れてしまい、心機一転自分たちの店を持つことにしたのだが、この家が「不幸の家」と呼ばれていることを知った美保理は気落ちする。

第二章「ままごとの家」は美保理たちの前に住んでいた家族の話。四十代の多賀子《たかこ》は夫の義《よし》明《あき》と結婚して二十二年。五年前に築十九年だったこの中古物件を購入して家族で越してきた。現在、義明は多賀子に冷たく、長女の小春《こはる》は二年前に進路について義明と衝突して家を出、音信不通。さらに大学受験を控える長男の雄飛《ゆうひ》に関して、多賀子はある日突然とんでもない事実を知らされる。

第三章「さなぎの家」の住人は三十歳手前の女性二人と少女。叶枝《かなえ》は東京で男に騙され、仕事も貯金も失った。友人の紫《ゆかり》は夫に離婚を言い渡され、幼い娘の響子《きようこ》とともに放り出された。どちらも行き場がなく困っていたところ、高校時代の先輩、蝶子《ちようこ》が持ち家を一年間好きに使っていい、と提供してくれたのだ。

第四章「夢喰いの家」は蝶子の夫、忠清《ただきよ》が語り手だ。五年前に十歳以上年下の蝶子と結婚し、築六年のこの家を購入したが、自分が原因で妊活がうまくいかない申し訳なさから、彼は蝶子に離婚届を渡したところだ。

第五章「しあわせの家」の語り手は真尋《まひろ》という女性。二年前に出会った須崎健斗《すざきけんと》と懇意になり、彼が持っていた築浅のこの物件に入居した。家族は健斗と、彼の小学一年生の息子の惣一《そういち》。だが、一緒に暮らすうちに健斗の態度は変わっていく。この頃のうつくしが丘はまだ世帯数も少なく、整地が進んでいる途中だ。

時間を遡る形だからこそ楽しめる特徴はまず、読者からすれば二章以降の住人たちはみな、その後この家から出ていったのだと最初からわかっている点だ。多賀子たちは一家離散したのか、叶枝たちはその後どうなったのか、蝶子夫婦はなぜこの持ち家を手放したのか……新たな章に入るたびに、最初からそんな謎が浮かび上がる。謎といえば、前章のちょっとした描写――壁に打ち付けられて曲がった釘《くぎ》、部屋の押し入れなど各所の落書きなど――の真相や、謎とまでは思わせないものの庭に枇杷《びわ》の木が植えられているのにも理由があったなど、章が進むたびに「そういうことだったのか」と思わせる仕掛けも用意されている。

ちなみに本作の冒頭三章は雑誌「ミステリーズ！」に掲載されたため、当初はミステリーに挑戦したのかと思った読者も多くいたようだが、以前著者に訊いたところ、編集者から依頼の際にはっきりと「ミステリーでなくていい」と言われたという。もちろん読めば本作がミステリーでないことは明白だが、それでも、前述のような小さな謎や仕掛けで楽しませてくれているわけだ。

各章ごとに町も変化し時の移ろいを感じさせられるが、その一方でどの短編にも変わらず登場する人物もいる。隣人の荒木《あらき》信子《のぶこ》だ。ほがらかな彼女の存在がいつも隣人たちの救いや助けとなるのだが、実は彼女自身も屈託を抱えている。第一章の終わりで信子は引っ越してしまうが、第四章を読めば、改めて信子の家族の心情に思いをはせるはずだ。


さて、はたしてこの家は本当に「不幸の家」なのか。第一章を読めば充分わかるのでここに書いてしまうが、この家は決して「不幸の家」ではなく、かといって「幸福の家」でもない。「不幸の家」と呼ばれていると知った信子も怒ってこう言っている。

「誰にどんな事情があるのか。どんな理由でそうしたのか、そんなことは簡単に分かるものじゃないのよ。自分がまずたくさん経験すること、そして何度となく想像をめぐらすことでようやく、真実の近くまでたどり着くことができるの。それを怠ってる人に、そういう適当なことを吹聴《ふいちょう》されたくないわ！」

そして「強い言葉ばかり独り歩きしたのね」とつぶやきつつ、彼女は続ける。

「それにねえ、あなたはしあわせがどうこう言うけれど、しあわせなんて人からもらったり人から汚されたりするものじゃないわよ。自分で作り上げたものを壊すのも汚すのも、いつだって自分にしかできないの。他人に左右されて駄目にしちゃうなんて、もったいないわ」

読みながら肯首《こうしゅ》した人は多いだろう。誰かが幸せか不幸せかだなんて、他人が決めることではない。当事者の事情や心情を知りもしないで何かを決めつけるのは勝手で傲慢《ごうまん》である。幸不幸に限らず、生き方や価値観は人それぞれで、他人に判断されるものでも、押し付けられるものでもない、と本作からは伝わってくる。それに関しては信子の語る紐のエピソードも印象的だ。第四章で、彼女は腰に巻いた飾り紐をつまみながら言う。

「これと同じってこと。ひととひととの繋がりって、一本の糸じゃないのよ。いろんな縁が交差して絡み合って、独自の模様を作りながら太くなっていくの」

家族の形も含め、人間関係はそれぞれが独自のもの。それは、他の事柄に関しても言えるだろう。たとえば、どんな場所に住み、どんなふうに暮らしていくかもまた、紐を一本一本手繰《たぐ》り寄せるように個人個人がひとつずつ選んで編みだしていくものだ。うまくいかない時、編み続けようとする努力は大切だが、どうしてもそぐわない時は手繰り寄せた紐を手放す勇気も必要だと、本作は教えてくれている。作中、断ち切られる関係も描かれるし、そしてなによりこれは、一度はここに住むと決めた家を出ていく人たちの物語なのだから。

著者が主人公たちの暮らす場所を丁寧に描くのは、それがいつも、居場所を探す人たちの物語だからだろう。本作でも他の作品でも、人々は、時には途中で居場所を変えて、自分がどこでどのように暮らしていくのか決めていく。『夜空に泳ぐチョコレートグラミー』では一か所に留まれない、留まらないことを選ぶ人物も登場するが、それもひとつの選択だ。そう、大切なのは、自分で選ぶということだ。そのささやかな前進に、読者はいつも励まされる。

以前、WEB本の雑誌の連載「作家の読書道」でインタビューした時、著者は小学生の頃、氷《ひ》室冴子《むろさえこ》の作品を読んで励まされたと教えてくれた。それがその後の創作にも大きく影響しているようで、こう語っている。

「私、読み終えた後に「明日も頑張ろう」って思えるものを書く、というのが原点なんですよ。私が氷室冴子さんの本でいただいたものを、自分の本で誰かにお返ししたい、とまで言うのはおこがましいかもしれないですけれど、私の本を読んだ後に「明日も、ちょっとだけでも頑張ろう」と思ってもらえたら」

町田作品には本屋大賞受賞作『52ヘルツのクジラたち』や『星を掬う』のような必涙作品もあれば、『コンビニ兄弟』のようなコミカルで笑わせる小説もあるが、どの作品にも共通点がある。ひとつは、時に今この社会のどこかで誰かが実際に体験しているような厳しい現実が盛り込まれること、もうひとつは、そんな現実と向き合う姿を描いて、最後には必ず読者の背中を押してくれること。本作もまた、間違いなくそんな一作なのである。

本書は二〇一九年、小社より刊行された作品の文庫化です。

検印
廃止

著者紹介 1980年生まれ。福岡県在住。2017年、第15回「女による女のためのR-18文学賞」大賞受賞作を含む短編集『夜空に泳ぐチョコレートグラミー』でデビュー。2021年、『52ヘルツのクジラたち』で本屋大賞を受賞。他の著書に『ぎょらん』、『星を掬う』などがある。

うつくしが丘の不幸の家

2022年4月28日　初版
2024年4月12日　4版

著者　町《まち》田《だ》そのこ

発行所（株）東京創元社
代表者　渋谷健太郎

162-0814/東京都新宿区新小川町1-5
電話　03・3268・8231-営業部
03・3268・8204-編集部
URL　http://www.tsogen.co.jp
DTP　キャップス
暁印刷・本間製本

乱丁・落丁本は、ご面倒ですが小社までご送付ください。送料小社負担にてお取替えいたします。

© 町田そのこ　2019　Printed in Japan

ISBN978-4-488-80302-5　C0193

GRÉGOIRE ET LE VIEUX LIBRAIRE * MARC ROGER

読書案内はそのまま人生の道案内だった。

グレゴワールと老書店主

マルク・ロジェ　藤田真利子 訳

老人介護施設で働き始めた18歳の落ちこぼれ青年グレゴワールは、本だらけの居室で本に埋もれるように暮らす元書店主の老人に出会い、それまで無縁だった本の世界に足を踏み入れる。

身体も目も不自由になってきている老人に朗読するのが日課となり、それは他の入居者たちにも波及する。老人の朗読指南は、朗読を志す人たちにとっても素晴らしいテキストになっている。ある日はサリンジャー、ある日はラブレー、ある日はアレッサンドロ・バリッコ……。青年は本のソムリエのような老人の案内に従って様々な本に出会い、その魅力に取り憑かれていく。本は人と人を結び合わせる。

▶マルク・ロジェはプロの朗読家で、本と人をつなぐことに貢献したとして、リーヴル・エブド賞を受賞した。

四六判上製

東京創元社が贈る総合文芸誌！

紙魚の手帖
SHIMINO TECHO

国内外のミステリ、SF、ファンタジイ、ホラー、一般文芸と、
オールジャンルの注目作を随時掲載！
その他、書評やコラムなど充実した内容でお届けいたします。
詳細は東京創元社ホームページ
（http://www.tsogen.co.jp/）をご覧ください。

隔月刊／偶数月12日頃刊行

A5判並製（書籍扱い）